李英 著

浙江文艺出版社

图书在版编目(CIP)数据

群山回响 / 李英著. —杭州：浙江文艺出版社，2024.1（2024.3重印）
ISBN 978-7-5339-7422-0

Ⅰ.①群… Ⅱ.①李… Ⅲ.①报告文学—中国—当代 Ⅳ.①I25

中国国家版本馆CIP数据核字(2023)第237492号

策划统筹	王晓乐	责任编辑	周　佳　罗敏波
营销编辑	张恩惠	责任校对	牟杨茜
责任印制	吴春娟	数字编辑	姜梦冉　诸婧琦
装帧设计	吕翡翠		

QUNSHAN HUIXIANG

群 山 回 响

李英 著

出版发行　浙江文艺出版社
地　　址　杭州市体育场路347号
邮　　编　310006
电　　话　0571-85176953（总编办）
　　　　　0571-85152727（市场部）
制　　版　杭州天一图文制作有限公司
印　　刷　杭州富春印务有限公司
开　　本　710毫米×1000毫米　1/16
字　　数　228千字
印　　张　19
插　　页　4
版　　次　2024年1月第1版
印　　次　2024年3月第2次印刷
书　　号　ISBN 978-7-5339-7422-0
定　　价　68.00元

版权所有　侵权必究

常山胡柚丰收　李志强　摄

磐安茶园　孔德宾　摄

下姜风光　夏利新 摄

乌石之晨　马荣鑫 摄

八仙溪畔粮田基地　沈岳明　摄

李祖村创客新业态　李祖村运营团队　供图

景文高速公路景宁段　徐金星 摄

杨家堂村古民居　黄宗治 摄

目 录

001 引　子　陪你跨越这座山

007 第一章　山　海
　　一颗果　一座城 /009
　　咖啡豆的蝶变 /029
　　八仙溪畔的岁月嬗变 /037
　　早上好，达塘 /052

073 第二章　村　庄
　　精美乌石会唱歌 /075
　　郭塘开满幸福花 /091
　　天山深处有人家 /100
　　流淌的水故事 /107

127 第三章　云　端
　　在李祖看到未来乡村 /129
　　新光村的创客时代 /141

"拯救老屋行动" /153

辽阔的青瓷世界 /170

181 第四章 岭 上

梦开始的地方 /183

"龙游飞鸡"飞上天 /197

我们的幸福计划 /216

"父亲的水稻田" /221

237 第五章 天 路

天堑变通途 /239

踏平坎坷成大道 /251

踏遍青山人未老 /265

天路上的彩色飘带 /282

293 尾 声 精彩的故事在延续

300 后 记

引　子
陪你跨越这座山

我想陪你跨越这座山。

在芳菲四溢的春天，我再一次走进群山环绕的田野、村庄。四月是最美的月份，春晖似海，绿草如茵，野花遍地，树木青翠。润泽而宜人的春天染绿了山野，催开了桃花，更唤醒了蕴藏在人们心底的千般憧憬。

两年来，我完成了对浙江多个乡村的采访，从浙西第一门户常山县到浙江南端的龙港市，从有"浙江之心"美称的磐安县到大山深处的遂昌县，从美丽的千岛湖到台州市的山海水域，足迹几乎遍布浙江山区县，目之所及，绿满山川，生机勃勃。我用脚步丈量山区的这片土地，认真搜寻山区人民一个又一个细微而感人的故事，感知乡村追求共同富裕带来的巨大变化，解读浙江山区"千村示范、万村整治""千村精品、万村美丽""千村未来、万村共富"这一不断迭代升级的民生工程的文化基因和成功密码。

浙江山区县之行，让我一直处在亢奋的状态，山区的华丽蝶变，山村铺展开的一幅幅多姿多彩的新画卷，村民脸上绽放的一个个灿烂的笑靥，令人欣喜、惊叹和骄傲。

2003年6月，在时任浙江省委书记习近平的倡导和主持下，以农村生产、生活、生态的"三生"环境改善为重点，浙江全省启动"千村示范、万村整治"工程：花5年时间，从全省选择1万个左右的行政村进行全面整治，把其中1000个左右的中心村建成全面小康示范村。

"千村示范、万村整治"工程是推进新农村建设的龙头工程、统筹城乡兴"三农"的有效抓手、造福千万农民的民心工程，要让更多的村庄成为充满生机活力和特色魅力的富丽乡村。习近平以远见卓识谋划乡村的未来。

2003年7月，习近平提出作为浙江省域治理总纲领和总方略的"八八战略"，其中提到"创建生态省，打造'绿色浙江'"，"千万工程"正是重要抓手。

建设美丽生态，做强美丽经济，创造美好生活，"三美融合"的浙江乡村焕发出勃勃生机。

20年乡村嬗变，数据最有说服力：

"千万工程"的实施范围从最初的1万个左右行政村，推广到浙江全省所有行政村；

浙江全省农村居民人均可支配收入连续38年居全国省区第一；

浙江村级集体经济年经营性收入50万元以上的行政村占比过半；

浙江城乡居民收入比从2003年的2.43缩小到2022年的1.90……

从省域走向全国，"千万工程"在广袤神州落地生根，重塑着中国更多乡村的面貌。

2018年9月，"千万工程"荣获联合国最高环保荣誉"地球卫士奖"。颁奖词这样评价："这一极度成功的生态恢复项目表明，让环境保护与经济发展同行，将产生变革性力量。"

党的十八大报告提出"努力建设美丽中国"，党的十九大报告提出"实施乡村振兴战略"，党的二十大报告提出"加快建设农业强国"……"千万工程"的启示弥足珍贵，持续提供可资借鉴的丰富经验，为新时代"三农"发展和农业农村现代化建设指引前进方向。

"十四五"起步之年，恰逢中国共产党百年华诞。

2021年2月25日，对中国农村来说是一个值得纪念的日子，是中国具有划时代意义的日子。

这天下午，在北京市朝阳区太阳宫北街1号，"国家乡村振兴局"在热烈而又简朴的仪式中正式挂牌，"国务院扶贫开发领导小组办公室"完成历史使命已于此前摘牌。

从"扶贫"到"振兴"，预示着中国进入全面推进乡村振兴的新时代；从"扶贫"到"振兴"，展现着中国奋力开启共同富裕的新征程。这是共产党人矢志不渝的奋斗目标，这是鲜明清晰的执政指向，这是百折不挠的坚定步伐。因为，共同富裕是社会主义的本质要求，是人民群众的共同期盼；因为，共同富裕是高质量发展的新课题、新任务、新实践，是中国式现代化的题中应有之义。

2021年6月10日，《中共中央 国务院关于支持浙江高质量发展建设共同富裕示范区的意见》发布。

2021年7月19日，中共浙江省委、浙江省人民政府公开发布《浙江高质量发展建设共同富裕示范区实施方案（2021—2025年）》。

这标志着，浙江省吹响了高质量发展建设共同富裕示范区的战斗号角；这标志着，浙江将为实现共同富裕贡献浙江智慧。

引人瞩目的是，在高质量发展建设共同富裕示范区开局之年，浙江将第一步"重棋"落在山区县,这是建设共同富裕示范区的重点难点,也是突破点。

千山万壑,群山激荡,仿佛在向世人昭示中国在全面完成脱贫攻坚以后,奋力推进全体人民共同富裕的决心和信心。

浙江山区县之行,让我看到了一条生态富民、文旅强县的新路子。浙江省出台了一套量身定制的发展指标体系,包括有效投资、产业升级、财政收入、居民就业和增收等多个维度。其中一个较为重要的指标是,到2025年,每个县要在发展特色产业上拿出成效,每个县都要形成自己的特色产业平台,谋划一个百亿级产值的特色生态主导产业,而特色、高新、低碳就是县产业发展的关键词。于是,常山县的胡柚,正在向百亿产业大踏步迈进;专注于工业自动化产品研发、制造、销售及应用集成的公司落户龙游县,使龙游县的高端制造产业集群显出雏形;总投资10亿元的新能源汽车热管理系统项目落户龙泉市,龙泉市将成为国内汽车空调产业链升级的一块重要拼图;总投资50亿元的零碳产业基地项目落地苍南县,将使这个小县的产业布局和结构进一步优化。

浙江山区县之行,让我触摸到超常的山海协作的温度、厚度和宽度。浙江省通过20年的不懈努力和探索,形成了一批源于一线的山海协作经验,其中最具代表性的是"飞地"。2017年,平湖市携手青田县首创跨地市山海协作"消薄飞地"("消薄"意为消除集体经济薄弱村)产业园模式。截至2021年9月,全省范围内30个"消薄飞地"已经实现26县全覆盖,累计返利超2亿元。全省非常年轻的省级新区——台州湾新区与三门县共建的"产业飞地"也是山海协作形式之一。台州湾新区里一块1291亩的狭长土地,充分连接周边汽车及零部件等高端装备制造业、战略性新兴产业。为了选好这块"产业飞地",台州湾新区经济科技局与自然资源和规划局的工作人员跑遍了整个新区。

浙江山区县之行,让我看到山区县乡村振兴正驶入快车道,城乡融合短板正在逐步补上。浙江正以数字化手段撬动各领域各方面的改革,数字乡村建设成为山区县乡村振兴的重要一环,数字化、智能化成为美丽乡村新的亮色。

"八八战略"、"千万工程"、"美丽浙江"、"未来乡村"、新时代"枫桥经验"、基层治理四平台、村务监督、村级"小微权力"清单,像蒲公英一样开遍山区县乡村的各个角落。

浙江山区县之行,让我去探寻高质量发展建设共同富裕示范区的密码。为什么中国首个共同富裕示范区要选择浙江?为什么浙江建设共同富裕示范区先从山区县破题,这为浙江推进共同富裕提供了怎样的方案?为什么推进共同富裕能为人类提供一种新的发展模式?我从每一个生动的细节,每一个传奇的故事,每一个向上奋进的人物,去叩问山区和都市发展的差距,去探寻山区人民多彩多姿而又跌宕起伏的命运轨迹,去解读山区朝着共同富裕迈进的路径和经验。

辛稼轩有句云:"我见青山多妩媚,料青山见我应如是。"一路走来,山岭逶迤,水波回荡,令人情思悠悠。"山区不是我们的包袱,而是发展的希望所在";山区不再是我们想象中的面貌,而是充满了朝气,充满了生机。

在浙西第一门户常山县的心舟公园广场上,有一座名为《山与帆》的雕塑。大山是底座,坚固厚重,敦实遒劲;风帆正待出海,云飞浪卷,刚健壮美。大山和外面的世界连在一起,借船出海,扬帆远航,这正体现出山区人民对共同富裕的热切追求和山区振兴发展的崭新风貌。

  跨越这座山,是美好的未来;

  跨越这座山,是崭新的天地;

  跨越这座山,是美丽的画卷;

  跨越这座山,是灿烂的明天。

第一章 山海

一颗果　一座城

这里的故事，从一颗胡柚开始。

浙西南常山县的每一座山、每一块地、每一个村都是绿的，它们被绿簇拥着、包围着，绿色在这里铺展着、延伸着。在常山的每一座山岗，你可以看见茂密的胡柚林；在常山的每一处村落，你可以看见房前屋后都有胡柚树。

胡柚树，成为常山县的农业支柱；胡柚果，成为常山县农民致富的金果子。

为了这棵绿油油的胡柚树，为了这颗黄澄澄的胡柚果，几代常山人披荆斩棘、栉风沐雨，付出了辛勤的汗水，凝聚了高超的智慧，终于使一颗果富了一座城，一片林富了一个县。

在青石镇澄潭村胡家自然村的一个菜园子里，有一棵110多年树龄的胡柚树，根深叶茂，树壮果稠。

它的主人是退休教师徐立成。正是从他家这棵胡柚"母亲树"开始，常山县遍植胡柚，成为"中国胡柚之乡"。

徐立成听上一辈说村里人早先是从别的地方过来看墓的，后来就在胡家村住下来了。他的爷爷很早就去世了，那时候他的父亲还只有17岁，姑姑也只有十几岁，他没见过爷爷。胡柚树是爷爷留给后辈的唯一资产，也是大自然馈赠给人类的宝贵财富。徐立成很小的时候，这棵胡柚"母亲树"就已经很大了，他猜测是他爷爷的爷爷辈种下的果树。1958年"大跃进"运动开始，这块地收归集体，因为管理不善，树干枯萎，树叶凋落，胡柚树濒临死亡。在他父亲眼里，这棵胡柚树神圣不可侵犯，也是村里最老的"寿星"。于是，他父亲带着全家给树培土、浇水、整枝，终于让它重焕生机。

1983年，常山县农业部门调查胡柚资源时，发现了这一棵胡柚直生树。老农艺师叶杏元、贝增明对这棵树进行了认真的研究：它看起来像香泡树，却又不是香泡树；果实吃起来像橙子，却又不是橙子，酸酸的，苦苦的，风味独特。叶杏元他们经过测算，认定这棵树已有70多年树龄，堪称胡柚"祖宗树"。让人称奇的是，这棵树树高7米，冠幅七八米，枝干稠密，绿叶繁茂，年年结果。

叶杏元敏锐地意识到，这种"似橙非橙，似橘非橘"的柚果有甚为独特的品质和功能，值得在全县大面积推广。这种果子长在山沟里，多年来连个名字也没有。县农业部门把这棵树命名为"常山胡柚"，因为它的出生地在"胡家"，外形长得像柚子。

正是从这一棵"母亲树"发端，胡柚树悄然生长在常山县农家的房前屋后，胡柚也成为这座县城的知名特产。叶杏元、贝增明等一批老农艺师用这棵胡柚嫁接培育常山胡柚品种，种植面积从几百亩、几千亩发展到几万亩。当年培育的第一批胡柚散枝发叶，"星星之火"燃遍了常山大地。人们称叶杏元为"常山胡柚之母"，称贝增明为"常山胡柚之父"，这是对老一辈农艺师最高的褒奖和肯定。

2013年12月，衢州市林业局为这棵胡柚树挂上了衢州古树名木的牌子。树枝上系着许多祝福祈祷的红丝带，四周建了石条栏杆，前面还建了香炉，上书"天赐福果"，这里成为果农的朝圣地，每年都会举行祈福仪式。

徐立成一家的地里，除了胡柚"母亲树"外，还有10多棵胡柚直生树，树龄都在50年以上，都是上一辈人馈赠给他们这代人的珍宝。

徐立成出生于1946年，退休前在青石初中教过数学，后来教植物相关的课程，他教过的学生像胡柚花一样数也数不清。他有四个子女，三个女儿在杭州，一个儿子在无锡。儿女们都想接他们老两口去城里，但他们不乐意，他们想守着这片胡柚林。除了园子里的十几棵老胡柚树，他家还有两块地，总共有七八亩，1986年以后都种植胡柚，总共有100多棵，光那棵胡柚"母亲树"每年就可收获果子1000斤左右。早些年，徐立成还在山上种胡柚，夏天要抽水灌溉，后来年纪大了，体力跟不上，慢慢地就不去管理了。徐立成的胡柚树每年可采摘3万多斤果子，好在有人上门收购，这让他省了很多心。

2023年6月20日，我们在徐立成家采访，他在杭州的女儿从手机监控视频里看到了，就打电话过来问："家里怎么来了这么多人啊？"

徐立成在电话这头乐呵呵地说："家里来了很多作家，他们要看那棵胡柚'母亲树'呢！"

常山胡柚品种独特，兼具药食两用的功能，它甜酸适度，甘中微苦，别具风味。其果肉含人体必需的多种氨基酸、维生素C、维生素B和微量元素。

大自然的这些馈赠，让常山胡柚在20世纪80年代就驰骋中国农产品市场。

1986年，常山胡柚从北京捧回全国优质农产品奖。

1997年，常山胡柚再获全国农业博览会金奖。

1998年，"常山胡柚"证明商标获国家商标局批准通过，成为浙江省第一个农产品证明商标，也是第一个有意识加以培育的农产品区域公用品牌。

中国农产品品牌建设的方向在哪里？常山胡柚的实践和探索给了人们新的希望。

然而，常山胡柚的征途并非一帆风顺。

2000年后，随着全国柑橘产业井喷式发展，脐橙、丑橘、沃柑等新品牌轮番登台。常山胡柚在市场上遭到冷遇，人们不习惯于常山胡柚微苦的口感，而且市场上的胡柚质量参差不齐，其价格一落千丈。

随之而来的是常山果农砍伐胡柚树，无奈改种其他水果，"常山胡柚"这块招牌一度贬值。

昔日茂密的胡柚林还能继续绿遍常山吗？昔日辉煌的市场业绩还能重现吗？

一系列拯救常山胡柚的行动相继启动。于是，有了"十四任县委书记抓一只果"的佳话，有了胡柚深加工企业横空出世，有了一条完整而清晰的胡柚产业链。

常山胡柚开始踏上逆袭之路，再一次成为常山县的支柱产业之一，成为撬动农民增收致富、实现乡村振兴的有力支点。

"常山胡柚"这块招牌也一掸尘土，重新焕发光彩。

樊燕霞，1987年出生，浑身充满活力，仿佛有使不完的劲。她只要有空就往胡柚基地跑，置身于那一片郁郁葱葱的翠绿之中，如同被一片轻盈的绿色云彩所笼罩。

在樊燕霞的童年记忆里，她常常跟着父亲樊利卿在胡柚林里奔跑。

樊利卿虽然只有初中文化程度，但那时候在农村也算是文化人了。他当过村里的会计，也开过农资店卖过化肥农药。后来，他白手起家，收购、销售胡柚，成为胡柚销售专业户。20世纪80年代，樊利卿在招贤镇成为大家羡慕的万元户，他在全镇第一个拥有自行车，第一个装程控电话，第一个购买电视机，而这一切都是小小的胡柚果给他带来的。

樊利卿把一车车胡柚运到北京、山东和河南等地，有时一天要发几车货。那时候，樊燕霞才读小学，假期就跟着押车的父亲坐大挂车，一路颠簸两天三夜才到北京。樊燕霞跟着父亲他们一起在车上吃住，也不觉得累，对一切充满了好奇。车到北京新发地农产品批发市场时，小贩们开着三轮车早已等在那里，胡柚马上被抢购一空。樊燕霞觉得父亲不是在卖胡柚，而是在分胡柚。后来，她还看出一点门道，如果市场里有三四十辆车，胡柚卖得就慢些，如果只有五六辆车，那分分钟就卖空了。父亲在北京没有仓库，胡柚必须拉到市场就卖掉。那时，樊燕霞就在边上发父亲的名片，以便发展更多的业务。

小小的樊燕霞跟着父亲在北京过了好几个春节，父亲给她上了人生中十分重要的一课，为她以后继承父业打下了坚实的基础。

樊利卿虽然文化程度不高，但对子女的教育却一点不含糊。那些年他在外销售胡柚，春节回家常常用裤袜装钱，捆在腰上带回家。有一年春节，他顶着大雪回到家中，脱了外面的皮夹克，解开围在腰上的裤袜，樊燕霞好奇的眼睛一直盯着父亲，以为父亲带回的是一沓沓人民币。让她意料不到的是，父亲拿出了一盒24色水彩笔。樊利卿是一个不善于表达爱的人，他千里迢迢从北京带回水彩笔，体现了对女儿深深的疼爱。

樊燕霞把水彩笔带到学校，和同学们分享，老师特意提醒同学们别把水彩笔使坏了。在物资匮乏的乡村，一盒水彩笔就能让学生们惊喜不已。

樊利卿常年在外奔波，就专门给樊燕霞请了有高中文化程度的阿姨，主要是为了给她辅导作业。之后，他又把樊燕霞送到诸暨的荣怀学校读高中，这给她的人生道路带来很大的影响。

樊燕霞从北京一所学院毕业后，在杭州和几个同学一起创业，开了一家"租客星球"公司，合伙人分别负责财务、设计、营销、管理。公司很快形成了自己的模式和一定的规模，两年后被上海一家企业收购，樊燕霞他们掘得了第一桶金。

人们都说，子女长大后翅膀硬了要往外飞，拽都拽不回来。可是，已经在杭州工作了两年的樊燕霞却和父母商量要回到乡下，专心致志做胡柚产业。

父亲说："我做胡柚销售30多年，可都是苦力活。你一个女孩子可别跟爸一样卖苦力。"

母亲说："你是家里的独生女，好不容易大学毕业，已经在杭州有一份不错的工作，跳出了农门，怎么还要回来当农民？"

樊燕霞对父亲说："你干的是苦力活，我回来就是让你以后少干苦力活。我们要用互联网搞营销，线上线下销售，前景广阔着呢！"

父母拗不过倔强的女儿，虽然嘴上反对，但心里还是喜欢女儿回来，一家人在一起有个照应，再说如今搞销售还真需要年轻人的智慧和胆量。

村里却有人说闲话:"这女孩没准在外面混不下去了才回家呢!"

樊燕霞辞去杭州的工作，回到常山老家，第一件事就是注册仙文家庭农场，后来又建立了利卿果业专业合作社，父女俩开始了新一轮创业。

与老一辈不同，樊燕霞从绿色生态和电商营销着手，胡柚销量直线上升;但挑战也随之而来，有需求但供应不够，随机收购又难以掌控质量标准。

樊燕霞认为，乡村遍地是黄金，只是缺少有心人。她决定以仙文家庭农场为中心，建立规模化的胡柚精品园。他们农场最多的时候有500多亩胡柚，可是后来不断地被开发做其他用途，只剩下160多亩，远远不能适应日益扩大的销售规模。樊燕霞创造了一种联挂基地模式，让胡柚种植大户联合挂靠在农场，由她免费提供肥料和科技管理，按市场价收购，同时让种植大户有一定比例的销售自主权。基地很快形成规模，胡柚质量有了保证，价格就能相应地提高，销量也比较稳定。这种优质优价的良性循环，给传统种植农户带来了新的生机。她的家庭农场和专业合作社团结了近500户人家1600多人。

樊燕霞一路走来并不是一帆风顺。有一年，基地里的胡柚遭受了病虫害的侵袭，有些叶子开始枯黄，她赶紧叫父亲到田头，分析原因，采取措施。从那时开始，樊燕霞和合作社社员们更加注重优化土壤环境，加强病虫害防治，推进品种改良。

樊燕霞与浙江大学科研机构合作，引进先进的种植技术和设备，提高了胡柚的品质和产量。

辛勤的汗水和智慧的心血换来的是丰硕的果实和成长的喜悦。樊燕霞赢得了合作社社员们的肯定和好评，也赢得了广大客户的信赖和支持，还得到了党和政府的褒奖和鼓励，她是常山县政协委员、衢州市人大代表，当选常山县妇联副主席。

樊燕霞在开拓胡柚产业的同时，积极开展调查研究，听取果农心声，搜集社情民意，通过提案、议案向上级部门提出建议和意见。

为了胡柚，樊燕霞甘愿奉献自己的青春力量。她认为，做好一个产业需要时间的累积和沉淀，前面的道路还很长很长，她愿意深耕胡柚产业，用自己的所学所思带领广大农村青年着力于胡柚产业化、数字化、品牌化打造，努力实现胡柚种植数字化、产业一体化，带动更多父老乡亲增收致富。

樊燕霞和1600多名社员就像一缕缕亮丽的霞彩，组成绚烂的大片云锦，照亮那片绿油油、黄澄澄的胡柚林。

我们走进漫柚溪谷，仿佛走进了绿色王国，漫山遍野是绿油油的胡柚树。放眼望去，数千亩胡柚基地逶迤连绵，绿意铺陈，由地上绿到树上绿，由树上绿到山峰绿，整个基地成为一座以绿为主色的园林。

漫柚溪谷是钦韩芬心目中的一个梦想，它是浙江艾佳集团建设的一个农文旅结合新产业项目，位于常山县同弓乡的太公山片区，项目总面积约4300亩，是常山胡柚种植产业示范基地，也是中国首个胡柚文化主题体验园。钦韩芬立志将其打造成知识产权型第四代田园综合体。

胡柚树的绿色是钦韩芬人生的底色，胡柚也是她一辈子孜孜以求的事业的基石。

钦韩芬是土生土长的常山人，父亲当过常山县第一中学校长，获得过全国优秀教师称号，可谓桃李满天下。说起来，她的兄弟姐妹都算是在体制内工作。她曾在常山县微生物厂工作，后来进了食品质量检测站，几年以后就被推到副站长的岗位上。可是谁也没想到，仕途一片光明的她却下海做起了胡柚生意。

1993年，常山胡柚走上发展快车道，一名当红明星不仅为常山胡柚做形象代言人，还在常山投资创办食品公司，开发胡柚汁等产品。在一次订货会上，仅仅半天时间，这家公司就收到了金额总计2400万元的订单。

但后来事与愿违，食品公司因技术不过关而败走麦城，公司亏损严重，濒临破产。

钦韩芬受常山县政府委托，和公司领导赴京与明星商谈有关善后事宜。这次与明星的接触，竟成了她下海的契机。

都说"外行看热闹，内行看门道"，钦韩芬在食品质量检测站工作多年，也算是专家了，她分析失败的原因，从中吸取经验教训，更为重要的是，她发现其中有无限的商机。常山胡柚浑身是宝，她不相信胡柚会卖不出去，她不相信胡柚产品会开发不出来。

1997年，钦韩芬在众人不解的目光里辞去了公职，着手创办艾佳胡柚企业。

万事开头难，事非经过不知难，但这难那难没有难倒钦韩芬，她的目标就是要把胡柚推向全国，推向世界。那时，公司刚起步，只有四五名员工。为了打开销路，她坐着绿皮火车全国跑，吃过的苦一火车都拉不完。

从衢州坐绿皮火车，无论是到祖国西北的新疆，还是到南方的深圳，都得几十个小时，钦韩芬随身带着一张旧报纸，累了就在座位底下把它铺开，好让自己打个盹。为了节省开销，出差时她专找很便宜的小旅馆。

在北京推销胡柚时，钦韩芬天刚蒙蒙亮就起床，推着平板车赶往花家地早市摆地摊，用带常山口音的普通话吆喝着卖胡柚。

机会总是垂青有准备的人。经过多年商海历练，钦韩芬终于走出了人生低谷，在胡柚事业上迈出了坚实的一步。

浙江艾佳在常山的大地上，从一棵不知名的小树苗成长为万众瞩目的参天大树。

历史的年轮忠实地记录着艾佳不断扩张"疆域"的成长历程和辉煌业绩。

1999年，公司成立，专门从事胡柚种植与销售。

2001年，公司业务由机关、社会团体、高校和部队等团购业务扩展到商超配送业务。

2006年，公司开始建设新疆苹果、库尔勒香梨、甘肃苹果等基地。

2008年，公司商超配送业务由华北拓展到华东、华南，先后与沃尔玛、乐购、家乐福、卜蜂莲花等商超开展合作。

2010年，公司自建综合面积超过2.5万平方米、全年吞吐量超过3万吨的配送中心。

2015年，公司投资建设哈密瓜、丹东草莓等基地。

2018年，公司引进种植西柚，投入无损检测设备，提供社会化分选服务。

2020年，年生产能力8000吨的果汁、果酱生产线投产。

2022年，艾柚香系列果汁饮料正式投入市场销售，4300亩漫柚溪谷胡柚基地全面开建，年总产值预计可达10亿元以上。

艾佳集团的企业文化也像胡柚产业一样不断发展。艾佳集团坚持"以农为本，为农服务"宗旨，为农户提供一流的技术，为客户提供一流的产品，力争成为中国核心产区优质农产品供应者，成为一流的食品深加工企业。

经过20多年的发展，艾佳集团形成了完整的产业链，遵循"原产地"理念，在全国建立了40个果蔬基地，标准化基地面积达5万多亩；在全国一线和二线城市建立了10个加工配送中心，辐射东北、华北、华中、华东、华南、西南等地；建设了现代化冷库10余座，占地面积6万余平方米，存储量达2万余吨。

2021年2月25日，中共中央、国务院作出关于表彰全国脱贫攻坚先进个人和先进集体的决定，集团旗下浙江艾佳果蔬开发有限责任公司被授予全国脱贫攻坚先进集体称号。

多年来，钦韩芬怀着强烈的使命感，把扶贫帮困放在企业社会责任的第一位。从2003年起，艾佳集团在西北、西南等部分贫困地区，通过和农民共建合作社、收购农特产品、科技扶贫等方式，帮助低收入农民实现脱贫。钦韩芬还创建产销联盟，在新疆、四川、甘肃、云南等地联合企业、联合基地、联合农户，帮助贫困地区、贫困农户建基地销产品，实施产地扶贫和产业扶贫。艾佳集团带动了农户就业，富了一方百姓，为上千名农村劳动力提供了就业岗位，其中失土、失劳和重负担等低收入农户占10%，每年发给农民的工资达1400多万元。

这些年来，钦韩芬北京、常山两头跑，甚至在全国各地跑，但她心系故土，仍然将集团总部安在常山。她认为，做任何事情，只要一直坚持下去，就一定能成为这个领域的专家。

她有空闲时，会登上漫柚溪谷的观景台，放眼眺望，四周是一望无际的绿色胡柚林，整个人仿佛沉浸在绿色的海洋里，而在成熟的季节，金黄色的胡柚果压弯了枝头，空气中飘荡着淡淡的清香。

常山的故事，从一棵胡柚开始；而宋伟的故事，则从一棵香柚开始。

浙江常山恒寿堂柚果股份有限公司董事长宋伟用6年时间，在常山种了1万多亩40万株香柚。

这种树的果子又酸又涩，没法像其他水果一样直接品尝。树枝上还长了坚硬的刺，采摘十分困难，工人们要穿着厚厚的服装，戴上护目镜，全副武装才能干活。即使是地上的枝干，也得整理干净，统一收集，不能乱扔。

就是这样苦涩的香柚，宋伟的果园第一年就收获了400吨，创造了5000万元销售额。他生产了一款香柚和胡柚混合的双柚汁，在饮料市场上十分火爆。

宋伟，1968年出生，上海人，毕业于上海交通大学，后来在物资贸易中心、金属交易所、期货经纪公司工作，掘得了人生第一桶金。

2007年，宋伟在常山收购胡柚，开发蜂蜜柚子茶。一开始，他把胡柚拉到上海加工，但价格下跌，一直没有打开市场。

2013年，宋伟把工厂搬到青石镇，租了40多亩地，一边种胡柚，一边搞加工，但仍然没有达到预期目标。

就是在这一年，宋伟到日本考察，马路村香柚产业的经营方式让他茅塞顿开。

马路村位于日本南部的高知县，人口约900人，面积约165平方公里，全村种有约46000棵柚子树，柚子产品数量达200多种，年销量1000多万件，年销售额折合人民币近3亿元。马路村的柚子果汁畅销20多年，村庄面向全球粉丝推出"特别村民制度"，已有上万人成为特别村民，村庄还打造了柚子节、柚子民宿、柚子温泉、柚子宴，丰富消费者有关柚子的体验，推动多产业融合。

宋伟被马路村的香柚深深吸引，他对香柚做了认真研究并做出了一个改变他人生轨迹的大胆决定。

香柚是芸香科柑橘属植物，皮厚且凹凸不平，柚胞多，芳香浓郁。香柚原产地在中国长江流域，唐朝时经朝鲜半岛传至日本。香柚果苦涩，无法鲜食，却广泛应用于饮料及其他食品、美容护肤产品的生产。香柚果皮可制作果酱、果茶等；果汁可制作饮料、调味品等；籽油具有美白抗氧化效果，可制作美容护肤品；从果皮提取的精油可添加到食品、美妆日化产品中。

宋伟认为整个香柚都是宝，可全面加以利用。他经过考察比较，得出了惊人的结论：1亩香柚产值大于1亩胡柚，香柚综合产值是同等数量柠檬的10倍。

2014年，宋伟开始从日本引进香柚枝条，决定种1万亩40万株香柚。这让常山柚农感到吃惊，在他们看来，这简直是一个神话。

宋伟提出了一个口号：双柚合璧，争创百亿。他要在常山建造中国首个香柚产业链集成体，构建起集农业、生态养殖、农业观光、食品加工为一体的产业融合项目。

宋伟设想了5年计划：建成香柚基地2万亩，年产香柚2.5万吨，建立精油、果汁、果酱3条初加工生产线，到2027年年产值达到100亿元。按照香柚和胡柚1∶2的配比，生产柚子汽水、果酱、果糕、果冻、糖果等一系列"双柚合璧"产品，就能将常山胡柚所有的加工果"消化"得干干净净。

宋伟孤注一掷，卖掉了上海的房子，资金全部投入香柚种植和加工。那一段时间，因为老旧果园改造、香柚种植、生产线投入等等，他的资金十分紧张，他甚至动员弟弟把上海的房子也卖掉。

在宋伟最困难的时候，常山县委、县政府给了他全力支持，通过合作社以2500万元收购30万株香柚并返租。宋伟立即新建了双柚汁生产线，2021年销售额比前一年翻了两番，企业发展终于进入了快车道。恒寿堂开发的双柚汁饮品，一经面世便迅速占领饮料市场，2022年单品卖出1亿瓶，实现销售额4亿元；2023年上半年，双柚汁几乎每天出厂量都有10万箱，预计年销量比前一年要翻番。

宋伟把"双柚合璧，争创百亿"的口号贴到车间、仓库、班组，给大家指定目标任务。2023年2月底，恒寿堂柚香谷田园综合体灌装第三车间破土动工，规划了4条高速自动灌装生产线，年产值可达45亿元。

在柚香谷的车间里，灌装生产线就像一条高速公路，一件件崭新的产品朝着"双柚合璧，争创百亿"的宏伟目标奔流着，飞驰着。

因为胡柚，我们和刘峰有了更多的话题，他是动画电影《胡柚娃》的总制片人。

刘峰曾经担任上海电影（集团）有限公司视觉上海工作室执行总监、导演，纪录片《视觉上海》发行到160个国家和地区，产生了广泛的国际影响。这位常山县土生土长的影视艺术家,对中国传统文化也有着深刻的理解,其中常山喝彩歌谣让他陶醉。

常山喝彩歌谣历史悠久,出现时间距今有400多年,它是一种在结婚、上梁、祝寿、春种、秋收、开业时表演的具有地域特色的民间歌谣。2014年11月11日,常山喝彩歌谣经国务院批准列入第四批国家级非物质文化遗产代表性项目名录。2019年,刘峰导演的非遗宣传片《常山喝彩歌谣》获得全国市县电视台推优活动电视专题类一等奖,并入围中国非遗影像大展。

让刘峰感到自豪的是,他一直在为家乡的胡柚做着推广宣传工作。2017年,他受时任常山县委常委、宣传部部长余风的邀请,回乡拍摄《胡柚娃》,被大山坞村的泥土屋所吸引,后来和杨建平、张冀平等一起开发云湖仙境民宿,还加入了"父亲的水稻田"项目建设。

刘峰结合家乡的自然地理、人文风俗等元素,将文化植入农业,把胡柚做成卡通形象,让它走出了国门,让常山胡柚声名远播。

2013年至2018年,常山县委宣传部联合上海美术电影制片厂打造了《胡柚娃之胡柚诞生记》《胡柚娃之拜师学艺记》等六集胡柚娃动画短视频。2020年,动画电影《胡柚娃》上映。刘峰创作的胡柚娃卡通形象憨态可掬,动人可爱,一下子拉近了品牌与消费者的距离。

2017年,刘峰曾把胡柚娃相关视频带到伊朗参加文化交流活动,作品的教育意义和艺术价值契合伊朗的文化需求,备受当地观众欢迎。

因为胡柚娃,刘峰与伊朗主持人何飞结缘。2016年至2021年间,何飞两次来到常山,他被常山悠久的胡柚文化和丰富的胡柚产品所吸引,一直想探究常山胡柚致富的密码。

2022年10月3日,大型跨国合拍纪录片《伊路向东》第三集在常山开拍，该项目由中央广播电视总台亚非中心与伊朗国家电视台牵头，由伊朗著名纪录片导演卡米尔·索赫利摄制团队拍摄。其中第三集智慧篇以常山胡柚为主角，通过何飞的视角解码一颗小果如何发展为富民产业，农文旅融合如何推动农民致富增收，让实现乡村振兴的常山智慧走出中国，走进伊朗，促进中伊两国特色产业发展互鉴。让何飞感到振奋的是，他每次来都被常山人民的热情好客所感动，也能真切体会到常山近几年的巨大变化，他想通过表达自己的所见所闻，让这座县城在国际舞台上展现魅力。他发现，常山的胡柚和伊朗的柠檬有很多相似之处，常山胡柚的产业发展模式非常值得学习。他希望通过此次拍摄，以异国人的视角展现常山胡柚的历史和文化，进一步深化中伊友谊。

《伊路向东》共三集，分别是功夫篇、相知篇和智慧篇，聚焦中国文化、特色产业发展等主题，诠释中国人民为创造美好生活不懈努力的故事。常山胡柚的故事在第三集智慧篇中展现，以《一颗果 一座城》为片名，何飞以一位探寻者的身份，在常山走进柚农家中，与他们一起生活、劳作，参观胡柚技术研究院、加工企业，亲身感受中国老百姓生活、生产的真实情况，发现特色农业给普通百姓带来的改变，向海外观众介绍中国扶贫减贫的经验以及朝共同富裕奋进之路上的中国智慧。摄制组从前期踩点、确定拍摄地点到实际拍摄，前后历时近一年。

《伊路向东》总策划及制片人刘婷把这部纪录片作为推动中外交流的重要支点，未来将以常山胡柚为契机，拓展对外交流合作渠道，讲好中国正能量故事，塑造中国形象。她说："对于伊朗人来说，他们可能根本没有听说过胡柚这种水果，他们难以想象我们常山30多万人每家每户都和水果有关系。通过纪录片的方式，伊朗人能够真正明白我们中国人民是怎么一起努力朝共同富裕迈进的。"

2023年2月14日至16日，伊朗总统莱希首次访华之际，《伊路向东》在伊朗国家电视台各大频道播出，触达观众1亿多人次，在伊朗掀起了一股中国风，为伊朗总统访华营造了良好的民间氛围，同时也把常山胡柚的产业故事介绍给了伊朗人民。

伊朗农业部部长赛义德·内贾德观看此片后表示，伊朗与中国有着深厚的传统友谊，伊朗民众对中国有浓厚的兴趣。这部纪录片为伊朗观众打开了一扇了解真实中国的窗口。希望两国进一步加深包括农业在内的各领域的合作。

和摄制组预测的相似，《一颗果 一座城》的播出获得了伊朗民众的极大关注和热烈反响，很多观众致电电视台要求重播该片。摄制组收到大多数观众的反馈是谈论中国政府对农村和农业的重视度。观众们认为，摄制团队和主持人在中国一个县城短暂逗留并和当地的居民和谐相处，打成一片，这本身就非常有趣。

昔日无人问津的山间野果，如今成为备受喜爱的致富果，这是一颗会讲故事的金果，而且把故事一直讲到了国外。

2021年，是常山胡柚又一次升级的元年。

新一届县委、县政府领导接过胡柚产业"接力棒"，抓基地，深加工，换包装，强推介，办节会，讲故事，拍电影……在县委、县政府领导的推动下，常山胡柚逐渐重新回到"舞台中央"，创新发展的故事不断被人书写。他们要延续"十四任县委书记抓一只果"的佳话，久久为功，再创辉煌。

关于"千万工程"的目的，关于山区共同富裕的时代命题，关于一只胡柚果的成长，常山县提出"一切为了U"理念，给出了常山人自己的独特理解。

"一切为了U"，即"All for U"。这个"U"既是胡柚、香柚，又是茶油，也是旅游；这个"U"更是你，一切为了你，一切为了人民。

常山秉持"一切为了U"的核心理念，努力打造胡柚、香柚、茶油融合发展的"两柚一茶"主导产业。县委、县政府领导着眼于做深做精胡柚产业，延伸产业链，提高效益。

胡柚树每年都要疏果，小青果食之无味，弃之可惜，如何利用是困扰果农的一大难题。

小青果入药，称为"衢枳壳"，又称"胡柚片"，成功入选《浙江省中药炮制规范》（2015年版）后，在常山县有关部门的努力下，小青果也正在发展成一个产业。小青果很快在市场上蹿红，身价翻了好几倍，常山涌现出不少相关的药材基地和企业。常山县委托第三方机构加大对胡柚药用化的基础性研究，争取早日让衢枳壳被收录进《中国药典》增补本，这样它就能全面流通了。

柚的药用价值在《本草纲目》中就有所记载。近年来，常山县与华中农业大学、浙江中医药大学等院校建立合作关系，开展衢枳壳全基因组测序、深化降糖降脂、抗炎清肺药理等研究，陆续开发出小儿止咳糖浆、衢枳壳配方颗粒等产品。"胡柚全果高值化利用加工技术研究和应用""胡柚药用资源综合利用关键技术研究与产业化示范"被列入浙江省科技厅"尖兵""领雁"研究攻关计划项目，这些课题致力于胡柚降糖降脂、抗炎、抗氧化等药用基础性研究。

2018年，衢枳壳入选新"浙八味"，常山县开启了衢枳壳全产业链建设，积极打造道地药园，实现年产量6000吨，产值2.8亿元。2022年年底，百年老字号中药名企胡庆余堂看中胡柚的功效，研究开发了常山胡柚膏，市场反响很不错。2023年，衢枳壳入选浙江省首批道地药材目录。常山已成为目前全国最大的衢枳壳生产基地，胡柚青果的发展蓝图将更加美好。

浙江德茗农业开发有限公司董事长段辉根，从2016年起潜心研究胡柚青果茶，经过3年的配方摸索，常山胡柚青果茶迎来投产，并于2020年开始销售，畅销杭州、广州及福建多地，第一年销售额就达80多万元。

常山胡柚青果茶产业只是常山胡柚深加工的一个缩影。2021年，常山胡柚种植面积有10万余亩，鲜果总产量达13万吨，尽管已有数十家加工企业，但深加工比例仅为30%，根据调研分析，这一比例至少得提高至60%，才能基本上消化掉小果、次果。近两年，常山县致力于胡柚精深加工的发展，争取实现全果利用。

在常山胡柚智能化育苗中心的大棚里，种植在营养钵中的胡柚苗翠绿一片，健康成长。早在1986年，常山县就建立了胡柚良种场。随着近年来胡柚种植面积的飞速扩大，常山县更加重视胡柚品种培育，每年向全县农户免费提供优质种苗，2023年全年将定向提供5万棵胡柚苗。

常山县开展了"庭院一棵胡柚树"计划，全县14个乡镇（街道）已有超1200家农户达成意向，由中标单位和监理单位一起对苗圃内胡柚树进行确认，统一进行起球、包扎等处理。这一计划将让胡柚遍植常山农家的房前屋后，使全县农户共享推进共同富裕的金果子。

2023年3月28日至30日，浙江省山区海岛县"一县一链"现场推进会在常山召开，主题是聚焦农业主导产业，落实"一县一链"机制，做优做强全产业链。

成功的背后，离不开强有力的政策支持。近五年来，常山县连续出台《常山胡柚产业高质量发展三年（2020—2022年）行动方案》《常山县"两柚一茶"产业高质量发展（2021—2025年）行动方案》等政策。2022年，常山县还与省农业农村厅、省发展和改革委员会联合制定《关于支持常山县跨越式高质量发展的若干举措——培育做强"两柚一茶"产业》。"一县一策"，为常山县胡柚产业发展指明了方向。

截至2023年上半年，常山已开发"两柚"系列产品80余款。以胡柚为核心的"双柚"产业总产值突破40亿元，"常山胡柚"国家级地理标志农产品品牌价值达104亿元。到2025年，常山力争"双柚"全产业链总产值突破100亿元。

2023年7月7日，浙江大学-常山县高水平校地合作推动乡村振兴及产业高质量发展大会在浙江大学求是大讲堂召开，会上举行了浙江大学-常山县油茶产业联合研究中心成立仪式，同时举办了恒寿堂"双柚汁"更名"宋柚汁"的品牌发布活动，标志着常山县胡柚全产业链高质量发展又迈上了新征程。

一颗果富了一座城。胡柚这颗小小致富果，像千千万万的运动健儿一样，奔跑在常山的乡村大道上；像千姿万态的花儿一样，开放在浙西第一门户的山林沃野间。

咖啡豆的蝶变

假日的早晨，一股浓郁的咖啡芳香将这座山城唤醒。

我们漫步在行道树茂密葱郁的青田县欧洲风情街，随处可见欧式建筑群。白色的镂雕拱门，深咖色大铁皮包裹的外墙，十分引人注目。瓯江穿城而过，水色浅绿，波光粼粼，流水悠然地伴随着山城的人们开始新一天的"海派生活"。

在这里，一颗颗咖啡豆正在发生蝶变，让这座小城充满青春活力，生机勃发。

香媞丽餐厅就坐落在咖啡酒吧一条街上，里面不大的空间坐满了喝咖啡的年轻人，卡座、包厢座无虚席。1984年出生的女主人潘迪华亲手给我们冲调咖啡。不一会儿，还冒着热气的咖啡被端上来，带着拉花图案，十分精美雅致。我们一边欣赏着，一边慢慢地啜饮，咖啡伴着牛奶的香甜在口腔弥漫。

2022年6月，潘迪华和潘迪毅姐弟俩从北国边城回到家乡青田，他们的愿望是回乡开一家有温度的咖啡馆。潘迪华虽然只有中专文化程度，却很有艺术范，她专门请设计师进行空间打造，大门和两边的窗户采用圆拱形，没有招摇的门头，没有花里胡哨的装饰，却处处透着欧洲风情。她主张做减法，浅灰色的立面让餐厅显得纯粹而独立，半遮面的效果深深勾起人们的好奇心。极富创意的店名标志——一个穿着长裙跳舞的优雅又灵动的姑娘，特别引人注目。潘迪华就想营造出这样的感觉，建筑不喧自有声，空间不言自从容，在欧式风格的外形中透露出东方美学里的禅意。

2022年7月15日，青田"西餐大师"人才培训计划孵化出的首家人才创业实体店——香媞丽开业。这里很快成为人们争相"打卡"的餐厅，每天都顾客盈门，年轻人尤其多，他们都喜欢到这儿喝上一杯咖啡。

在二楼的小包厢里，阳光从斜顶上的天窗里洒进来，让人感到温暖惬意。

潘迪华的父母亲是土生土长的青田人，和几十万青田人一样走南闯北，先是在黑龙江省绥芬河市开了一家咖啡店，后来落脚在边境小城抚远，开了一家蛋糕店。潘迪华、潘迪晓和潘迪毅姐弟三人跟着父母，从小耳濡目染，爱上了这个行业。

祖国陆地东端的抚远，每天最早将太阳迎进家门，有着"华夏东极"之称。潘家姐弟的相聚咖啡厅，成为抚远城区第一家咖啡厅，经过多年的努力经营，店面从40多平方米扩大到246平方米。

如今，潘迪华、潘迪晓、潘迪毅姐弟三人都和咖啡结下不解之缘，做着甜蜜的事业。潘迪晓已经在抚远扎根，买房定居，有三个可爱的孩子，过着幸福美满的生活。

青田的香媞丽餐厅门庭若市，热闹非凡，姐姐潘迪华负责店铺经营，弟弟潘迪毅负责线上运营。潘迪毅还在青田办了一家蛋糕生产企业，已经成为业界赫赫有名的"西餐大师"。

每一个努力生活的中国人都是美丽的奋斗者，潘迪毅就是青田几十万山区追梦人之一。他出生于1986年，是姐弟三人中最小的，最能接受新知识，什么事都想试一试、闯一闯。他始终认为，一个人必须有一技之长，这样才能立足社会，在广阔的天地有用武之地。

2003年，潘迪毅毕业于丽水职业技术学院，学的是音乐专业，也许是因为性格有些内向，他没有在音乐领域走得更远。他后来到一家单位干过一阵，但他最喜欢的还是烘焙。

2009年，潘迪毅不远千里地来到绥芬河市，跟着舅舅学做餐饮，之后和潘迪华、潘迪晓在抚远小城一起经营咖啡厅，这里是潘迪毅烘焙事业的起点。

他每次到厨房，很快就进入状态，认真钻研每一道工序，从选材、配料到造型都精益求精，因此他做的甜点总是受到顾客热捧。经过琢磨思考，他将陈旧的店铺改头换面，使开在中俄边境的餐饮店迎来了第二个春天。

有一次，一名外国客人尝过他做的甜点后，在厨房门口等了十多分钟，只为和这位西点师握手致谢。外国客人说："没想到中国的小伙子能做出这么美好的食物。"

在外国客人面前，潘迪毅有几分腼腆，但他内心感受到了莫大的成就感。从那以后，他更坚定了学好烘焙的信心，也更明确了人生方向。

2014年，他从美味人生法式西点学校西点全能班毕业后，前往法国蓝带日本东京校区法餐专业进修。通过两年的刻苦学习和磨砺，他顺利毕业，获得蓝带高级认证。

2017年，潘迪毅从网上了解到，湖南长沙的彭程西式餐饮职业技能培训学校很有特色，就毫不犹豫地前往长沙。在那里，学校的创始人彭程给了潘迪毅许多悉心的指导和帮助，成为他烘焙事业上的"贵人"。此外，潘迪毅曾与世界工匠最年轻的甜点大师、法国青年甜点师比赛冠军、三星米其林甜点主厨、世界面包工匠、国际一流烘焙教学团队等交流学习。

这一年，作为中法文化节的一部分，中法联合举办的首届世界青年法式西点师比赛在长沙举行。潘迪毅代表中国和来自法国、瑞士、比利时、加拿大、摩洛哥的青年法式西点师切磋交流。他在中方青年西点师技艺比拼赛中脱颖而出，斩获冠军，并获得由法国驻华大使馆提供的全额奖学金赴法国留学一年。

这一路走来，潘迪毅说要感谢一个人，那就是他人生中的导师彭程。彭程曾经告诉他："当你懂得越多的时候，你会发现不懂的越多。"

正是因为这句话，潘迪毅深刻体会到了知识的重要性。他不断地学习，精进自己的烘焙技艺。

从领奖台上下来，潘迪毅和恩师彭程拥抱在一起，摄影师捕捉到了这个美好的瞬间。潘迪毅把那张照片选为自己的"2017年度照片"，他在社交平台上写道："合上昨天的日记，开始谱写新的篇章。将这次获得的新技能好好传习。"

学成后，潘迪毅回到家乡，在丽水万地广场开了属于自己的甜品店，这是莲都区第一家严格意义上的法式甜品店。

2021年，潘迪毅作为上海国际烘焙高峰论坛特邀嘉宾，与大家分享交流经验，并在烘焙展上进行产品操作演示，同年被评为全国最美烘焙人。

都说"外行看热闹，内行看门道"，烘焙制作有许多程序规范和技术奥秘，法式甜品从食材到制作，讲究搭配和平衡，虽然呈现的成品优雅从容，但过程其实处处严苛。潘迪毅对每一个步骤及其注意事项都稔熟于心，严格要求，精益求精。

现在，潘迪毅也开始传授烘焙技艺，他的"西餐大师"培训班在青田正式亮相，为青田学员带来丰富多样的西式面点课程，他的培训班堪称青田西餐界的"黄埔军校"。他还运营"阿毅美食频道"，开设付费直播课程，到2022年上半年已有线上学员9万多人，单款产品年销量30多吨。

越来越多的年轻人瞄准咖啡这个大市场，在青田这块土地生根、开花、结果，闯出了一片崭新的创业天地。

金潜蕾是较早在青田开咖啡馆的返乡青年，她1996年去法国巴黎，2004年回乡创业，2005年开办了一家小型餐饮店，2010年创办了巴黎故事咖啡吧。十多年后，金潜蕾在青田已经拥有六家咖啡吧，相继开了五家爱美伦餐饮连锁店，她从"小金"变成了"金总"。她的目标是把咖啡馆开到全国去，做咖啡自有品牌的百年老店。

坐落在瓯江畔的青田咖啡之窗已经成为青田对外展示本地咖啡产业和文化的一个窗口。经营者滕亮是温州永嘉人，从2005年开始在青田就业，先在华隆酒店上班，后来又在另一家星级酒店做行政总厨；2012年开始自主创业，开了多家中餐馆，掘得了人生的第一桶金。因为咖啡，他爱上了青田。青田咖啡迅速发展，让这名温州年轻人看到了商机，他开始有关咖啡的创业历程。滕亮认为，青田和永嘉有许多相似之处，传统文化、饮食口味、风俗习惯都相近。青田包容开放，给他这个外乡人许多温暖，他也因此融入了青田这块侨乡宝地，不仅担任青田县餐饮行业协会会长，还被选为青田县、丽水市的人大代表。

托尔磨咖公司是一家供应咖啡豆和咖啡设备的咖啡产业链服务商。总经理叶焕雄早年去意大利闯荡，在威尼斯和米兰生活过，后来回家乡创业。他的老家是离青田县城20多公里的一个小村庄，海拔700多米，他从小跟着父亲种地、做生意。在意大利的生活经历，为他从事咖啡产业链服务打下了坚实基础。青田咖啡从意式浓缩咖啡起步，不仅因为有10余万青田人侨居意大利，更因为这种咖啡香醇浓厚的口味、饮用快捷的特性备受在外打拼、过快节奏生活的青田华侨喜爱。叶焕雄从意大利返乡后也开过西餐馆，但最终他把自己的事业定位在咖啡产业链服务上。

为了从源头提升咖啡的质量，叶焕雄的公司每年派出上百名"咖啡猎人"前往南美洲、非洲、亚洲的咖啡产地，挑选采购当年最优质的咖啡豆，再经过独创的拼配烘焙工艺，生产出各种不同风味的咖啡豆。这些产品极受消费者欢迎，每年在意大利咖啡豆销量排行中名列前茅，是意大利皮埃蒙特、伦巴第等地区的专业咖啡馆选用最多的咖啡豆。因为供应优质的产品，叶焕雄的公司很快就在青田站稳了脚跟。

叶焕雄的团队也提供咖啡吧台设计、吧台不锈钢产品定制、咖啡文创产品定制、水吧设计服务，他们还可以帮助引进意大利各种商业咖啡机，专业咖啡机维修师叶剑力带领的维修团队为顾客提供售后维修服务。托尔磨咖公司为青田咖啡产业注入了强劲的发展动能。

一大批年轻人回乡投身咖啡行业，山城青田处处飘溢着咖啡的香味。

"九山半水半分田"的独特自然环境，并未束缚青田人梦想翱翔于天空的羽翼。大约自17世纪起，一批又一批青田人去往欧洲，他们漂泊海外，经商谋生，并和咖啡结下了不解之缘。工作疲劳之际，他们像当地人一样去咖啡馆，在那里喝上一杯浓浓的咖啡，放松身心。

20世纪30年代，大量青田华侨开始用皮箱将来自原产地的咖啡豆、咖啡机、咖啡壶带回青田；20世纪90年代，青田街头开始出现原乡人、福乐门等咖啡馆；最近几年，青田咖啡产业迅速崛起，风靡山城，这和青田人走出山门闯世界的历史分不开。

2022年12月，青田县召开侨情数据新闻发布会。根据调查推算，青田有38.1万名海外华侨华人分布于世界146个国家和地区，青田华侨数量前十的国家依次是西班牙、意大利、葡萄牙、巴西、法国、奥地利、德国、荷兰、比利时、塞尔维亚，其中西班牙、意大利的青田侨胞均超过10万人。

青田这座拥有1300多年建县史的浙东南山城，虽小却享誉全球。这里有中国首个全球重要农业文化遗产"稻鱼共生系统"，古老的农耕文明延续至今。匠心独具的青田人，将中国四大名石之一的青田石雕琢成名扬天下的青田石雕，让世人领略到中国雕刻艺术的璀璨光芒。而今天，山城正劲吹"咖啡风"，青田已经成为咖啡消费的"王国"。青田县市场监督管理局数据显示，2020年青田新开业的咖啡店有64家，2021年新开业104家，2022年新开业14家，注册总数已超400家。

青田咖啡爆发式繁荣，成为当地特色优势产业。青田县采取了一系列措施，助推咖啡产业向规模化冲刺，本地企业与知名咖啡原产地的种植、加工、经营企业加强合作,"咖啡生产＋设备采购＋配送＋培训＋保养"的全链标准化供应模式雏形渐显。

咖啡产业发展过程中,必须有人才体系的支撑。青田县职业技术学校是较早培训咖啡师的试水者。2017年,学校自编咖啡相关教材,开设咖啡选修班,到2021年年底已陆续培养了近200名学生。2021年,学校正式引入人社部咖啡师培训基地,挂牌咖啡技师学院,开展咖啡烘焙、杯测、萃取、拉花等全流程实操培训,更好地培育本土咖啡人才。

优质的咖啡豆跨越重洋后被青田人接纳改良,并逐步成为城市品牌。在当地政府的力推下,青田咖啡品牌的地方标准应运而生,连续举办青田咖啡博览会,使青田咖啡的全国知名度逐步上升。青田县的400多家咖啡馆每年要消耗80吨左右的咖啡豆,总体年营业额约2亿元,咖啡已经成为青田的支柱产业之一。

一颗咖啡豆成为青田山区推进共同富裕的种子,有着300多年海外创业史的青田,每年都有数以万计的华侨跨越重洋,回到自己的故乡旅游、居住、创业。山野与国际、自然与时尚、传统和现代这三重变奏,造就了"时尚侨乡,世界青田"。

一大批青田年轻人的创业梦想从一颗咖啡豆开始,他们的创业实践给山城注入了新的活力、新的动能。

八仙溪畔的岁月嬗变

八仙溪是一条风光旖旎的河流，积道山是一座文化底蕴深厚的山岗。如今，"八仙积道"共富带项目把河流、山川融为一体，一树树樱花，一片片绿地，一群群白鹭，勾勒出诗意，彰显着生机，为岭下这个千年古镇注入了新的活力。

时光荏苒，岁月如梭。改革开放40多年后的今天，"千万工程"实施20年后的今天，中国农村正在发生翻天覆地的变化，乡村振兴战略正在引领着中国农村走向共同富裕。

雨珠打在庭院的芭蕉叶上，发出一阵阵清脆悦耳的滴答声，雨中的坡阳古街充满诗意。街道路面铺了青石板，两边镶嵌着鹅卵石，人走在上面仿佛走进了千年往事。两旁是各有特色的店铺，五颜六色的招牌、香味诱人的美食吸引游人驻足，流连忘返。

坡阳古街有"浙中第一古街"的美誉，旧时是一条上通丽水、台州、温州，下达金华、衢州、建德等地的陆路交通要道，这里曾经客栈、茶楼、商号鳞次栉比，这里曾经车水马龙，是旅人、客商的集聚地，满街散发着人间烟火气。坡阳古街的古民居建筑具有十分明显的婺派建筑风格，白墙黛瓦，古色古香，有的建筑年代可追溯到明末清初。

2023年，金华市金东区将"八仙积道"共富带列入年度十大重点项目之一，涉及岭下镇岭五、釜章、诗后山三个行政村，人口1010户2461人，区域面积7077亩。这个共富带项目是优化区域承载能力和深化"千万工程"的重点项目。

"八仙积道"共富带一头连着坡阳古街，一头连着积道山，八仙溪就在它们中间汩汩流淌。八仙溪发源于武义八素山，上游有一个方坑水库，水库下来就是八仙溪，全长有28公里，流经岭下镇新亭村、河口村、釜章村、王溪村等，在江东镇横店村注入武义江，在金东区境内有14.7公里。

八仙溪在金华闻名遐迩，传说知名婺剧《僧尼会》里的故事就发生在八仙溪的相遇桥上。这个故事讲述了一个小和尚与一个小尼姑之间的爱情故事。数百年前，山上的寺庙与山下的尼姑庵隔河相望。一个男孩和一个女孩因种种原因不得不从小出家。一日，小和尚和小尼姑趁住持外出出门玩耍。他们在途中相遇，一来二去，有问有答，诙谐成趣，顿生情愫，最终双双还俗，在八仙溪畔过上了幸福的凡俗生活。虽然《僧尼会》故事有各种各样的版本，但积道山的古建筑、八仙溪的美景还真是演绎爱情故事的绝佳背景。

积道山是金东区境内的一座孤山，平地而起，孕育了丰富多彩的文化。清《金华府志》记载："连屏拥翠，石磴萦纡，绝顶平坦如掌。"山上有规模盛大的慧通阁，山腰有形态各异的马鞍石，还有"龙潭"泉孔，旧时逢干旱之年，附近村民经常到积道山祈雨。以积道山为发生地，民间产生了许多关于山、水、人物、动物、花草的传说和故事，还有"金华人看不到积道山要哭"的谚语，积道山被视作金华的标识和乡愁的象征。金华的斗牛文化也是因积道山而产生的。相传黄大仙在山巅观天象地貌，发现积道山与尖峰山遥遥相对，南北呼应，形成斗牛之势，认为是凶险之象，为保百姓平安，遂用斗牛之法破解，于是金华产生了斗牛这一独特的文化传统。

"八仙积道"共富带把地域文化元素融入各种景观，从坡阳古街开始打造，古街焕发新的光彩。坡阳古街保护早在2004年就已开始，至今走过了20个年头。2018年，政府招商引进了首批6个业态，丰富了古街的文化元素。这次古街风貌提升工程共有涉及100多户的41栋民居需要收储，由于共富建设早已深入人心，项目推进势如破竹，20个子项目同步施工，古街新面貌已具雏形。

吕佳月出生于1995年，研究生学历，作为选调生担任岭五村党支部书记助理，全程参与了房屋收储工作，耐心细致地向村民讲解政策。有一个房主家里兄弟多，还有一个老母亲，情况比较复杂，迟迟没有答应收储。那几天，吕佳月几乎天天拜访这个房主，不厌其烦地做工作，又请来镇里的退休干部一起帮忙。这个房主最终消除顾虑，签了收储协议书。

朱冬冬奶奶70多岁，患有眼疾，吕佳月平时经常帮忙跑腿，几乎像亲孙女一样，她还给奶奶留了电话，方便联系。朱奶奶家在古街上也有房子，当吕佳月上门说明来意后，朱奶奶只和女儿通了一下电话，就当场签了收储协议。朱奶奶说："古街提升改造是好事，我得支持！"

在古街修缮现场，我们看到老师傅们俯身拿着刻刀展示着"绣花功夫"。来自中国美术学院的设计师王文滔被这里的自然环境和布局所吸引,他的设计理念是尽量保留原有的格局,因此在古街修缮中很多细节都是按一比一复刻。把古人的智慧沉淀下来,然后结合现在的功能需求,按现代人的生活方式加以梳理,整条古街空间打造有松有紧,展现了一种舒适的状态。

这些年,坡阳古街不断引进各种业态,既有各种艺术馆,也有充满生活气息的坡阳豆腐宴。业主朱惠娟曾经在机关食堂工作,烧得一手好菜,她在坡阳古街看到了商机,毅然决定在古街上租了200多平方米的店面,开了一家坡阳豆腐宴餐馆。2022年10月4日,坡阳豆腐宴开张,婺剧坐唱班在门口街上表演传统曲目《花头台》,在城里做电商的女儿赶来帮忙,12岁的外甥女在店里弹古筝助兴,一时顾客盈门,热闹非凡。

朱惠娟细心研究豆腐特色菜谱。虽说以前在食堂做过饭,但烧的都是大锅菜,豆腐宴必须做出以豆腐为主的特色菜,所以她向老人们请教豆腐宴的传统做法。

朱惠娟敏锐地发现,坡阳豆腐制作其实是一项活态非遗传承技艺,经历了一代又一代人的坚守与传承,直到今天依然遵循古老的方法。从选豆、浸豆、烧火、磨豆、沥浆、锅煮、沥渣到点豆腐,最后舀入榨架使其成形,每一个步骤都浸透着辛劳与智慧,浸透着对传统手艺的尊重与保护。坡阳豆腐散发出的香气和味道传递着工业机器无法给予人们的温度、记忆和情感。朱惠娟运用坡阳豆腐的传统技艺,精心制作了以豆腐用材为主的招牌菜,比如坡阳豆腐,她先将五花肉切丝煸香,豆腐煎至两面金黄,放入辣椒、葱、蒜等佐料,再加入清水焖煮调味,这种豆腐托于手晃动而不散塌,掷于汤中久煮而不破碎,入口鲜香嫩滑,营养也很丰富。她还研究制作了玫瑰豆腐糕、坡阳豆腐丸、豆腐有机鱼、香辣豆腐乳等十多种特色菜，让顾客闻香而来，回味无穷。

朱惠娟整日笑盈盈的，热情欢迎八方来客。2022年10月20日和11月20日，古街举行了两场豆腐宴。尤其是11月20日那场，可以说是古街的盛会，从西头到东头摆了40桌板凳宴，400多人把古街挤得水泄不通，周边金华、丽水的客人慕名而来，又把坡阳豆腐宴的美名带向四面八方。

诗后山村是"八仙积道"共富带的第一门户，在我们前去采访时，村民们忙着整修入口景观，修建大型停车场。近年来，诗后山村开展退耕还林，整治了280亩土地，建造了老年公寓，家家户户开通了天然气，告别烧柴和煤气的时代，生活越来越便利舒适。

天星调良马术俱乐部入驻岭下镇，让当地居民感到既新鲜又惊奇。《调良图》是赵孟頫所画人马图中很有名的一幅，调良马术的名称即源于此。天星调良马术场馆是为2022年浙江省第十七届运动会新建的场馆之一，马术馆项目对金东区文化、体育、旅游的产业融合发展意义重大，影响深远。金东区专门引进国内顶级马术俱乐部，开展成人及青少年马术培训、国际考试认证，举办涵盖国际级、国家级和地区级的赛事，开发马术文化，实现场馆的可持续发展。

这座位于乡村的马术馆，占地37.5亩，场馆内建有92个马厩，有38匹马，配有专业教练，于2022年5月正式运营，是省运会主场馆、杭州亚运会备用场馆，承办过省青少年马术锦标赛、长三角马术联赛等一系列赛事。除了作为马术比赛、训练场地，场馆还面向游客开放骑马体验、马术培训等特色项目，成为游客休闲运动"打卡"的新去处，极大地激活了岭下镇文旅产业发展。许多居民可以在马术馆体验驰骋的乐趣，村民们也可以在家门口看到顶级马术赛事。

从露营基地出来拐个弯，我们就到了久负盛名的釜章村，展现在面前的是八仙溪畔的一片田野，这正是村里人称为"过溪畈"的数百亩溪滩田。时值"双夏"，农民们刚刚割了稻子，又要准备播种，田里水汪汪的一片，一望无际，辽阔壮美。稻田里赫然立着"八仙积道 共同富裕"八个大字，它们在阳光下熠熠生辉，仿佛诉说着村民们的喜悦心情和美好向往。

恐怕没人能想到，在几十年前，村里通往这片过溪畈的是一座3.5米宽的石拱桥，釜章村入口也只有一条不足6米长的小路。20年前，在"八八战略""千万工程"的引领下，一任又一任村"两委"班子成员带领村民们开展"康庄工程""美丽乡村"建设，终于走出了一条振兴之路，使釜章村变了样，成为新农村建设的典范。

都说"要致富，先修路"，釜章村谋求发展正是从建桥铺路开始的。20世纪80年代，黄忠益担任了近十年村党支部书记。1976年麦收时节，风华正茂的黄忠益从部队复员回村，之后就没有离开过这片生他养他的土地。1982年，他开始挑起村支书的担子，第一件事就是建桥。村民们每天都要过八仙溪，到对面的过溪畈干活，大家在六七根木桩上铺了几块杉木板，勉强能让一个人通行。那时村民们经常用手推车拉稻谷过桥，一不小心就连人带车倒在河里。每次大水来了，木桥就被冲毁，既不方便也不安全。每年洪水泛滥时，村民们束手无策，建一座石拱桥是大家期盼多年的梦想。

黄忠益做梦都在想石拱桥的样子，坚实的桥墩，漂亮的圆拱，桥上不仅能走人拉车，还能开拖拉机。可是，那时村里的经费少得可怜，于是他发动村民以义务投工为主，开始了石拱桥的选址、设计工作。

为了建桥，黄忠益专门去金华县（今金华市金东区）里跑了一趟，一位曾经在岭下镇当过书记的老领导那时已经是县里一个局的一把手。这位老领导一听说村里要建桥，很热心地给他想办法。老领导说，要争取县里的支持，就必须有决心，见行动，摆开阵势。

黄忠益连连点头，心里踏实了许多。他回村后召集村领导班子开会商议，加快了选址、设计进程，又到县里批了炸药，溪滩地摆满了从村采石场拉来的石头，村民们义务投工，挖基槽，整石块，干得热火朝天。

终于，大家盼来了县领导来村里检查工作。那天，黄忠益在田里割稻子，听到村广播里说："黄忠益快回来，县领导来看建桥的事了。"

黄忠益抑制不住激动的心情，立即放下手中的活，一路奔跑，来到村口。身材魁梧的徐正接时任金华县委书记，他带着交通、水利等部门的人员已经在施工现场查看。

听了黄忠益的汇报，徐正接对村里自力更生建桥给予充分肯定，并建议要建5米宽的桥面。

黄忠益面露难色，说："这座桥造价5万元，我们村里集资了，但资金缺口还是很大。"

徐正接当即拍板，先给村里拨款1万元，让建桥工程动起来。20世纪80年代初，1万元已经是一笔巨资。县领导的支持让村民们兴奋不已。村里施工人员快马加鞭，石拱桥很快有了雏形，但最大的问题还是资金短缺。

黄忠益和村干部又跑到县里，直接找徐正接请求支持，县里又给村里拨了6000元。

这年10月，村民们终于把桥建好了。喜庆的锣鼓声响彻山村，村民们举行了简朴而又隆重的剪彩仪式，徐正接亲自到场祝贺，鼓励村民们参与两个"千村万户"行动，积极发展种养业，发展社队企业，改变落后的生产方式，走出一条百姓致富新路子。

紧接着，黄忠益又带领村民们改造村里的自来水管网，打了一口深井，建了水塔。家家户户都装上了自来水接口，水龙头一拧，清澈的水就流了出来，再也不用到八仙溪里挑水了，村民们喜笑颜开。

黄忠益得知金华水泥制品厂需要沙子，就主动上门联系，达成合作意向，并商议联合办一家预制厂。村集体把杨梅峡村山上的杉树卖掉，将所得的4000元作为村集体投资，又发动村民以400元一户入股，有21户参与，就这样，村里的第一家预制厂办起来了。两年以后，村里又对杂草丛生的荒滩进行改造，增加了33亩农田。

如今，黄忠益说起当年的创业历程和发展变化，思路还和当年一样清晰，眼神还和当年一样明亮，精神还和当年一样振奋。

2013年，章金元担任了釜章村党支部书记。他曾经在20世纪80年代承包村里的预制厂，是村里发展经济的能手，30岁时就担任村委会主任，连续干了6届。他赶上了好时代，在"千万工程"的引领下，从修路、建桥开始，釜章村得到很快的发展。

当年建桥，县领导徐正接建议将桥面建成5米宽，但那时村里资金紧张，最后建成的桥面只有3.5米宽，早已不适应村民出行的需求。章金元和村"两委"其他干部一起，组织施工，将过溪桥拓宽到6米。紧接着，釜章村联合王溪村、河口村等5个村，修建了一条7米宽的岭河机耕路，后来铺上了水泥路面，彻底改变了村里的交通条件。

釜章村和其他农村一样，村里的电线像蜘蛛网一样遍布在空中，侧挂的、下垂的、穿墙的，横七竖八，既影响村容，也容易引发安全事故。村里开始"美丽乡村"建设时，率先启动了弱电下地工程，将原本在空中的弱电线缆全部集中埋设到地下管网，成为当时全镇第一个弱电下地的村庄。

釜章村村民的理念很朴素，他们要用勤劳的双手把家园建设得更加美丽，多花心思少花钱，不搞样子工程。村里持续深化人居环境整治，不断盘活闲置资源资产。

村"两委"班子成员常常思考：釜章村虽然旅游资源较为丰富，但是该如何吸引更多游客？如何让游客留得住，住得下？如何将"美丽乡村"转化成实实在在的经济效益，带领村民走上共同富裕之路？

"八仙积道"共富带项目为釜章村带来了新的发展机遇，村里相继实施积道里民宿、露营基地等项目。

釜章村在积道山脚下，村里将闲置的老房子收储，建成36间占地2000余平方米的高端民宿——积道里，还配套露天游泳池、封闭式后花园等设施，既留住乡愁，又融入时尚元素，为久居城市的游客提供远离喧嚣的诗意居所。

在八仙溪南侧的王溪湿地，釜章村规划建造占地1676亩的露营基地，计划配套水果种植区、乡土作坊、研学中心、水岸餐厅、无动力乐园，以及沙滩营地、花海、剧场帐篷营地、集市营地等区域，形成种植、生产、旅游联动基地，努力打造成农文旅协同发展、农业科技引领"联动聚富"的生动案例。

2023年2月15日，釜章村召开党员大会，举行"八仙积道"共富带项目坟墓搬迁集中签约仪式，镇干部用通俗易懂的话将坟墓搬迁政策逐条解释，会上还邀请中国美术学院设计团队的项目设计师向大家讲解"八仙积道"共富带项目。村支书章金元第一个在坟墓搬迁协议上签字，接着44名党员一一签约。

村看村，户看户，群众看干部。党员干部带头签约，加快了全村坟墓搬迁的速度，共富带区域内72户的249穴坟墓在清明节前全部完成搬迁工作。

回望釜章村的岁月嬗变，40多年前那场影响中国前途命运的大包干极大地释放了农村生产力；20年前，在"八八战略""千万工程"的指引下，釜章村一步步破茧成蝶，用"生态""文化""产业"等理念绘就了世外桃源般的美丽画卷。

八仙溪畔，积道山下，白色森林·生日小镇就隐藏在那绿水青山之中。

主人王平把蛋糕车间办在公园里，让员工们在优美的环境里上班，游客们可以在漫步观光的同时，感受甜蜜的烘焙文化。

作为金华人再熟悉不过的烘焙品牌，山山家伴随了一代人的成长，而主人王平也从一名卖面包的农家少女成长为金华商界女强人。

王平年轻时从没想过以后自己能办企业，初中毕业后她在一家蛋糕房做工，不想竟和烘焙结下了不解之缘。

2003年是王平人生的重大转折点。这一年，她在师傅黄志祥的提议下众筹创业，真正开始打拼属于自己的一番天地。她的第一家蛋糕房门店选在金华闹市区八一路上，还建了一个600多平方米的工厂。创业之初，她经受过各种各样的挫折，但她从不气馁，从不放弃，不断研发新产品，积累客户，终于迎来了事业的上升期。她虚心向同行学习烘焙技艺，请教企业管理经验，还花6年时间参加了浙江师范大学的MBA培训班。她如饥似渴地在知识的海洋里汲取营养，同时商界的阅历也让她迅速成长。几年以后，她建了一个5000平方米的新工厂。但不久就有居民反映日常生活受到影响，因为生产车间距离居民楼不到6米。王平带着员工第一时间挨家挨户上门道歉，并对车间进行整改，赢得了附近居民的理解。

从创业伊始，王平便怀揣一份对美好未来的憧憬，凭着自己的勤奋和执着，凭着团队的协作和成长，经过近20年的不懈努力和专注坚守，事业终于获得成功。如今，山山家拥有600多名员工和100多家加盟店，成为食品行业内的知名公司。王平并不满足于现状，她心中一直有一个梦想，就是建一个花园式的工厂，让山山家成为国内烘焙行业的标杆之一。

2018年是王平人生中的又一个转折点。这一年，她回到金东老家，在风光秀丽的积道山下规划建设白色森林·生日小镇，开始了她的逐梦之旅。她带领团队精心打造这个主题小镇，从构思、策划到建设，对每一个细节都严格要求。为了打造特色小镇，王平一次次带领员工外出考察，学习借鉴国内外优秀的成功案例，并融合本地优势，探索符合自身的模式，最终确定了"小而美，小而精"的风格基调。经过两年多的打磨，这座融合众多创新休闲元素的白色森林·生日小镇建成了，成为积道山脚下的一道亮丽风景，也是国内首个生日主题文化休闲小镇，并迎来了预期的开门红。

"山山家，我的家"，这是王平始终坚持的企业文化。她一直心怀感恩，认为一个企业家只有成就员工，才能成就自己。如果说"创中国烘焙百年企业"是王平的愿景，那么弘扬传统文化、带领山山家全体员工共同发展更是她不懈的追求。回忆创业之初，筚路蓝缕，举步维艰，初来乍到的员工们给了她无限的鼓励和支持，那份诚心和信任深深感动了她。从那时起，王平就把员工视为家人，把山山家视为一个大家庭。她总说："家有多温馨，山山家就有多温馨。"

作为大家长，让家人们生活幸福是王平赋予自己的责任，并时时以此自勉。伴随着山山家的成功，很多跟随王平的员工也实现了当初的梦想，有房有车，生活逐渐富裕起来。但王平想要的不止于此，她不仅要让员工的物质丰富起来，还要让他们的精神富有起来。"万善德为本，百行孝为先"，王平设立了孝基金，对于工作时间三年以上的优秀员工，公司每个月会给其父母的账户里转入330元钱，以山山家的名义孝敬员工父母，进一步延伸家的概念。这一举措在温暖员工及其家人的同时，也加强了大家和小家之间的良性互动，极大助力了公司的发展。

"仁者爱人，有礼者敬人。"王平以孝文化为切入口，引导山山家全体员工进一步学习《道德经》、《论语》、古诗词、阳明心学等中华优秀传统文化，每日一课，思考感悟。通过打造企业核心文化，员工们接受优秀传统文化的熏陶和洗礼，增强爱国主义情感，提高人文素养，拓展思想境界，常怀感恩之心，永葆进取之志，坚持谋正事、务正业、走正道，行稳致远，敬天爱人，实现人生长红，基业长青。

2020年12月18日，白色森林·生日小镇正式开园。让人没想到的是，王平在这里建了一个雷锋文化馆，并在开园当天开放。近20年来，王平跟随曹荣安老人学雷锋，帮助他开展一系列活动，也因此和这位全国知名的雷锋精神传人结下了深厚的友谊。王平担任了金华雷锋事迹馆副馆长、金华市慈善总会义工分会常务副会长，曾获全国商业诚实守信道德模范、浙江省百姓学习之星、金华市道德模范等称号，还被列入"发现最美浙江人——浙江好人榜"。

开园前夕，在"携手山山家·聚力创文明·与雷锋同行"诗歌朗诵会上，80岁出头的曹荣安朗诵起他为山山家写的诗歌《山山家学雷锋》，并将自制的38块"山山家与雷锋精神同行8周年"展板交给王平。这些展板上是关于王平的报道，还有她做公益活动时的照片，呈现了王平漫长的公益路，是一位老公益人对她的肯定和鼓励。曹荣安认为，将弘扬奉献、感恩、服务的雷锋精神融入企业文化，山山家是先行者。

"这些照片我自己都没留存，没想到曹老这么有心。"王平感慨道。2007年，她和曹荣安相识于一场颁奖典礼，王平得的是"创业奖"，曹荣安得的是"环保奖"。听完曹荣安的事迹后，王平深受感动，之后便积极参与到学雷锋行动中。

王平曾跟随曹荣安走访雷锋生前的战友，专程赴辽宁、湖南等地的雷锋纪念馆交流学习。2016年，她又随曹荣安赴内蒙古朱日和参加全国雷锋主题收藏联展，结识了来自全国各地的收藏雷锋主题物品的朋友，更深刻地了解了雷锋主题藏品在传承弘扬雷锋精神中的作用。一路走来，她从知道《学习雷锋好榜样》这首歌，发展到了解雷锋、熟知雷锋，再到身体力行学雷锋，对雷锋精神的认知愈加透彻。

要让更多人学习雷锋，少不了宣传推广。王平知道，每一场大型活动的成功举办都需要很多力量的支持，民间志愿者的力量毕竟是有限的，她愿意做坚强的后盾，竭尽所能提供帮助。

2016年5月8日，金华雷锋事迹馆6周年生日时，来自全国11个省市的34位藏友和志愿者齐聚于此，雷锋生前所在连队的连长虞仁昌、战友冷宽和乔安山等也到场参与庆生。这次全国性的雷锋纪念活动，王平不仅在资金方面给予支持，还派公司里所有高管参与，确保活动顺利开展。

2020年12月18日，是雷锋诞辰80周年纪念日，也是山山家17周岁生日，山山家筹备多年的白色森林·生日小镇也将开园。考虑到开园当天会有很大的人流量，王平决定于当天同步开放雷锋文化馆。除了曹荣安送来的38块展板和一对雷锋主题花瓶外，馆内还展出了一批雷锋主题的藏品。王平想让游客们在体验甜蜜的同时，也能多了解雷锋精神。

走进白色森林·生日小镇，我们犹如置身童话世界，脚下是一条蜿蜒铺展的绿色绸缎，周围点缀着美丽的鲜花，不经意间嗅到的面包的麦香使人陶醉。这里有迷你农场、户外营地，大草坪的帐篷天幕下聚集着许多前来休憩的游客，泡泡音乐广场上随处是大人带着孩子玩耍的身影。

面包不仅可以果腹，还可以带动村民致富。白色森林·生日小镇流转土地200余亩，带动周边100多个村民就业，年接待游客约10万人次，年产值达1.2亿元。主题小镇还和岭下镇一起设立了"共富工坊"，不仅为周边村民提供稳定的工作，让"造血式"的帮扶带给村民源源不断的幸福，也让企业用工更加稳定有保障。

山山家与多个村庄进行了农产品采购合作，江东的草莓、八仙溪的鸡蛋、摩诃村的毛芋、湖北村的腌菜等都成为山山家的特供产品。公司还与市交投公交集团客运金东公司联合开通了D33山山家白色森林定制专线，为旅客提供便利。随着大批游客的到来，主题小镇的客流外溢到周边乡村，进一步促进了周边村民增收致富。

白色森林·生日小镇是山山家新的事业起点，也是王平实现修身、齐家、报国理想的新舞台，在这里，王平将再次扬帆起航，逐梦前行，将小镇打造成融美食、自然、文化为一体的乐园。

八仙溪畔的岁月嬗变给了我们深刻的启示，如今的乡村和40年前、20年前相比，可谓判若霄壤。经过近一年时间的实施，"八仙积道"共富带已具雏形，将成为金东区"千万工程"升级版的典型范本和共同富裕示范区建设的优秀案例。我们相信，八仙溪畔将会有更大的改变、更多的精彩、更绚丽的未来。

早上好，达塘

2023年2月28日，清晨的达塘村沐浴在明媚的阳光之中。

我们在达塘村采访，特意起了个大早登上石林桃园，在观光平台俯瞰整座桃阴山，桃树连成一片，粉红色的花蕾挂满枝头，如绵绵铺展的红色云霞，桃树下有成群散养的鸡在觅食，宛然一幅田园生活长卷。我们不禁赞叹："争春桃花三百里，唯有香艳落桃林。只惜赏春人来早，含苞待放候花期。"

"早上好！"达塘村党支部书记陈重良如约出现在桃花林，在上山的路上，他微笑着向劳作的村民们问候。

村民们也报以热情的问候："早上好！"

这在达塘村已经成为常态。村民们看到陈重良，都会和他唠上几句，小到家长里短，大到国家政策。达塘村这些年的变化，他们看在眼里，喜在心里。

达塘，是浙江省常山县新昌乡的一个偏远小村，2013年10月，由原达塘村、铜山村和祝家源村调整合并而成。村子总域面积13.1平方公里，有耕地699亩，山林4936亩，全村有544户1491人，其中党员

59人。

21世纪初,浙江在全省启动"千村示范、万村整治"工程,许多村庄旧貌换新颜,但达塘村由于多年来村"两委"班子的凝聚力不够,村民对村干部信任不足,什么项目都无法实施推进,村庄一直是老样子。又因为地处偏远,交通闭塞,达塘村几乎无人问津。

陈重良也曾经担任过村"两委"班子成员,但他还在城里做着建材生意,无暇顾及村里的发展。他不是村里的一把手,看到家园衰败的景象,心有余而力不足,只是在心里干着急。

有一次,陈重良夫妻俩到相邻的黄塘村游览,看到原本跟达塘一样落后的黄塘已经大变样,村里建了很多小景观,还引进了漂流项目,村庄秀美,游客如织,成为远近闻名的新农村,他不禁对妻子说:"有机会的话,我要把达塘变得和黄塘一样漂亮!"

妻子对他说:"你就别白日做梦了。"

陈重良这个平时能说会道的男子汉一时竟无言以对。

陈重良心想:别人能行,我为什么不行?就在那一刻,他在心里种下了"治村"的梦想。

祖祖辈辈生活在这块土地上的村民们,对村里的落后状态习以为常,有些麻木不仁,甚至连村干部都觉得无所谓。那时候的达塘村没有什么产业,也不知道发展什么,更不要说搞什么创新,说到底是大家脑袋空空,没有目标,没有追求。

村民们对村干部也不抱什么希望,更多的是埋怨和指责,村干部说向东,村民们就说向西,顶着干是常事。陈重良在心里说,我们共产党员不能为老百姓办事,不能为村庄改变落后面貌,胸口就憋着一股子气。

转折发生在2017年。乡党委通过调查研究，动员陈重良回村竞选达塘村党支部书记。陈重良早就在心里憋着一股劲，决定回村干一番事业，他就不信达塘村不能改变面貌。

很多人知道后，都劝陈重良不要去村里当书记。首先是家里人都反对，自家在城里的建材生意红红火火，都已经有几个分公司和门店了，精力有限，村里的事肯定顾不过来。他的朋友们也是一片反对声：农村发展有那么容易吗？靠你单枪匹马能让达塘这个落后村焕然一新吗？弄不好倒把自己的名声搞坏了。那时候，村民们对陈重良也不怎么看好，认为农村就是农村，谁主政都大同小异，他们不指望达塘村有什么新发展。

陈重良熟悉这个生活了几十年的达塘村，一山一水，一草一木，都镌刻在他的脑海深处。他常常登上桃阴山那片荒山岗俯瞰全村，脚下是一片荒草，远处也是一片荒草，整个村庄从这头到那头有5公里长，星星点点的农舍散落在狭长的山谷里，破败不堪，没有生机，仿佛是被时代抛弃的一个乞丐。

但这并不能影响陈重良的信念和决定，他既然下定决心了，就一鼓作气往前冲，九头牛也不能把他拉回来。

新昌乡是一块红土地。80多年前，革命志士们不畏艰难困苦，在这里开展了轰轰烈烈的土地革命，创立了常山县第一个基层党组织——中共西源区委，因此新昌乡达塘村成为革命老区。陈重良心里想：先辈们抛头颅、洒热血，换来新中国的光明，我们有什么理由不把发展滞后的村庄建设好呢？

陈重良把城里的建材生意委托给家里人和部门负责人，让他们去谋划经营，自己则把精力都放在村里的事务上。他有早起的习惯，每天早晨总会准时出现在村办公室里，然后不是去走访农户，就是到田间地头查看。

那时候的村办公室是每层有三间房的两层小楼，村民办事中心、会议室、办公室、仓库都挤在一起，显得低矮破旧，没有一点生气。

陈重良上任后召开第一次党员会议时，情况出乎他的意料，会场里稀稀拉拉的，50多名党员才到了不足一半，而且有的抽烟，有的喝茶，有的谈天，一片混乱。

陈重良的心沉重起来，他在心里发问：党员应该有什么样的形象？基层党组织怎样才能真正成为战斗的堡垒？都说一个好党员就是一面旗，只有每一个党员都以严格的标准要求自己，群众才会信服，基层组织才会有战斗力。

陈重良从鲁迅先生刻在课桌上的"早"字获得灵感，早起的鸟儿有虫吃，"早"意味着机会，意味着主动，意味着追求。达塘村也应该有自己的精神，于是他概括提炼出了"早上好"这个口号："早"的状态，就是争先；"上"的劲头，就是赶超；"好"的追求，就是事事好、人人好、村村好。

从这一天开始，陈重良不管走到哪里，不管什么场合，不管什么时间，逢人就说"早上好"。

一开始，村里人都说陈重良脑子进水了，中午、下午，甚至晚上也说"早上好"。陈重良就向群众宣传"早上好"是一种状态，一种精神。渐渐地，人们明白了"早上好"的内涵，慢慢地开始接受，都笑着回应"早上好"。

这样，"早上好"在达塘村叫开了。村民们知道，"早上好"不仅是一句口头禅，更是村支书陈重良要提倡的精神。

2017年4月到7月，换届后的村"两委"班子成员天天清晨6点就全员到岗服务，村民们见识了新一届村"两委"的作风。这些年，早到办公地依然是村"两委"班子成员保持的习惯。

在陈重良的影响带动下，村"两委"其他干部干事激情高涨，早起、争早成为大家的自觉行动。村里每个月召开党小组会议，实行党员联户，密切干群关系，村民们对村干部的看法在一点一点地转变，而"早上好"已延伸为一种激励干事创业的精神。

新官上任的陈重良总想烧起三把火。可火从哪里开始烧？别说是三把火，就是一把火也很难点燃。

这天早晨，陈重良比谁都起得早，又一次来到桃阴山。

虽然眼前的桃阴山还是一片荒芜，但他已经在脑海里描画了一幅美好的图景。

陈重良很快就把村里的320亩桃阴山承包了下来。村民们不知道陈重良要做什么，大多抱着看热闹的心态。

桃阴山这片荒山已经闲置多年，乱石嶙峋，杂草丛生。陈重良决心让这片荒山变成"花果山"。那时候，村里穷，根本没资金投入开发荒山，陈重良说："如果总是等靠要，那么永远只能原地踏步。早干早得利，先干起来再说。"

第二天，他安排挖掘机上山，不到半个月时间，一条宽3米的机耕路修成了，接着平整土地，栽上了5000多棵桃树。陈重良光修这条上山的路就花了16万元，有关部门根据政策给他补助了5万元，可陈重良二话不说就把这5万元资金打到了村里的账户上。那时候，村里没钱，陈重良就用这笔钱先装路灯，他要点亮山村的夜晚。

第二年春天，桃阴山的桃林开始绽放花蕊，一点点，一簇簇，鲜艳明媚，蔚为壮观，桃园里面还建了观光平台和凉亭，供游人休憩。陈重良把这片桃园命名为石林桃园，并举办了第一届桃花节。昔日沉寂的达塘村开始人来车往，仿佛鲜花吸引蜜蜂一样迎来了一批观光客。

一开始，许多外地游客来参观桃园时，桃花都还没开。但陈重良自信地说："今天桃花是不多，但两年后一定会漫山遍野都是桃花。今天让你们来是为了见证明天的成效，明天的达塘会比今天更美好！"从2017年到我们来采访时，达塘村已经举办了五届桃花节。

2021年，正当桃园果子成熟，眼看有收成了时，陈重良决定把320亩桃园无偿捐赠给村集体。村民们这才知道了陈重良当初的良苦用心，他开发荒山种植桃林，是为了日后发展村里的旅游事业，壮大村集体经济。

从这以后，三月桃花艳，引来无数游人；六月果子熟，村里增加集体收入。这个小山村迅速成为"网红打卡点"，热闹了起来。

2023年村里也要举办桃花节，只是我们来得早了些，要是再等十天半月，桃花会开得更艳，桃园美景会更壮观。但我们已经看到了争春的桃花，能够想象盛开的景致。

从桃阴山上下来，我们看见路边已经有十几个村民穿着雨裤在田间劳作，他们在茭白田里翻耕泥土，整理茭白枯萎的茎叶，准备种植青苗。

这片茭白田，五年前也是一块不长庄稼的荒草地。20世纪80年代初，农民刚刚分到承包田时种粮积极性高，但慢慢地这种热情就消退了，年轻人纷纷弃田外出打工，觉得打工比种田更挣钱。留守的村民们零零碎碎地种点青菜、萝卜，一到冬天，田地里便是枯草一片，荒凉无限。

陈重良看着这片荒田，心里想，达塘村四面环山，溪流、池塘众多，很适合种植茭白，应该把这荒芜的田地利用起来。

于是，陈重良把在外拼搏多年的黄林聘请回村里，帮助村里打理这片荒芜的田，用来种植茭白。

在茭白田里，我们和黄林不期而遇。

黄林说："我是1961年出生的人，今年已经60多岁了。我一个老头子能帮村里做什么？陈重良书记说要在这片荒田上种茭白，我举双手赞成。"

黄林当过代课教师，做过土索面，年轻时在温州发展多年，打过工，办过厂，年纪大了就想着回老家达塘安度晚年，给儿子带带孩子，享受天伦之乐。他没想到自己虽然年纪大了，但还能为村里做事，回报乡梓，精神就振作起来，很快进入了"茭白官"的角色。

在陈重良的主导下，村里成立了茭白种植合作社，黄林成为茭白生产的主管，享受跟村务员一样的工资待遇。

陈重良还聘请了乡里的技术员来辅导黄林种茭白，技术员一周来一次，余下的活都由黄林来做。黄林认真钻研茭白种植的技术，什么时候上肥，什么时候用磷肥可以使幼苗的根系更发达，什么时间段用钾肥壮果，什么时候给茭白灌水，灌水到什么位置最适合茭白的生长，对这些问题的研究结果，他都用一个本子记录下来。他想，只要用心了，什么事都能做好。

头一年，他们从嘉兴引进了两个优良的茭白品种，一个是东茭，一个是中茭，上市时间有先后，中茭比东茭收割早十几天，这样的时间差有利于生产、销售。

盛夏，茭白长势喜人，收割时缺人手，黄林就开着村里的观光车去邻村拉来一车帮工，他们大多是爷爷奶奶辈，都是和土地打了一辈子交道的老把式，大家有说有笑地下了田。村"两委"干部们闻讯也纷纷赶到田头，参加茭白收割，一时间茭白田里有七八十人在劳作。

村前这片茭白田，以往是冷冷清清的。夏风吹过，只听见茭白叶相互摩擦发出的唰唰声，偶尔传来几声小鸟叫。这天突然变得热闹，村里气氛顿时活跃起来，人们的欢笑声和车子的喇叭声交织在一起，响彻达塘村的田野，山谷的风和茭白的甜味回荡在达塘村的峡谷里，丰收的喜悦溢满了田间地头，达塘又增添了一道风景。

陈重良乐呵呵地走过来，提醒道："大妈大爷，你们慢点，你们慢点，小心把手弄破。"

种植茭白后，黄林又试种了几亩荸荠，也获得了好收成。

经过几年的摸索和钻研，黄林很快成为种茭白的专家，村里不用再花钱请外面的技术员了。2021年，村里收获了100多吨茭白，销售收入达到80多万元。达塘产的茭白长得白白胖胖，剥了壳露出粉红色的嫩茎，尝一口，甜甜的。达塘茭白销往衢州、嘉兴、宁波、舟山等省内城市和福建多地，颇受欢迎，一时供不应求。

黄林自告奋勇向陈重良请缨再种一片高粱，并建议用高粱酿制农家酒。

陈重良对黄林说："你就放手大胆地干吧！"

于是，达塘村又开辟了一片50多亩的黄灿灿的高粱地。第二年，达塘村农家自酿的"高粱烧"端上了民宿的餐桌，陈重良给它取名为"早上好酒"。

一种作物撬动一个市场，陈重良紧接着成立了浙江达塘早富贸易有限公司，开发蜂蜜、高粱酒、山茶油、遮阳帽等"早上好"系列产品，让"早上好"品牌转换成达塘村的财富。

2019年，浙江省委、省政府在全省实施"两进两回"行动。"两进两回"就是科技进乡村、资金进乡村、青年回农村、乡贤回农村，目的是破解乡村发展要素制约的难题，加速资源要素流向农村，推动农业农村高质量发展。省委、省政府提出了到2022年四个方面的主要目标：科技方面，农业科技的引领和支撑作用显著增强，建成省级高水平农业科技示范基地800个，农业科技贡献率达到66%；资金方面，基本形成财政优先保障、金融重点倾斜、社会积极参与的多元投入格局；青年方面，培育青年"农创客"1万名、"新农人"1万名，培育省级"青创农场"400家；乡贤方面，吸引20万名新时代乡贤回乡投资兴业、建设家乡。达塘村的发展是这一行动的生动实践。

在"早上好"精神的引领下，达塘村昔日那片贫瘠的土地开始丰腴起来，达塘村人的精气神和希望的种子像喝足了返青水的麦苗一样疯长。

陈重良把每月15日定为村民说事会，鼓励村民将疑问、矛盾和意见建议带到会上说。其实，陈重良想做的事正是村民所期望的，但他要让村民自己说出来，这样村民参与的积极性更高，事情完成后的获得感更强。

村民们最集中的想法有两条，一是要解决出行不便问题就得修路，二是要改变村庄面貌就得拆违。

陈重良把村民的想法拿到村"两委"会议上讨论，很快形成决议，制订实施方案。

要致富，先修路，这个道理大家都懂。达塘村四面环山，要出山就得绕行3公里的弯弯曲曲的山道。

村民刘春良说："多年来，我们就盼着修一条能直接出山的公路。"

新规划的出山公路虽然只有1公里，却要征用30多户村民的山地。刘春良家涉及的有50多平方米，他当即表示同意征用，但还是有部分村民顾虑重重，不愿意自家山地被征用。

陈重良带着村干部挨家挨户做工作，有的村民嫌补偿低，陈重良就自掏腰包增加补偿，或想别的办法满足他们的要求。

一趟、两趟、三趟，村干部的诚意终于感动了群众，原先有疑虑的村民都在协议书上签了字。

一条出山的公路很快开通了，成为达塘新一届村"两委"办成的第一件大事。

陈重良说："所有委屈，我都当营养品吃了。"他不管忙到夜里几点钟，只要睡一觉，第二天一大早就又精神抖擞地出现在办公室里。

路修通了，但村庄整治却遇到了更多阻力，这给陈重良带来许多压力。

经排查，村里需要整治的附房、旱厕、钢棚等有176宗。其中一宗附房是陈重良父母的两间平房，平时用来养鸡养鸭，虽说房子搭建前办过审批手续，但也属于这次要拆的范围。

"先拆我的。"陈重良在村干部面前表态。但话虽这么说，他知道要做通母亲的工作还是有难度的。

果然，陈重良和母亲说要带头拆附房，母亲的脑袋就摇得像拨浪鼓，脸上满是愤慨和不解。

看着日渐衰老的母亲头上布满了银发，想到母亲含辛茹苦地养育自己和兄弟姐妹们，陈重良不禁流下了眼泪，但还是狠狠心说："这房子我们必须带头拆，要么我不当书记，要么以后我就不回家了。"

陈重良又让父亲和姐姐一起去做工作。

"共产党员不能牟私利，干部更要带头。谁让儿子是村书记啊！"陈重良父亲陈金山的一席话终于说通了执拗的母亲。

陈重良刚做通母亲的思想工作，不承想村里的一些党员因为舍不得私利成了钉子户。

一天，有17个人结伴来到陈重良的办公室，他们大多数是党员，陈重良被他们围在中间。他们说："你一上来就拆这拆那，下一届你不要当书记了。"

陈重良一听这话就站了起来："谁说下一届我不当书记？有本事你明天就叫我不当。只要我当一天书记，我就叫挖掘机来拆。"

第二天，陈重良召开村党员干部会议，对大家说："昨天你们在我办公室是什么态度？你们还是党员吗？入党誓词你们都不记得了？'随时准备为党和人民牺牲一切，永不叛党。'现在要你们牺牲自己的利益拆违都不愿意，你们还是不是党员？"

在一旁坐镇的乡领导在桌子下用脚蹭陈重良的腿，生怕他讲出更过火的话。

党员们被陈重良的一席话说得抬不起头，最后纷纷表态要支持村里的工作。

陈重良带头拆了自家经过审批的附房，让干部、群众看到了村里推进村庄整治的决心，村"两委"班子成员家的和其他党员家的违章建筑紧接着被拆除，群众也不再阻挠拆违。

经过两个月的拆除工作，全村累计整治面积约4850平方米，实现违章建筑全面清零。

村里趁热打铁，全村庭院整治与外立面改造工作随即启动。

铜山自然村的村道沿线原来有几十个旱厕，长年臭气熏天，夏天更是蚊蝇嗡嗡响。村庄整治先拿这些旱厕"开刀"，但小小旱厕与村民的生产生活紧密关联，村民们听说要拆旱厕，意见很大，提出各种各样的想法和要求。

村"两委"经过一番讨论，最终决定：必须拆旱厕！但考虑到农村生产生活的实际，采用"先立再破"的方法。

通盘考虑后，陈重良和其他村干部选了三个合适的地点，建起了三座干净、漂亮的公厕，同时出台"以奖代补"政策，鼓励有条件的农户在家里改造卫生间。

"出口"打开了，堵点自然就通了。几十个旱厕两天内全部被拆除，村道也趁此机会拓宽了3米。

通过村"两委"班子的一套"组合拳"，达塘村的面貌焕然一新，被评为浙江省AAA级景区村，成为浙江省"千万工程"中的一颗璀璨明珠。

村庄环境整治给达塘村带来了勃勃生机，村舍整齐，景观优美，一个亮丽的社会主义新农村呈现在村民面前。

根据上级要求，村里要限时关闭闲置多年的水泥厂。20世纪70年代，这个水泥厂是乡镇企业，生产的猴山牌水泥曾经远近闻名，达塘村很多村民都在这里上过班。水泥厂因为污染严重，已经在早些年停产，转为加工铝制品，可仍然有污染。

为关闭这个水泥厂，陈重良三次上门想与老板商谈，都吃了闭门羹，两个人针尖对麦芒，谁也不让步。

最后，老板向陈重良摊牌："要关闭水泥厂，除非你有本事把厂买走！"

"多少钱？"陈重良反问道。

"180万！少一分都不卖！"

"好！成交！"

陈重良二话不说，第二天就把买厂合同签了。

家里人都觉得陈重良脑子进水了，问他："这废弃的厂房买回来做什么？"

陈重良回答不出，当时就是一个劲要关闭这个厂，没有多想。现在被家人一问，傻眼了。他或许就是为了争口气。

因为买厂这事，陈重良被家人数落了一顿，但他归根结底是为了整治环境，为了守护绿水青山。

机会总是垂青有准备的人。陈重良在2017年就成立了浙江常山达塘旅游景区开发有限公司，计划发展旅游业。闲置的水泥厂坐落在进山的山坳里，距离村中心两三里，很适合做民宿项目。

陈重良请李财赋的古木子月空间设计事务所把水泥厂改建成民宿——申山乡宿，1号别院荣获2020年缪斯设计年度金奖，成为华东地区首家高端工业风民宿。

申山乡宿被群山环抱着，成为一方归隐的家园；原先衰败的旧厂房蜕变成民宿，每个房间都泛出一种古朴之美，作家许彤把这座旧厂房称为"秘境花园"。

没过一年，这里的土地升值了，有人出价600万要买这块地，陈重良不卖；再后来有人出价3000万，他还是不动心。

这个废弃水泥厂占地约43亩，改建民宿用了31亩。陈重良又做了一个让人难以置信的决定，他把剩下的10余亩闲置地无偿送给村里搞建设，计划再做一个地标性项目。

陈重良文化程度并不高，但多年的学习积累和经商实践使他特别善于总结，成为闻名遐迩的金牌讲师。他讲课时经常会冒出很多风趣幽默的桥段和金句，他激情澎湃的"治村经"尤其受基层干部的欢迎，他还分享自己最深的体会——当农村党支部书记一定要一心为公。

达塘村以前是出了名的信访村，有一个村民隔三岔五地到县里上访。

陈重良就让这个村民搭他的车，亲自送他去上访。

村民在信访局反映问题，陈重良耐心地等他出来，然后带他到县城的饭馆吃中饭。

陈重良说："你明天还上访吗？我还来送你。"

这个村民连忙说："不来了，不来了。我反映得再多，一层层往下转达，最后还得村里解决。"

陈重良的一个好友当年很支持他当村支书，但他当选没多久就把这个好友弟媳家的低保待遇取消了。

"你说这个陈重良还是个人吗？"朋友背地里骂陈重良是个没心没肺的人。

后来，陈重良找到朋友说："你选我当书记，如果是为了自己的私利，我情愿不当，我也不会感谢你，让我来做你的傀儡书记，我不干。你选我当书记，如果是为了村里的利益着想，那我要来当。你是想选出来的村干部做事公平公正还是自私自利？我只问你这句话。"

朋友回答:"当然公平公正。"

"那就好。低保什么条件?你弟弟刚去世的时候,两个孩子还小,家里经济困难,符合低保的标准,理应获得资助。现在弟媳家大女儿大学毕业了,小女儿也上大学了,生活水平已经提高,还符合低保条件吗?"

那个朋友被他问得哑口无言。朋友最后点点头,与他握手言和。

2022年,有个村民的女儿考上了大学,在校期间入党要村里政审。学生的母亲打电话问书记在不在村里,陈重良一听是那个前年村里水管改造时骂得最凶还用菜刀砍水管的人,他回答说:"我在外面,15分钟后到村里,你差不多时间过来吧。"

陈重良给这个村民女儿的政审材料办得妥妥的,放在案头等她。

村民接过政审表格,说:"谢谢书记。"

陈重良客气地说:"不用谢,你先坐,喝杯茶。"

村民入座后,陈重良问道:"记得砍水管的事吗?"

这个村民的脸唰地红了。

"对不起,书记,对不起。"她一个劲地道歉,眼泪唰唰流下来。

"好了,过去的就让它过去吧!以后村里的事还望大家多支持多配合。快把材料快递到学校,孩子前途要紧。"

后来村里交医保什么的,这个村民比谁都积极。

陈重良说:"农村工作虽然复杂,但只要我们用情用心了,村民都支持呢!"

陈重良对本村村民是这样,遇到外村村民有困难,也会热情伸出援助之手。

在一次"最美衢州人"表彰大会上,陈重良被一名残疾妇女的事迹感动了，听说她给人免费做鞋子的缝纫机坏了，陈重良第二天就买了一台崭新的给她送去。

陈重良的一言一行感染了达塘村的村民们。

村党支部副书记黄云国担任过村"两委"委员，陈重良干事创业的精神，点燃了他这个老干部的工作激情。更可贵的是，村里的变化让年轻人看在眼里，并深受鼓舞。

黄戊珍17岁就外出打工，在杭州从事电商工作多年，有一份不错的收入。2019年，她回村休产假，为村里发生的变化感到欣喜，正遇上村里招村务员，就报了名。就凭村干部上班早这一点，黄戊珍认为现在的达塘已不是当年她为追求更好的生活而离开的达塘，而是一个充满希望的达塘。她辞去杭州的工作，留在了村里。2021年，黄戊珍通过竞选当上了村委委员兼妇联主席。

汪华东之前在常山县城做物流生意，同样被村里焕发出的精气神感染，2021年回村参选，当选为村委会副主任。

黄戊珍和汪华东是"80后"，是村干部中的有生力量。此外，"90后"江晨尉大学毕业后接了黄戊珍的班，担任村务员。

一批年轻人的加入，为村"两委"带来了新鲜血液，增添了朝气和活力。户籍人口1400多人的达塘村，曾经因为贫穷落后，在家的一度不足400人，如今越来越多的年轻人回流，这让陈重良感到无比欣慰。他感慨道："年轻人是早上八九点钟的太阳，以前他们认为达塘是'被遗忘的村庄''回不去的故乡'，现在他们愿意回村发展，说明达塘的变化让他们看到了希望，发现了价值。"

达塘村的山披上了绿装，河淌着清流，村庄变得神采奕奕。

2019年6月，衢州市委七届六次全会上，达塘村被评为党建治理大花园先锋战队，获得100万元重奖。

当时村集体经济收入只有10多万元。这么一大笔钱该怎么用？大家表达了不同意见：有的提出造办公楼，改善办公条件；有的提出给困难群众分点钱，改善一下他们的生活；也有的提出村干部都干得很辛苦，报酬又少，给大家发点福利……

陈重良跟大家分析：如果钱投入基建项目，虽能立竿见影地改变村容村貌，但属"一锤子买卖"；如果作为启动资金投资产业，就有了源头活水，能为实现乡村振兴打好基础。

经过一番讨论，村"两委"达成用奖金投资产业的共识。村集体流转抛荒的烂污田种茭白、荸荠，在旱地种高粱，然后全部酿成高粱酒，提升产品附加值。

2022年，达塘村开始了新一轮换届选举工作，陈重良全票通过，继续担任村党支部书记。

达塘村的发展引起了社会各界越来越多的关注，吸引了许多外地村干部前来考察学习。2020年，"早上好"支部书记研学基地在达塘村成立。陈重良亲自为支部书记们讲课，传播"早上好"精神。

通过多渠道发展产业，达塘村的村集体经营性收入连年增长。

"仓廪实而知礼节，衣食足而知荣辱。"达塘村成立了"早上好"共同富裕促进会，发动党员干部捐服务、乡贤能人捐资金、妇女捐劳力、年轻大学生捐文化，在"一老一小"帮扶、青年人才创业等方面给予支持。

将近70岁的村民李水兰是个热心肠，陈重良等村干部为村里做的事，她看在眼里，记在心里。村里有事，干部们只要招呼一声，她就动员一群老姐妹积极参与。不久前，80多岁的邻居叶雨花不小心摔了一跤，伤势不轻，生活不能自理，李水兰就给她端茶送饭。"帮别人就是帮自己，我有困难的时候别人也会来帮我。"李水兰说，"现在的村干部很辛苦，一门心思为大家着想，我们虽然上了年纪，但也要尽力帮忙，给他们减轻点负担。"

全村人民齐心协力，经过几年发展，达塘村从一穷二白的"薄弱村"蜕变成远近闻名的"明星村"，陈重良当年的梦想一步步变成现实，"早上好"精神成为新昌乡最闪亮的基层党建品牌。

2021年，由新昌乡党委牵头，全乡10个村抱团成立"早上好"共富党建联盟，力争共同发展。抓党建就是抓凝聚力、战斗力，就是抓推动乡村振兴、共同富裕的生产力。

黄塘村在党支部书记廖红俊带领下，修筑道路、治理污染、开发旅游资源，呈现一派欣欣向荣的气象。郭塘村党支部书记张荣通过"环保治村"使村庄面貌一新，吸引众多游客，成为"网红打卡点"……

新昌乡是全省第一个启动强村富民乡村集成改革试点工作的乡镇，突出先富带后富，联动强村与富民，积极探索片区化、组团式发展机制，实现了"人人有事做、家家有收入"。

2021年9月，新昌乡依托与慈溪市新浦镇的山海协作，引进千亩丝瓜络共富产业园项目，流转土地1260亩，新增就业岗位1000多个，丝瓜络将成为富民增收的又一重点产业。

据统计，2018年以来，新昌乡10个村集体经营性收入年均增长85%以上，2022年上半年同比增长429.5%。

达塘村集体经济从2017年零收入到2022年突破200万元，短短几年,实现了"落后村"到"先进村"、"矛盾村"到"和美村"的蝶变,演绎了乡村振兴的鲜活故事。

这些成就得益于"天天早起、事事争先、人人追梦、年年攀升"的"早上好"理念。"早",发展要起早、赶早、争早;"上",勇赶超,争上游,创标杆;"好",让村子好起来,让村民富起来,做到事事好、人人好、村村好。

在"早上好"精神的感染熏陶下,达塘村逐步形成了自治、法治、德治"三治融合"的基层治理格局。一句简单的"早上好"既提振干事热情,又激发争先奋斗意识,并从"早的状态、上的劲头、好的追求"三个维度形成了一套可借鉴可推广的兴村体系,为山区推进共富提供了新思路。

群山沸腾了。

每天,太阳从东边山坳里升起,小山村就开始热闹起来。达塘的"早上好"支部书记研学基地,几乎每天都迎来参观、学习或培训的队伍。开放两年多来,基地累计吸引了全国20余个省市超10万名学员。达塘的村干部都能上台讲课,热情分享乡村治理经验,书记陈重良还到全省、全国讲,把"早上好"精神、达塘模式输出到更多乡村。

江西省分宜县洞村乡程家坊村党支部书记程晓生,曾三次带队到达塘村考察学习。如今,程家坊村与黄塘村、达塘村、郭塘村、西源村等建立了跨省域的党建联盟。程家坊村种植的100亩茭白就是从达塘村引进幼苗的,此外,两地在民宿开发、景点规划等方面的互动越来越频繁。

"早上好"乡村,正在全国各地蓬勃发展。

"早上好"精神，不正是山区走上共同富裕之路的秘诀吗？不正是中国六七十万个村庄治理方法的创新吗？不正是每个乡村奋斗者的风采写照吗？

"早上好"精神，不仅仅是达塘的，也是浙江的，更应该是中国的。

早上好，达塘！

早上好，中国乡村！

第二章 村庄

精美乌石会唱歌

清晨，小山村和晨曦一起醒来，村民广场南面山岗上几个红漆大字——"金华农家乐第一村"熠熠闪光。农特产市场门前的"露水市"开始喧闹，各种水果、蔬菜和其他农特产应有尽有，游客们在地摊前问价选购，尤其是将要返程的游客，特意起个大早来买，这些无公害蔬果成为抢手货。

太阳升起来了，"露水市"很快结束，马路又变得宽敞、整洁。村民广场上停满了大巴，有返程的，有到附近景区游玩的，进村的路口车水马龙，人声鼎沸。时近中午，满载着游客的大巴一辆一辆地开进村里，民宿业主们早早候在广场上，准备接待新来的游客，村里又一次热闹起来。

傍晚，村里家家户户都有游客入住，觥筹交错间充满欢声笑语。吃完晚饭，客人们可以坐在宽敞的小院里聊天、休憩，十分自在惬意。农特产夜市灯火璀璨，琳琅满目的商品吸引着来来往往的人们。熙熙攘攘的村民广场上，大妈们伴随优美的旋律踏着欢快的舞步。

这就是乌石村的一天，人们充实忙碌而又幸福欢乐。这里每天都有数千名游客入住,最多的时候,日接待游客达5000多人次。

我们走进浙江"千万工程"实施20年后的乌石村,它的新面貌既让人喜出望外,又让人感慨万千。

说起乌石村,即便在国际大都市上海,大妈大伯都会说:"晓得晓得的,阿拉都去过,浙江磐安的乌石村,那地方好得嘞!""山好水好空气好,安静得嘞,阿拉每年夏天都去乌石住几天。那里的空气都是甜的呢!"上海大妈大伯的脸上绽放出甜蜜的笑容,他们能给乌石村说上一大堆好话。

如今,乌石村已经声名远播,不仅仅因为这里的玄武岩富有神奇色彩,更重要的是乌石村已是闻名遐迩的华东民宿专业村,要不上海的大妈大伯怎么会竖起大拇指点赞呢?

乌石村民宿的发展,和一个人密不可分,那就是张威平。

张威平是乌石村20世纪70年代的第一个高中生,后来他当了乌石村党支部书记,乌石村蜕变的故事就是从那时开始的。

乌石村是一个历史悠久的传统村落,始建于唐朝贞观年间,后来厉姓先人于明朝初年将村庄迁到了燕窝式的山坳里,村名叫龙湾塘,也叫燕窝村。

据说,明朝时这里曾出过一位带头抗倭的名臣,当地人称带头人为"管头",村名也改为管头村。

那时,几个自然村散落在山里的各个角落,生活在这里的农民祖祖辈辈种田种地,靠天吃饭。对于这个磐安县出了名的贫困村,邻村人素有"有女不嫁管头村"的说法。

管头村还有一个别称,叫乌石村,因为村里的老房子多是用乌漆墨黑的玄武岩砌成的。2014年，中央电视台科教频道连续两天分上下集播出专题纪录片《乌石村的秘密》，说的就是管头村。2018年年底，磐安县行政村规模调整，将管头村等六个相邻村合并，正式命名为乌石村。

采访一开始，张威平就和我们谈起斧头和镰刀，这让我们有点惊讶。

在20世纪七八十年代，斧头和镰刀是乌石村村民谋生的工具。他们走南闯北，做木匠活，当割稻客，留下的是打工创业艰难、辛酸的记忆。

早在六七十年代，乌石村的村民在偏远的山坳里苦苦挣扎着，连温饱问题都解决不了，过着衣不裹身、食不果腹的生活。

那个时候，村民们收割完生产队仅有的人均半亩水稻，就挑着担子出远门找活计去了。都说"早起的鸟儿有虫吃"，可是乌石村的村民每天起早贪黑，勤忙苦做，日子依然越过越穷，穷到孩子们连鞋子都穿不上，屁股都盖不全。山上除了石头和泥土，只剩下几棵杂树和几亩茶树，一簇簇，一块块，不出众，不显眼。太阳每天在公鸡打鸣声中无精打采地升起，又从西边蔫头耷脑地落山，村民和茶树各迎各的天，各晒各的光，三百六十五个日子味同嚼蜡。

不知是从哪里得来的消息，村民们听说宁波鄞县（今鄞州区）一带有雇人收割水稻的农活。大家感觉迎来了一线曙光，看到了一丁点希望，就像抓到了一根救命的稻草。稚嫩的张威平带着换洗的衣服和收割水稻的镰刀，与父亲结伴出门了。

在寻找割稻农活的过程中，父子俩省吃俭用，每天喝一碗稀饭或一碗馄饨汤充饥，连一顿饱饭都吃不上。张威平记得，当时自己正长身体，但那次到宁波五天里总共吃了三餐米饭……

说到这里，张威平抹泪了。真是"男儿有泪不轻弹，只是未到伤心处"。这个七尺男儿在我们面前丝毫没有掩饰自己的柔情。

张威平的祖上是乌石村招来的上门女婿，村里虽以厉姓为主，但大家包容和谐，相亲相爱，张家很快融入和睦的邻里生活。

张威平的父母辛勤劳作，操持一大家子的事务，省吃俭用，就想培养儿子们走出大山。

张威平是兄弟五人中的老大，从小跟着父母在大山里勤忙苦做。1977年，他高中毕业后到邻村的小学当代课教师。那个学校的班级是复合式的，十四个学生分属三个年级，张威平上完一个年级的课再给另一个年级上，一堂课四十五分钟要分成三段，他每天备课、上课、批改作业，几乎连轴转。后来，他到前山乡（今属尖山镇）政府当了团委书记。多岗位的历练，提升了他的工作能力，让他积累了丰富的经验。

"安逸出懒汉，逆境出人才。"改革开放以后，张威平不满足于现状，和兄弟们一起办塑料厂，生产空调的塑料管子配件。后来，他们把厂子搬到了广东。20世纪90年代初期，广东是中国电器产业最发达的省份，许多国字头品牌都诞生在那里。张威平瞄准电器品牌市场，专门做空调水管等配件，给几家名牌电器公司供应零配件，事业逐渐成气候。

1995年，张威平被推选为村党支部书记。那时候，他的生意做得风生水起，接手了村里的一摊子事后，他便把企业委托给兄弟们管理。

张威平一心想让贫穷落后的乌石村改变面貌。他一直记得自己是割稻客的儿子，他说："当年父辈们生活那么不易，如今我们有什么比父辈们更艰辛的？我们努力在自己的土地上寻找发展的路子，让日子过得更红火。只要方向对了，我们只管去奋力拼搏，理想很有可能就会实现！"

夜深人静，张威平走过乌石村的青石板路，来到那片宽阔的山岗上，遥望辽阔的星空，遥望远处的大山，他脑海里只有一个念头：应当怎样带领村民摆脱困境，走出一条致富之路呢？

从1995年到1997年，张威平带领村民们修水利、整农田、建机耕路。但乌石村地无三尺平，农田都散落在七高八低的山梁上，农民种粮的收益甚微，只能填饱肚子，大家的钱包并没有鼓起来。

都说"要致富，先修路"，外界通往村里的是一条只有3米宽的机耕路，要把资源引进来，首先得把通村路拓宽。

张威平请人做了规划设计，路虽然只有1.25公里，项目却需要资金20多万元。

张威平一方面发动村民集资、义务出工，一方面到县有关部门争取资助。

县交通局答应给10万元，县扶贫办答应给8万元，这些支持让张威平激动得热泪盈眶，也给了他满满的信心。

张威平和村"两委"其他干部每天都在修路工地上忙前忙后，披星戴月地抢工期，赶进度。经过几个月的奋战，原先坑坑洼洼的机耕路拓宽到6米，成了平坦锃亮的水泥路，县道和乡道连接起来了，小村和集镇贯通了，大巴可以直接开进村里了。

乌石村十年九旱，搞了三年的农业建设没见成效，张威平的心怎么也平静不下来。碗里有粮，心里不慌，道理谁都知道。但粮从哪里来？富裕之路在哪里？

张威平对乌石村的发展感到迷茫。

他站在乌石村的高处，往左看是重峦叠嶂，往右看是崇山峻岭。如果花大力气修水库、水渠，可以灌溉哪里的水田？梯田都在半山腰，要想搞规模化、机械化建设，如登天一样难，几乎不可能把低处的水灌溉到高处的梯田。总不能把水库修建到山岗上去。在梯田里种植水稻是靠天吃饭，通常只能靠山上泉眼里冒出的泉水来灌溉。稻米虽然是优质的，可仅能解决温饱问题，村民实现小康只是个遥远的梦想。

那时，"千村示范、万村整治"已经启动，经常有领导到乌石村搞调研，他们建议换一个思路，试试发展民宿，搞乡村旅游。

乌石村山好水好空气好，农产品没有污染，这对本村村民来说没什么了不起，可是对城市里的人来说特别珍贵。搞农家乐也许是一条出路。

这可谓是一个点石成金的好主意。当时的尖山镇党委书记对张威平说："你必须把农家乐搞起来，把民宿搞起来，我们全力支持你。"

这让张威平心里一亮，他召集村干部开会，让村"两委"班子成员和其他党员就发展民宿的事宜献计献策。

张威平说："开弓没有回头箭，我们要把民宿搞起来。"

村干部们信心也很足，都说："威平，你就领着我们干吧！"

于是，张威平开始动员村民搞民宿。

刚开始，村民们将信将疑，不知道民宿是什么概念，只是担心这穷乡僻壤的村子没有人来住。

没过多久，镇党委书记带领村"两委"班子成员、其他党员和有办民宿意愿的农户外出考察学习，并针对乌石村制订了可行方案，镇里给每个床位补贴300元，村里再补贴100元。

最先报名搞民宿的是张财瑶，他是张威平的叔叔，也是村里的老干部。他说："我是党员，我带头。我家房子大，改造起来也方便，可以搞18个床位。"

张威平找了三户房子大一点的农户，上门做思想工作。最后，张金杰、厉慧珍、厉东南三个农户抱着试试看的心态，决定每户先搞10个床位，这样第一期民宿就有48个床位了。

村民们照葫芦画瓢地干了起来，边学边做，摸着石头过河。

乌石村周边的夹溪十八涡景区有"天下第一冰臼"的美誉，景区内古道蜿蜒，山峰起伏，怪石嶙峋，清潭飞瀑十分秀美。上海骑行协会副会长周德利等四人，骑车到十八涡景区和花溪景区游玩，正愁找不到住宿的地方，花溪景区负责人刘信国推荐他们到乌石村看看，说"乌石村正在开发民宿"。

周德利他们一路询问，先找到镇里，再找到村里。

张威平热情接待了他们，可村里的民宿还在装修，房间还十分简陋。张威平把他们安排到张金杰家，凑合着住了几天。

2005年9月28日，乌石村民宿终于正式开业。这一天，乌石村灯笼高挂，彩旗飘扬，县、镇领导前来祝贺，这个昔日默默无闻的小山村此时沉浸在喜庆热闹的气氛之中。

可是，国庆黄金周很快就过去了，乌石村复归平静，"门前冷落车马稀"，四家民宿都没有再来客人。

村民们有些怀疑：像乌石村这样的大山里的村落，能吸引来源源不断的游客吗？

有人在私下议论，认为办民宿是张威平想搞政绩。面对民宿的发展瓶颈，这样的议论也实属正常。张威平表面上只把它们当耳旁风，不动声色，但心里却是七上八下，着急呀。

几个月后，四家民宿的业主都有些动摇了。张财瑶因年纪大出不了远门，其他三户有两户的男主人出门打工去了，一个去了县城做塑料管，一个去了镇上卖皮鞋，还有一户也上山种茶维持生计。乌石村的民宿名存实亡。

秋天的夜晚，张威平站在燕窝岭的龙头山公园高处，俯瞰夜色笼罩的村庄，村里那些玄武岩石头垒砌的房子乌漆墨黑，连成一片，没有一点生气。

公园里耸立着一些树龄约千年的樟树和几百年的枫树，它们根深叶茂，散发出独特的清香。张威平也喜欢这里的木槿，大朵大朵的红色花芳香袭人，花朵不仅可以观赏，还可以做菜食用，很多村民会在房前屋后栽种。

张威平在公园里走来走去，迈着和他的心情一样沉重的步子。

那时，村里考虑把老房子拆了腾出地方来满足村民建新房的需求，正处在委决不下的关键时期。村里的房子是用古老的火山石垒砌的，拆还是不拆？有人赞成，也有人反对。张威平又一次陷入"泥坑"，怎样才能走出困境？

《天仙配》里的七仙女和董永遇到问题时会问古槐树，古槐树成了他们的媒人。而张威平没有这么幸运，任他怎么祈求古树，古树都静默无语。乌石村的民宿业刚刚起步，但发展中常常遇到这样那样的困境，张威平在苦苦寻找着破解难题的转机。

张威平决定豁出去了，他把自己在广东的空调塑料管企业全部转给弟弟，一心一意带领村民发展民宿旅游业。

面对零零散散的游客，细心的张威平发现，来客的车牌号以上海的居多。他琢磨：是不是上海这样的大城市里的人更喜欢深山民宿？是不是上海人更喜欢呼吸大山里负氧离子极高的清新空气？是不是上海人更喜欢大山里的有机蔬菜？

2006年正月，村民们张罗着准备过元宵节，还沉浸在欢乐的气氛中。张威平和村委会主任厉亚平决定走出大山，去上海为村里的民宿兜生意。

他们包了一辆车，凌晨3点就出发。月亮在云层里行走，大山里的乌石村仿佛在沉睡。

这是张威平第一次去大上海，那时没导航工具，路况又差，他们像无头苍蝇一样转着，因为开错路口，跑了许多冤枉路。

经过4个多小时的奔波，他们终于在早上7点半到了上海人民广场。人们大多在家里过节，上海的大街上比较冷清，街道两旁的店铺都还没开门。

人民广场是上海的旅游集散地，周边有很多旅行社。张威平他们拜访了一家又一家，但都碰了壁。

旅行社老板一听说只有48个床位，还分成4家民宿，就摇摇头表示不感兴趣，这让张威平大惑不解。旅行社老板直截了当地说："你们村总共才48个床位，我一个大巴就有50人，来一次都住不下，我们怎么来？"原来是这样，张威平明白了，对上海的旅行社而言，村里的接待能力有限。

任凭张威平他们怎么解释，旅行社的老板们都没有松口，热心一点的会给他们泡杯茶，有的直接就把他们赶了出来。

这次上海之行，一无所获。张威平他们回到村里，已经是晚上10

点多了，月亮又挂在村口的山岗上。张威平没有气馁，他相信天无绝人之路，只要努力，村里的农家乐总会兴旺起来的。

有一天，他想起了上海骑行协会副会长周德利。

对，就找周德利。

张威平和厉亚平决定第二次去上海。这次，他们坐火车去，带了乌石村旅游简介小折页，还带了满满的两大筐腊肉、香榧、茶叶、土花生。

到上海后，他们直奔上海骑行协会。周德利热情地接待了他们。

周德利见张威平一个村支书，为了村里的民宿挑着土特产来上海做宣传，被他这种精神深深感动，表示愿意帮忙。上海骑行协会有2000多名会员，有18个区县级协会，是一支特别活跃的队伍。周德利说，他每周可以组织两辆大巴的游客来乌石村住民宿。这下张威平可高兴坏了，但他还是有些半信半疑。

让张威平始料未及的是，回村的第三天，他就接到了上海来的电话，周德利果真带着游客来了。张威平亲自到邻县新昌高速路口迎接远道而来的贵客。他先坐公交车到新昌西站，然后步行到高速路口，早早在那里等候。

周德利没有食言，打那之后，每周都有两辆大巴的游客来光顾民宿。这样一来，村里四家民宿的客流就有了保障。其他村民看在眼里，喜在心里，由原先的怀疑逐渐变成羡慕，有的人家也悄悄地跟着办起了民宿，乌石村的民宿渐渐有了生机。

张威平和其他村干部多次奔赴上海，挨个拜访旅行社，先后与40多家建立合作关系，逐渐打开了上海的老年旅游市场。

2006年6月13日,时任浙江省委书记习近平到乌石村调研当地农家乐发展情况。张威平回忆:习近平书记鼓励我们要有信心,他说农家乐是朝阳产业,前途无量。他告诫我们,发展旅游经济必须要有好的生态环境。

习近平的到访,令乌石村干部、群众的心情久久不能平静,他的嘱托给了村民们勇往直前的信心,也让大家有一种发展刻不容缓的紧迫感。

乌石村专门成立了历史文化名村保护工作领导小组,陆续投入数千万元,整理修缮了明代本保殿、清朝四合院、龙湾堂花厅等古建古迹,并相继完成了特色立面改造、步行街铺砖、农家乐建设等项目。

针对农家乐数量增多后出现的低价拉客、服务下降等情况,乌石村"两委"牵头成立了农家乐服务中心,在全省率先实施"四统一"管理模式,即统一对外营销、统一接团分客、统一收费标准、统一结算账目,同时要求村民做好游客服务,形成对全省乡村旅游"诚信经营、有序发展"具有示范意义的模式。

为丰富游客体验,乌石村建造了古树公园、农耕文化展馆、农家乐主题公园、乡愁记忆馆等设施,并融合观赏山水、养生、体验农事、了解文化等内容,设计了多条精品路线。为让游客买到茶叶、干菜等原汁原味的农特产品,乌石村还引入"政府+投资公司+运营公司"模式,开发建设了农特产市场。

保存完好的古民居成为乌石村旅游的核心资源和对外营销的"金字招牌",兴旺有序的农家乐和不断丰富的旅游业态则为村民提供了新的增收途径。

民宿旅游业这把"火",把乌石村村民们的日子烧得越来越旺,还带动了周边地区的旅游事业。

经过近20年的发展,乌石村民宿从当年的48个床位猛增到4000多个床位,成为华东地区首屈一指的民宿专业村。这些年,乌石村名声在外,几乎每天都游客盈门,热闹非凡。如今,乌石村80%以上的农户从事旅游业,开办了约200家农家乐,全村年接待游客超过80万人次,年旅游收入近2亿元,村民人均收入突破8万元。民宿客源稳定,上海、杭州等城市居民甚至到乌石村当"季节村民",有的一住就是几个月。

现在,村子渐渐形成了两个风格不同的片区。

村庄的北部是由玄武岩垒砌而成的古民居,坐落有序,古色古香,透着一种沧桑的神秘感。

村庄的南部是村民们后来新建的现代化片区。原来的村庄已经远远不能满足人们对高品质生活的需求,张威平带领村"两委"班子,经过充分调查研究,两次开展新农村建设。2002年,第一期安排28亩建房地基,有40多家农户建了新房。2014年,第二期安排50亩建房地基,有80家农户按照农家乐形式设计建造新房,每户按可住30人的规格设计层高、开间和房间。这就是乌石村南部统一规划、排列有序的现代小别墅群。

在市、县有关部门的统筹协调下,乌石村新区建设为民宿提档升级打下了坚实基础。尤其是二期建设,制订了更详尽的方案,村民若想新建房屋,须用老屋的产权向村里置换新区的宅基地,收归村集体的老屋由村里统一保护管理。通过这种"建新区、保老区"的方式,乌石村古民居被完整保留下来。

斗转星移,乌石村村民变身为老板,民宿设施档次提升,服务质量提高，一切以游客为中心的理念在乌石村悄然传递，各家有了一批老客源，都具备了自行接单的能力，以前村里统一分配客人的模式逐渐退出舞台。

张金杰是村里最早开办农家乐的业主之一。他高中毕业后，开过饭店，开过出租车，也在厂里打过工。后来，乌石村农家乐发展走上正轨，他关掉开在镇里的皮鞋店，在村里一心一意搞农家乐。他注册了海天旅行社，在上海设立分公司，开通了上海、杭州等地到乌石村的旅游直通车，每年为村里带来8万多名游客，后来客源从长三角扩展到全国各地。他把旅游档期分为春茶期、避暑季、国庆、春节，并根据不同情况统筹安排营销计划，每个档期的活动都排得满满当当。

乌石村的发展也让周边的村民们看到了希望。2018年年底，县里决定将周边五个村庄并入乌石村，让它们抱团发展。以乌石村为中心，其他五个村紧紧地向它靠拢。

大山深处，宛然有一个声音在召唤："大园，东里，林庄，大山头，火炉岭，赶紧向我靠拢——"

仿佛是群山回响，邻村村民应者云集。

附近的村民们群情振奋，很快融入了乌石村这个大家庭。其中有几个村的农家乐已粗具规模，整装待发，正向着乌石村的发展水平看齐。

乌石村，就像春天的麦苗，生机勃勃地生长着。乌石村，就像诱人的土蜂蜜，散发着甜蜜的芳香。村民们忙碌着，快乐着，觉得自己像是生活在梦境里。

乌石村，一个原先占地仅300亩、人口仅800人的小山村，现在以一个新农村的形象展现在近3000个村民面前，有谁看了不感到惊讶呢！

张威平带着村民们过上了富裕的生活，而自家的经济条件却赶不上多数村民。

有时候，儿子责怪他："老爸你要是不回来，没准在广州资产早就几千万了。看看小叔叔，在南京资产都过亿了。"

张威平理直气壮地回答："老爸有老爸的追求，儿子知足吧！想想你爷爷当年做割稻客，五天吃三餐米饭，你要懂得知足。"

张威平用智慧和汗水带来了村民生活的富足，更赢得了村民们的信任，得到了组织上的充分肯定，他被录用为镇干部，还担任了镇党委委员，被选为县人大代表，被评为省劳动模范、为民好书记、金华"十佳"农村带头人、扶贫好干部。张威平对荣誉看得很淡，他常常在心里想：这些成绩来自组织的培养关怀，来自村民们的支持帮助；假如离开组织和村民，自己即使有三头六臂也将一事无成。

在外人看来，张威平到这里参会，去那里领奖，一派风光，其实，大多数人都不知道乌石村发展背后的辛酸和艰苦。

每年接待游客几十万人次，每天都会发生各种各样的事，都要村干部们及时处理。张威平就像是乌石村的"保姆"和"店小二"，时时刻刻为这个民宿专业村操心。

2020年6月，张威平退休了，他感慨良多，让他欣慰的是，自己接过老书记的棒子，几乎一辈子就干了一件事——建设乌石新农村。

他在社交平台上抒发感想：我要退休了，感谢支持我的人，不和别人比票子，不和别人比位子，领头共建新村子，只求百姓好日子，问心有愧一家子，组织领导赏面子，如果还有下辈子，再做管头好儿子。

同年11月，组织上又安排张威平继续担任乌石村党支部书记，乌石村发展还需要他再次出山。

那时，乌石村正面临疫情困境，乡村旅游业形势不容乐观，乌石村民宿急需创新突围，张威平又一次担当重任。

张威平一直在思考：如何做大做强村集体经济？如何让乌石村的民宿持续红火？如何把乌石村管理得更加井然有序？如何让成千上万的游客爱上乌石？他提出建设"乌石小镇"的理念，并注册了商标，他要让乌石村迈向"乌石小镇"，走出一条新的发展路子，绘就一幅新的建设蓝图。

2023年3月21日，张威平和村经济合作社的厉良生一起去上海。和2006年上海之行相比，这次张威平底气十足，信心满满。他们走访了旅行社、骑游队和知青协会等8家单位，预估可组织6万名上海市民来乌石村旅游，将带动村餐饮、住宿、土特产销售等方面的旅游营收超3000万元。往年，乌石村旅游旺季都在开春之后，而2023年春节过后就提前迎来了旺季，日接待游客高达5000多人次。

眼看旅游业回暖，村民们都很振奋，日子就像芝麻开花——节节高。乌石村举办了多期农家乐培训班，实现农家乐从业人员技能规范全升级，让游客吃得放心，住得舒心，玩得开心。张威平亲力亲为，忙着优化环境卫生，紧盯安全生产，制订接待方案，有时还手持话筒亲自为游客讲解。他是乌石村的金凤凰，百折不挠往上飞，招徕东西南北的游客。

在乌石村向共同富裕奋进的道路上，正是有了张威平这样的领头羊，才使精美的乌石唱出了一曲乡村振兴之歌。

智慧和坚强，带来的是收获和欢乐；汗水和勤奋，换来的是富裕和幸福。每当走过那片熟悉的古民居时，张威平心里都有一种欣慰感油然而生，当年有村民提议拆除的古民居被完整地保留下来，成为一道独特的风景线。乌石村古老的街巷、沧桑的乌石、鳞次栉比的现代别墅群，在村民们日常的生活里蒸腾出火热的气息。

乌石村广场和农家四周的木槿花开得正艳，绚烂明媚，在四季轮转中生生不息。

郭塘开满幸福花

在盛夏的郭塘村，争奇斗艳的月季开放在田野山坡和庭院小径，沁人心脾的花香笼罩着整个村庄。

郭塘曾经是一个名不见经传的小山村，坐落在常山县新昌乡西部的一个山坳里，村域面积不足10平方公里，村集体负债严重。

说起村里近年来的变化，村民们都感慨是因为有村干部的引领。"80后"张荣是郭塘村的现任党支部书记，作为领头雁，十年来他把村民带上致富的道路，让郭塘成为乡村振兴的典范。

两年前，邻村的一名干部有一次对张荣说："你呀，可以说是一个花书记。"

张荣听了皱起眉头，那名村干部连忙解释："花书记，别误会，不是花心的花，而是月季花的花。郭塘村鲜花经济的成功大家有目共睹，你作为村支书，很有发展远见。"

"花书记"这个外号虽然乍听有点别扭，但对张荣来说也很贴切。今天一声"花书记"叫起来轻松，可种花成功之前的心酸有几人知晓？

前些年，村集体尝试种西瓜、种蔬菜，但获得的经济效益十分有限。张荣一度陷入迷茫：到底什么产业才能让村民走上致富之路？

有一天，他注意到家里的两株月季，漂亮的花形和四溢的芳香令人心情愉悦。他一查资料，发现月季的花期特别长。

对！就种月季花。种好月季，既可以美化村容村貌，也可以增加村集体收入。

张荣又一次行动起来。

郭塘村的气候很适合月季的生长，山上也有不少嫁接月季所需的"荆刺"，张荣让村民上山挖掘，他自掏腰包收购。但让他始料未及的是，他们扦插嫁接的一大片月季"全军覆没"，一棵也没有成活。

张荣原本想，常山乡村家家都种胡柚，嫁接对农民来说是小菜一碟。没想到，月季嫁接和胡柚嫁接差别还不小，里头的学问不简单。

张荣买来一些种月季的专业书，悉心研究。他从网上了解到河南信阳有一家公司把月季做成了不小的产业，就带着村"两委"的几名干部专程去拜访。

那家公司的经理郭勇不相信眼前这群不速之客，以为遇到了一帮骗子。

张荣诚恳地说："我是浙江的一个村支书，想来学种月季花……"

郭经理说："浙江经济那么发达，还需要来河南学生意经吗？"

吃了闭门羹的张荣等村干部并没有放弃，去了七八次，终于从种植基地得到了几株月季。

从河南回来后，张荣用这些月季嫁接的植株成活率达到50%。这一年，郭塘村种了30亩月季花，有2万多株，形成一处亮丽的风景。

为了把月季产业做强做大，张荣带着村干部再一次到河南信阳向郭勇请教。这一回，郭经理看了郭塘村月季花海的照片，终于对远道而来的张荣等人投以信任的目光。

2015年11月，郭勇带着技术员来到郭塘，向村民们传授种植月季的技术。他还和张荣探讨月季产业化发展的路径，两人成了逐梦路上的好兄弟。

2019年，郭塘村村民闲置的100亩土地统一流转到村集体。第二年，月季种植规模迅速扩大到300余亩，一个月季主题村庄诞生了。

郭塘村实行"村集体＋公司＋农户"模式，即村集体出资种植月季，专门成立的公司负责采购、宣传、销售，村民积极参与到产业的各个环节，村集体经济像芝麻开花——节节高。

2022年五一劳动节期间，漫山遍野的月季花让郭塘村显得格外绚丽。张荣策划了"U见月季·遇见爱——用爱助农，打卡网红村"活动，发出"新昌乡郭塘村99种999999株9999999朵月季等你来打卡"的邀请。同时，村里推出"共富券"消费模式，游客购买的入场券可以作为消费券，用于购买产品或者抵付餐费等。

活动期间，郭塘村车水马龙，前来赏花的游客挤满了各个角落，月季苗圃、摄影基地等尤其受欢迎。村民刘斯英的农家乐一天至少接待5桌客人，最多的一天接待了近10桌。村里的山茶油、番薯干、番薯粉丝、茶叶等土特产供不应求。为期5天的活动带动村民增收约25万元，村集体增收超15万元。

"现在不出远门就能打工赚钱，多好啊！"这是村民发自内心的赞叹。

走进郭塘村数据化大棚繁育中心，各种各样的月季让人眼花缭乱。"甜蜜橙汁"富有立体感，明媚的橙色由花朵中心向花瓣边缘逐渐变淡,在阳光照耀下十分迷人。

"奶油冰激凌"的花瓣呈奶白色或黄绿色,散发淡淡的香味,抗病能力突出,适合盆栽。

……

如今,常山县城一些学校、工厂、街道和公路的绿化带栽满了月季,县城实现了从绿化向彩化的跨越,而这些缤纷的月季大多来自郭塘村的繁育中心。

一些村民通过培训考取了园艺师证,成为既有理论知识储备又有实际操作经验的园艺专家,或者在本地就业,或者到外地给外销的月季提供售后管护,收入可观。

眼前鲜花盛开的郭塘村,在十年前却是脏乱差的上访村、后进村,村民没有什么幸福感。

2013年,作为乡贤的张荣,在新昌乡党委的动员下回村担任党支部书记。伴随着村庄的蝶变,张荣经历过管理的烦恼,也收获了成功的喜悦。

1982年,张荣出生在郭塘村,他自幼好动,体育成绩在学校名列前茅。高中毕业后,他放弃复读机会,跟着哥哥去了省城杭州打拼。

他在杭州的一家电子厂工作,做事勤快又善于钻研,别人三年都没能学会的技术,他一年就熟练掌握了,还带了八个徒弟。

张荣不安于现状,不满足于打工生涯。两年后,他成立了环保公司,经营环保设备和建材,业务慢慢增多,公司逐渐壮大,他在省城站稳了脚跟,买房成家,把老家的父母都接到了杭州。

张荣从山村走进了省城,在村里长辈眼中是一个有出息的孩子,在村里年轻人心中是值得学习的榜样。

张荣打算从杭州回到村里,家里人都反对。

父亲直率地说:"你在杭州过得好好的,公司也发展得不错。我们郭塘那个样,你回去又能怎么样?"

张荣说:"乡党委书记动员了许多次,我也想回去为村里做点事。"

开弓没有回头箭,张荣关掉了公司,信心满满地回到村里。在这之前,他做过不少功课,比如出差时总要看看当地的村庄,找找改造郭塘村可以参考借鉴的做法。

可是,张荣回村后发现,现实并非他想象中那么美好。和很多新上任的村支书一样,他第一次开村党员会议就遇到了问题。他在会上提出整治村庄、发展经济的思路举措,但60多名党员没有一人响应,有人甚至表示反对。面对涣散的人心,他仿佛被当头浇了一盆冷水。

张荣跑到乡政府要项目,乡领导说:"你别急,郭塘村现阶段要平稳发展。"

张荣不甘心自己设计的村庄建设蓝图变为泡影。他想,村集体没有资金,一时也没有拉到项目,那就先把村容村貌搞好,从整治村庄环境开始。

张荣记得,小时候母亲说过家里穷点不要紧,但是要把屋子收拾得清清爽爽,让客人坐得下来。他联想到治村也一样,只有把村子搞得整洁美观,村里的年轻一辈才愿意留下来,外村人才待得住,更多资金、技术才有可能引进来。

那时候,村里旱厕随处见,蚊蝇满天飞。许多村民虽然家里卫生搞得还可以,但房前屋后总是乱七八糟地堆放着农用家什、柴火和杂物,大家对这样的生活环境习以为常了。

张荣首先规划建几座公厕，为全村整治旱厕做好准备。

有村民发问："旱厕臭，公厕就不臭了？"

"公厕要是臭了，大家就找我，我来负责！"张荣向村民做出承诺。

历经半年的整治，村里几百个旱厕终于消失了。但习惯了在旱厕方便、沤肥的村民还是有很多怨言，并不看好这个年轻的村支书。

张荣常常在各种会议上号召大家讲卫生，会后到村民家中宣讲，甚至直接动手整理各家房前屋后的杂物。

那段时间，张荣和村"两委"其他干部每天在村里捡垃圾，清运了50多车。有些村民觉得张荣不干正事，净跟垃圾打交道，私底下给他起了个外号——"垃圾书记"。

村民刘土松，80多岁了，他家门前杂乱无章地堆放着很多柴火。村"两委"干部上门七八次请他整理都无功而返。

刘土松说："这些东西放哪里去？怎么放？要么你们帮我放。"

张荣听说后真的去帮刘土松码柴垛了，把一根根柴火整整齐齐地码成一堵墙，做了一个院门，门口还用木板做出几级台阶，方便进出。

傍晚，刘土松收工回家，看到别致的院门和院墙十分惊讶。

张荣说："老伯，你看，柴就是财，发财的财。这不就是个财门？"

刘土松左看看，右看看，没明白村支书的意思。

张荣又说："柴门寓意财源广进，这么多柴（财），你相当于是个大财主。"

刘土松听后乐了，气氛一下子融洽起来。

这件事在村里传开了，村民们开始慢慢理解村干部的良苦用心，也尝试着做出改变，动手把房前屋后杂乱的东西一点点收拾干净。

张荣有很多环保金点子，他把废弃的瓦片、砖块、酒坛子、啤酒瓶、轮胎等利用起来，做成花坛、围栏等，装点村庄。

村子变美了，村民的心情也变得舒畅，参与村务更加主动，爱村护村的意识更加强烈。

一个下雨天，张荣路过村里的公厕，发现门口有一双凉鞋，十分纳闷。过了一会儿，张奶奶出来了，张荣问她："您怎么把鞋脱在门口啊？"

张奶奶回答："这公厕这么干净，我刚从地里摘菜回来，满鞋的泥，怕弄脏了公厕的地。"

乡村要振兴，产业是支撑。在整治村庄环境的同时，张荣积极寻求壮大村集体经济的路子。

2018年，浙江省委、省政府启动"千企结千村、消灭薄弱村"专项行动，郭塘村迎来新的发展机遇。张荣带领村"两委"班子抓住契机，与浙江能源集团有限公司结对。在郭塘村，浙能集团利用130多户农户的屋顶和部分闲置的土地，开展"户用消薄光伏发电工程"，建成了当年全省专项行动中投产见效最快的项目之一，为郭塘村的长远发展提供了第一桶金。

郭塘村也是新昌乡和慈溪市新浦镇山海协作千亩丝瓜络共富产业园项目的参与者，慈溪的一家公司提供优质种子和种植技术，并负责收购丝瓜络，郭塘村发挥土地和劳动力资源优势，丝瓜络产业为村民开拓了增收途径。

月季花主题村庄的打造让郭塘村有了经济发展特色产业，闯出了一条多姿多彩的路，真正步入乡村振兴的快车道。

郭塘村提出"产业景区化，景区产业化"理念，以市场化经营方式推动乡村产业可持续发展。月季种植基地升级为月季主题公园，通过举办活动积累人气。将月季种植与乡村旅游相结合，用精美的图片和富有感染力的宣传语在各类媒体平台上推广，增加曝光率，提高知名度，打造郭塘乡村旅游品牌。从种月季、卖月季，到赏月季、送模式，郭塘村不断延伸月季产业链，推进产业融合，实现产销一体化，辐射周边村庄，创新跨区域共富发展模式，让月季花在更广阔的天地绽放。

浙江省AAA级景区村、浙江省休闲旅游示范村、浙江省美丽乡村特色精品村……满墙的荣誉是郭塘村焕然新生的证明。

经历十年的村庄治理与建设，张荣总结了两大法宝：一是激活内在动能，用非市场机制激发村民自治；二是注入外部活力，用市场机制助力村强民富。内外兼修，双管齐下。

张荣运用"千万工程"的政策、机制，从改善人居环境入手，带头捡垃圾、搞卫生，创新思路变废为宝，引导村民从自身做起参与家园建设，在老百姓心中埋下"自治"的种子。只有把民生工程做到位，赢得村民的信任，才能更顺利地推进更多工作。乡村产业升级优化需要借势政策东风，运用市场思维，跳出乡村发展乡村，调动一切有利因素，形成壮大村集体经济的合力。

张荣始终认为口袋鼓了只是富裕的一个侧面，精神富足是实现真正富裕不可或缺的部分，他和其他村干部身体力行推进乡风文明建设，营造和谐融洽的氛围。

在郭塘村党群服务中心，我们正好遇见两个村民进来办事，只见村干部立刻端上了两杯热茶。给来办事的群众端杯茶，是郭塘村一个不成文的规定。虽然郭塘是个杂姓聚居村，但村民们和睦友善，干部和群众齐心协力，朝着持续稳步发展的目标前进。一村一心，其利断金。

郭塘村村口有一处张荣精心策划的景观，700多个酒坛子垒成了一面墙，上面镶嵌着"饮水思源"四个大字。一个酒坛代表郭塘村的一户家庭，鲜红的布紧紧地扎住酒坛口，寓意每户人家日子红红火火。这面墙迎送着太阳的光芒和村民们注视的目光，也提醒着人们不忘来路，不忘初心。

沐浴着太阳的余晖，我们即将告别这个鲜花盛开的村庄，转头望去，满眼是五颜六色的月季花，这是郭塘的幸福花。

天山深处有人家

"终于等来了开工,祝愿百廿十间早日建成!"

2022年春天,磐安县仁川镇天山村马岭自然村村民的线上交流群里,公布了一则关于重建马岭自然村百廿十间的消息,引得人们一阵欢呼。

关于这次的重建,缘由还要追溯到年初的那场天山村乡贤大会。

正月里,天山村利用过年期间各路乡贤回乡探亲的契机,紧锣密鼓地召开马岭自然村百廿十间重建座谈会。

会上,乡贤们在听完村党支部书记阿宝(真名羊宝)的提议后,顿时掀起一片如潮般的热议。各路乡贤各抒己见,群策群力,经过几轮热烈的讨论,最终敲定了面积3000多平方米、投资约600万元的百廿十间建设方案。

大家之所以会这样支持村里的工作,一方面是因为对家乡的热爱,事业获得成功后希望有机会反哺家乡,支持家乡建设,对村支书阿宝也很信任,另一方面是因为看到了"千万工程"在各地实施的成果,共富共美等观念深入人心。仁川镇天网片区党建联盟打造的"天网计划"可以带领乡亲们走上更宽阔通畅的发展道路，早日实现共同富裕。

天山村原先叫西产村，是磐安县海拔近千米的一个山村，2018年12月，西产、马岭、下余三个自然村合并后成了天山村，全村有390多户，1000多人。这里曾经是全县最偏僻落后的贫困村，但经过短短五年时间，一跃成为全县样板村，获得了浙江省美丽乡村特色精品村、浙江省AAA级景区村等荣誉。

村民们看在眼里，喜在心里，都说是阿宝领着大伙儿走上了朝共同富裕奋进的路子。

如今，阿宝无论走到哪里，都会被村民们亲切地称为"阿宝书记"。

作为仁川镇天山村最年轻的党支部书记，阿宝出生在20世纪70年代，虽然年纪不算大，但为人却极为果敢坚毅，既沉稳持重又雷厉风行。

阿宝是天山村本地人，在他的童年记忆中，由于村子坐落在磐安县海拔最高的青梅尖旁，周围只有崎岖的山道，每当村民们外出办事时，都只能凭借着体力走，一走就是一整天。那时村里流传着这样一句话："侬便是鸟，鸟便是侬。"意思就是一个人哪怕本事再大，也像这山里的鸟一样飞不出山去。

改革开放以后，在村民们的共同期盼下，政府终于帮山里修了路。就这样，村里许多年轻人都争相飞出山去，到外面谋生，阿宝就是其中的一个。

1992年，17岁的阿宝到江苏红豆集团打工。在经历了十几年的漂泊打拼后，他先后在常熟、东阳、义乌创办了自己的企业，虽然规模不大，但每年都有几百万元的收入，事业顺风顺水，红红火火。

随着阿宝的生活渐渐富裕起来，他的思想也开始发生了变化。

阿宝每次回到家乡，面对脏乱差的环境和乡亲们贫困的状况，他的心情都会非常失落，希望自己有机会帮助乡亲们做些力所能及的事情，改变家乡落后的面貌。

2017年，阿宝接到仁川镇领导打来的电话，动员他回村竞选党支部书记。

"其实，我早就想回来了，只是考虑到企业的发展，才没有第一时间答应。镇领导在电话里听出我的犹豫，于是就说：'回村当书记，主要是出思路，把握好大方向，其他事情别的干部会做。这样既能够兼顾企业，还能造福乡梓，岂不更好？'领导话都说到这份儿上了，我再推三阻四反倒显得不大气，于是赶紧答应了。"

阿宝特意选了一个假日悄悄回到村里，在村里走了一遍，又爬上高高的山岗眺望，映入他眼帘的是破败不堪的土泥房、坑坑洼洼的黄泥路，脚下的这座山也是荒草丛生，没有一点朝气。年轻人毫不留恋故土，一心走出大山，村里只有留守老人和孩童。这就是祖辈生活的穷山村吗？阿宝心里有些难过，更坚定了回村搞发展的念头。

吃晚饭的时候，阿宝对父亲说："镇里领导让我回村竞选书记。"

父亲瞪大了眼睛，放下碗筷说："你在外面干得好好的，全村人都羡慕你。我们村穷，这书记也不好当，弄不好灰头土脸。"

"正因为村里穷，需要我回来带大伙儿一起干！"

父亲只好叹息，也没有说出更多劝阻的话。

在破旧的村会议室，阿宝第一次面对全村党员，他说："我们村有好山好水好空气，这就是宝贵的资源。只要我们党员干部团结一心，就一定能挖掘资源，把天山村建成美丽村庄。"

就这样,阿宝全票当选为村支书,在党员和广大村民的共同支持下,他开始干劲十足地工作。

常言道:"新官上任三把火。"可没有想到的是,阿宝走马上任还没多久,"马桶书记"的外号就在村里传开了。

几十年来,村里赤膊墙随处可见,家家违章建房,拿猪圈当厕所,村内污水横流、臭气熏天。这让阿宝寝食难安。他的第一个想法就是拆旧建新,整治村庄的脏乱差问题。

阿宝的初衷是好的,可没想到改造方案刚刚开始实施,一些村民就态度强硬地阻拦。

有人说:"多少任书记都没拆,选你上来就要拆?"

有人说:"是不是非要整出点动静,才能显出你能耐?"

有人甚至当众放话:"如果敢拆我的房子,这条老命就不要了!"

面对重重阻力,母亲和妻子都劝阿宝放弃,可他却一定要坚持。为了得到村民们的支持,阿宝自掏腰包买来了80个马桶,挨家挨户送给乡亲们临时应急。但是大伙儿对此并不领情,还给他取了个"马桶书记"的外号。

"说实话,我当时很纳闷,党员们不是全票通过选我当书记的吗?怎么工作还没开始大家就都反对我了?"

虽然心中有些郁闷,可开弓没有回头箭,阿宝知道就算只能强行拆除违建房,也必须执行,只有这样以后才能开展工作。

在最热的三伏天里,他亲自开着挖掘机,直接拆掉了父亲建的附房。就这样,在一片静默当中,村里的旱厕被全部拆除。

然而,当到了拆猪圈的时候,阻力再次出现。

年约七旬的养猪户羊金早当众出难题:"就算你们把我送到派出所

去，我也不准你们动一下。"

眼见现场一片混乱，阿宝只能让工人们先停下来。等到晚上，他特意挑吃晚饭的时候，带着米酒登门道歉。在了解了羊金早的顾虑后，经过和其他村干部商议，村里最后决定对猪圈进行改造，新增排污设施，将村民们的猪集中圈养，这样既能够解决污染问题，又能够解决养猪户的后顾之忧，可谓一举两得。

就这样，不仅附房得以安全拆除，养猪的问题也顺利解决。

阿宝在村里的威信一下树立了起来，大伙儿说："阿宝做事公平，不带私心。"

一些违章建造的农户开始自己动手拆猪圈，村子变得更加宽敞、亮堂。

仅仅一个月时间，全村拆除了126户5400多平方米的破旧违章建筑。紧接着，阿宝组织党员干部给村庄"梳妆打扮"，实施景观提升工程。半年后，县考核验收组进村，给天山村的评价是："脱胎换骨，美丽蝶变。"

2017年年底，天山村有史以来首次获得"全县十美村"的荣誉。

在解决了环境问题后，阿宝将目光投向祖祖辈辈赖以生存的那片山林。

天山村由于处在海拔900多米的山区，集体经济收入十分有限，即便后来将马岭村、下余村并入，也还有80多万元的负债。

为了发展经济，阿宝召开了全体党员干部大会，集思广益，共同商议解决方案。最终，大家一致认为天山村最宝贵的资源就是负氧离子高、酷暑里极其凉快的大山，想要富裕起来还得从这上面着手。

说干就干。2017年，阿宝组织村民开始在马岭山流转土地，栽种桃树和油茶树。随后，村里又采取"农民土地入股＋村集体统一经营管理"的模式，打造了千亩油茶基地。每年春天，天山村会形成一道梯田桃花风景线；到了夏天，满山的桃树就会挂果。等再过几年，油茶盛产，村集体经济收入还可增加100多万元。

在阿宝的带动下，村民们开始办农家乐。为了帮大伙儿招徕客源，阿宝采用了最土的办法，自掏腰包印了几千份宣传册，到永康、义乌等周边县市发放，凭借着之前经商积攒下来的人脉，村里的农家乐渐渐有了生意。

而今每到夏天，大批游客会到天山村避暑，民宿业主们的手机一天下来经常被用得发烫，游客们甚至会遇到订不到房间的情况。

人气就是财气，以往五毛钱一斤都没人要的土豆如今已经卖到了两元一斤，原本村民们自己都瞧不上的农产品，如今成了城里人眼中的香饽饽。

"我曾经粗略地计算过，现在村里的民宿已经有20多家，有300多个床位，有的村民一个夏天能赚七八万，多的可以赚十几万。高档民宿项目通过后，不少之前在外面打工的年轻人纷纷回到村里创业。"

2021年4月，由阿宝担任党总支书记的仁川镇天网片区党建联盟正式开启了"天网计划"，在天山村的带动下，天马、天龙和青梅三个村也涌入了大量客流，因床位紧张，不少游客只能选择搭帐篷过夜。2022年国庆假期，天网片青梅尖和联盟各村共接待游客2万多人次，入住游客达7000多人次，旅游收入超100万元。

正是因为有了阿宝这样的优秀带头人，原本的贫困村蝶变为远近闻名的旅游村。

在村口的停车场旁，两年前刚修整好的天山湖碧波荡漾，风光旖旎，这里可以观光，也可以垂钓，成为游客们休憩的好去处。

很多邻村的干部纷纷到天山村向阿宝取经。

阿宝和盘托出自己的做法，希望有更多的乡村和天山村一样改变贫穷落后的面貌。

阿宝说："一是要吃透政策，争取更多的惠民政策。二是要出于公心，不牟私利，这样才能取得村民的信任。"

站在高高的山岗上，阿宝俯瞰如今的天山村，湖清岸洁，绿树成荫，房屋整齐，一派生机，他的心里油然升起一种自豪感。一个全新的计划正在他的脑海中形成：天山村联合周边的天马、天龙、青梅等村成立党建共富联盟，推动高海拔山区迈向共同富裕。

天山深处有人家。我们仿佛看到，天山村的致富之花，开遍了村庄的每一条弄堂、每一个角落；我们仿佛听到，一曲优美的致富之歌，在青山绿水间回荡。

流淌的水故事

浙江是江南水乡,关于水的故事也反映出浙江变迁的历史。水光潋滟的西子湖,烟波浩渺的千岛湖,天山共色的富春江,纵贯南北的大运河,"头高数丈触山回"的钱江潮,"一曲溪流一曲烟"的西溪湿地,无不展示出水就是大美浙江最为动人的元素。浙江大地上开展过波澜壮阔的治污水、防洪水、排涝水、保供水、抓节水"五水共治"工作,使美丽乡村更加灵动,更具韵味,如一道道亮丽的风景线点缀于山水之间。"五水共治"是"千万工程"的重要举措之一,使生态变经济的通道逐步打开,好山好水成为农民致富的摇钱树;"五水共治"过程中也涌现了许许多多可歌可泣的故事,我们从中看到浙江人民"重整山河"的雄心壮志,以及为求发展壮士断腕的豪迈斗志。

很多年前,我挎着一只驼色布包,来到台州市黄岩区新前街道的剑山村。在那里见到了杜甫描绘的"两个黄鹂鸣翠柳,一行白鹭上青天"的景象;见到了白云悠悠,杨柳依依,一座座村屋端庄亮丽,一棵棵大樟树茂盛如华盖。那时,那地,一条水面亮晶晶的溪与一条铺得平展展的路，似一双柔软洁白的手，牵着我缓缓地走进村庄。

走进剑山村，我的任务是采访徐文忠——一个陌生人。

据介绍，他是一家房地产企业的负责人，湖南省浙江商会会长，可谓风云人物。但是，村民们爱称他剑山村"名誉村主任"。

来到徐文忠家，我看到一座花木修剪得齐齐整整的小院落，心里嘀咕：一个大老板家，怎么这么平平常常？他本人会是大腹便便，西装革履，一手戴着世界名表，一手夹着香烟，头半仰、大嗓门的样子吗？

见面一看，徐文忠个子不高不矮，不胖不瘦，走路不快不慢，不声不响，开口与我打招呼，声音不高不低，不卑不亢，很有磁性。他不抽烟，很低调。他说自己平时很少接受媒体采访，可是这次为了接受我的约访，他专程从湖南飞了回来。

"其实我也没有多少故事，只是想借这个机会告诉大家，剑山村已经做的工作不到规划中的60%，还有很多事等着我与村干部、村民们去努力。"他说。

故事发生在前些年的一个晚上，徐文忠被村民发来的一组图片惊呆了。图中剑山溪的水像泥浆一样浑浊，水面上漂浮着白花花的一片死鱼，坍塌的堤岸上全是垃圾，草木稀疏枯萎，阵阵恶臭仿佛从手机里扑鼻而来。

"啊……这是我儿时常常戏水的剑山溪吗？这是我儿时曾经抓过鱼虾的剑山溪吗？"

徐文忠睡不着了，坐不住了。他安排好手头的工作，便飞回老家。

那片云，飘逸自在；那条河，清澈明净；那座山，青翠欲滴。这是记忆中的故乡，而眼前的剑山村，为什么，为什么，为什么变得如同一座废墟，不堪入目？

无论在北国还是南疆，无论在湘楚还是江浙，剑山村啊，永远是徐文忠魂牵梦萦的地方，永远有他无穷无尽的眷恋。

这里，居住着他的父亲母亲，他的兄弟姐妹，他的父老乡亲；这里，珍藏着他的童年梦想，他的少年故事。可是，小时候和玩伴们上树掏鸟窝的剑山，变得杂草丛生、荒芜颓败了；小时候和伙伴们玩打水仗的剑山溪，变成浑浊的臭水沟了；曾经的蛙鼓、虫鸣、鸟叫、鸡啼等天籁，曾经的剑山溪前白鹭飞的美景，没有了。美丽的家园杂乱无章，污染严重，垃圾成堆，恶臭阵阵。他的眼眶，湿润了。

徐文忠最后决定：为了永远抹不去的剑山溪记忆，为了生他养他的故乡，为了年迈的父母能安度晚年，回到故乡，发挥自己的能力，与乡亲们一起治理剑山溪，修复故园。

他希望剑山村能够浴火重生，美丽蝶变。

徐文忠生在剑山村，长在剑山村，在村里度过艰辛的童年，然后求学创业，走出大山，走出黄岩。

年轻的徐文忠曾经安安稳稳地在政府机关工作。但在1998年，他不做任何解释，下海了。在台州、杭州等地，他小试牛刀投资房地产，获得了意想不到的成功。之后用了不长的时间，他取得新加坡国立大学的EMBA学位，成为小有名气的企业家。

2004年，徐文忠因为一个偶然的机会来到长沙，开始了在湖南的创业历程。仅仅用了1000多天，他创办的湖南标志房地产开发有限公司发展壮大，被评为2007年长沙市房地产综合实力十强之一。

十多年来，从无到有，从小到大，他将公司打造成拥有20亿资产、1500名员工的现代化企业，建设了标志九郡、麓谷坐标、豪布斯卡酒店等长沙市标志性建筑，他也被推选为湖南省浙江商会会长。

成功的背后，既有必然也有偶然，既有辉煌也有艰辛。

一位优秀的企业家有所成就，自有其成熟的经营方法。徐文忠虽然上了年纪，可是思维十分活跃，观念相当前卫。他崇拜网络文化的发言人与观察者凯文·凯利，不断地实践着"KK理论"，敢于颠覆过去，敢于颠覆自我，不断更新自己的认知，从而焕发出新的活力。

他有一个藏在心底的目标，那就是要成为格局更大、实力更强的企业家，而家乡永远让他魂牵梦萦，难以割舍。

那年，那月，那日，徐文忠从长沙日夜兼程地回到剑山村，尚未坐下歇歇脚，喝口水，村民们就呼啦啦地来到他家的小院子，一个个争先恐后地向他诉说无尽的苦恼和焦虑，翘首期盼着他拿出好主意。

村民们说，剑山村治水治了两三年，河道好不容易变得整洁了，却由于上游有家企业直接排放污水，剑山溪的鱼一夜之间全死了，死鱼腐烂的臭气好多天都散不掉，严重威胁着大家的身心健康。

村民们的一席话，让徐文忠听得好像千斤重担压在肩上，喘不过气来。在商业场上，几千万元、几十亿元的项目他都能够轻松运筹帷幄，可是面前的难题叫他一筹莫展，不知如何应对。

有人贴到他耳边说："文忠，这马蜂窝可捅不得啊！"

有名村干部说："溪水重金属含量已超标260倍！"

"为了2000多名村民的生命安全，我不能视而不见，我不能坐视不管！"徐文忠顿时站起身来，斩钉截铁地说。

徐文忠已经横下一条心。

他一方面和村干部一起找上级领导反映情况，一方面找人写专题报告呈给黄岩区政府、台州市政府。不久，黄岩电视台将剑山村企业污染溪水毒死上千条鱼的事件曝光了，立马引起广大民众的高度关注，在村民们的强烈要求和有关部门的支持下，那家从事铝轮生产的污染企业终于关闭了。

2010年下半年，徐文忠和村干部一起前往黄岩区宁溪镇学习水体治理经验。回村后，他租来挖掘机，用不到一个月的时间，快刀斩乱麻地把剑山溪的垃圾清理干净了。

剑山溪溪水有机物含量极高，有卫生健康风险，而且如果上游半个月不下雨，溪就会干涸。于是，徐文忠决计在剑山溪上游建三个小水库，蓄上两万多立方米水。虽然总投入要几百万元，光工人工资就要发一百多万，但水库建成后可以自由排放，起到调节溪水的作用，而且能在干旱时保障农田灌溉，徐文忠意志十分坚决。

那些天，他在剑山溪和水库建设工地上来回奔波，与施工队一起研究方案，担任现场督导。

三个水库与溪流贯通，并做分级筑坝设计，使溪水形成层层落差，顺水而下的垃圾会被坝拦下，保洁员定期打捞垃圾，溪流就能变得澄澈起来。筑了坝的溪流蓄了数顷碧波，再在溪里投放红鲤鱼，两岸加强绿化，剑山溪就这样慢慢地变得清澈了，漂亮了。

剑山村没有停下改变的脚步，紧接着开展美丽村庄建设。

白鹤庙、古樟树群是村里的核心景观，平时老人们都爱坐在古樟树下聊天、喝茶。可是这个村中心杂乱无章，环境又脏又差。于是徐文忠提议美丽村庄建设就从这里下手，首先拆除村里乱搭乱建的违章建筑。阻力自然是不小的，村"两委"干部们就一家家一户户地努力劝说。

建设过程中，徐文忠发现了一个重要问题——村民的治水治污意识不强。

如何让村民觉醒？如何让村民从"要我治水"的被动状态变成"我要治水"的主动参与？徐文忠思考再三，决定"两步走"：第一步，苦口婆心地讲爱村爱家的重要性与必要性，讲整治方案；第二步，让村民广泛讨论并发表意见，把心里话说出来。事情弄明白，心里一舒畅，提出整治捐款就没人反对了。

剑山村沸腾起来了。工作人员在古樟树下架起了一块小黑板，记录着一个个前来捐款的村民的信息，几乎家家户户都捐款，少的几百，多则几千上万。徐文忠的父亲颤巍巍地递上5万元捐款，工作人员说太多了，硬是退回了2万元。热情高涨的村民一个星期共捐了20多万元。

徐文忠说："钱我一个人出也没问题。之所以通过捐款的形式，目的在于发动村民积极参与。"

村庄整治工作迅速推进，拆除违章建筑势如破竹，古樟树群边建起了飞檐翘角的亭阁。上剑山、下剑山、王岙三个自然村旁边的山上建了游步道，山顶建了观光亭，整个村庄像公园一样风景如画。连续几年，徐文忠捐助了许多资金，帮助村里进一步美化。

慢慢地，溪水开始变清，道路变得宽敞整洁，古樟树老枝发新叶，焕发青春活力，村庄重现了水清岸绿、鱼跃蛙鸣的美丽景象。

傍晚，暮色四合，万家灯火，剑山村沉浸在一片温馨斑斓的美景里。模具小镇和邻近村庄的居民都汇聚到剑山村，络绎不绝，人们走路散步，跳舞闲谈，热闹非凡，剑山村仿佛是城市街区。

最让徐文忠感到高兴的是，他又看到剑山溪畔、水稻田里，白鹭一脚立于水中，一脚屈于腹下，头靠在背上，长时间呆立不动的造型，当然还有它们步履轻盈、稳健，从容不迫地行走或飞翔的姿态。

童年时代，他常常看到这样的鸟，那曾经是剑山村的一道风景，如今它们如同精灵一般，又在剑山村的溪畔翩翩起舞，自在栖息于山间岸边了。

徐文忠每次从外地回来，他家不大的院子里总是坐满了人，左邻右舍，老人小孩，挤挤挨挨的，顿时成为村里最热闹的地方。他的家甚至成为村"两委"开会的场所，有时村干部在他家谈工作，到凌晨一两点钟才散去。

有一次徐文忠回村，首先映入眼帘的是许多管子和三通、弯头等自来水管道安装材料，它们杂乱无序地堆满了村口不大的晒场。

村干部诉苦：全村720户，2298个村民，超过一半人家还没用上自来水，靠打井喝水，而地表水污染严重，根本不能饮用。街道实施引水工程，把黄潭水库的水引到村里，大管子已经接到村口，但村集体缺少资金，自来水通到每家每户成为一大难题，因为安装费少说也得40万元。

村民们对此想法也不统一，有的说装自来水好，有的说不好，言人人殊。有的甚至说："装了自来水，用水放心了，但管子要钱，以后还得付水费，口袋里哪来这么多钱?"

于是好好的引水工程，在剑山村变成了"半拉子"工程。

徐文忠当即表态，接到每家每户的材料费和人工费，全由他出。这消息像长了翅膀，不到半天工夫传遍全村，村民们高兴得合不拢嘴。村"两委"立马开会，制订方案，做动员工作。村民们说，文忠把装自来水管的钱都出了，那我们自己得出力，自来水管接到哪一户，哪一户出人工。

拖了很长时间的自来水管安装工程很快就竣工了，由于省去了大量人工费用，徐文忠最终出资18万元，为"半拉子"工程画上了圆满的句号。

就这样，徐文忠成了剑山村的名誉村主任。

村里要做的事情太多了，徐文忠这位名誉村主任"主次"颠倒，常常远程指挥自己公司的工作，而把大量精力用来谋划村里的大小事务。

全村60岁以上的老人有548人，村里却没有一间像样的老年活动室。村"两委"的会议室也破旧不堪，布满灰尘。徐文忠出资建造村办公楼，亲自设计、亲自督工，甚至连外墙面用的瓷砖颜色他都自己选定。崭新而又气派的村办公楼拔地而起，村民们为此自豪地说："我们剑山村终于有自己的办公大楼了。"更为重要的是，村里从此有了整洁宽敞的老年活动室，老年人在这里喝茶聊天，下棋打牌，其乐融融。徐文忠每年重阳节都会给村里老人发礼物和慰问金。老人们都夸徐文忠这孩子有孝心。

以前村里偷盗案件频频发生，连变压器也会不翼而飞，弄得鸡犬不宁，人心惶惶。徐文忠和村"两委"干部商量后，组建了一支护村队，还建立了奖励制度。

有一次，有个小偷先在剑山村偷盗，后到邻村行窃时被护村队队员抓了个正着。队员向徐文忠报功，问："在邻村抓住的算不算？"

徐文忠说："那也算，奖励照给！"护村队队员们开心得哈哈大笑。

后来，徐文忠干脆投入几十万元在全村大大小小路口装上监控设备，偷盗案终于销声匿迹了。

整治环境以后，剑山村的面貌焕然一新，但为了保持村里的良好环境，建立长效保洁机制是关键。徐文忠每年拿出十万元，专款专用，让村里专门安排三名保洁员，负责维护村庄山溪、水塘和道路等公共场所的卫生。

老百姓大都拍手称快，可是徐文忠无形中也得罪了一些人。

有人认为：弄这弄那，全是徐文忠的花花肠子抖出来的馊主意。有个村妇骂骂咧咧找上门来。徐文忠既不烦也不怒，而是热情地请她坐下，给她倒茶，等她气缓了一问，才知道她心怀不满是因为美丽村庄建设要拆她家当台球室的违章建筑，把她的生意断了。徐文忠苦口婆心地向她讲政策、做解释，村妇最后点头赞同，一脸笑容地走了。

有人认为：剑山村折腾来折腾去，背后就是因为有个徐文忠。他把剑山溪治理好之后，胆大包天地把几百亩荒芜的山地流转过去了，还成立了来头不小的台州市红谷豆农业发展有限公司，在剑山村种上了桂花、柠檬、覆盆子，大大小小苗木几万棵，肯定是为他自己捞好处。

有人认为：徐文忠要把剑山村建成农业观光旅游地，简直是异想天开。他说今后游人到此，可以观赏"花开红树乱莺啼，草长平湖白鹭飞"的美景，可以体验插秧、耘田、采莲、摘瓜的乐趣，可以品尝农家乐土鸡、野菜、老酒的美味，可以重温掏鸟窝、捉蟋蟀、捕蝴蝶的童年时光，可以在农家超市购买香菇、笋干、腊肉等农家食品，在农庄生态酒店享受桃花源的诗情画意……真是想入非非。

熟稔房地产开发的徐文忠深知规划的重要性。剑山村不能无序发展，必须有一个优秀周全的总体规划。

于是，他请来中国美术学院教授、万科房地产首席设计师、湖南省建筑设计院专家，组成团队，用几个月时间为村里设计了一整套新农村发展规划。

规划中的剑山村将成为浙江省台州市黄岩区特色小镇——"模具小镇"的民俗乡土休闲度假区。小镇以模具产业为核心，以项目为载体，嫁接工业旅游及区域特色文化休闲旅游。

徐文忠认定，生态农庄将是模具小镇、智能小镇的后花园。

然而，有朋友说："你这么个大老板难道不知道搞这种生态农庄是赚不到钱的？"

徐文忠欣然作答："我从一开始搞农业开发，就没有想过要赚钱。我把荒地流转过来开发生态农庄，目的是要让剑山村的荒山全部披上绿衣，让剑山村的绿水青山变成真正造福子孙后代的金山银山。"

那一年，徐文忠总结自己"浙商回归工程"农村治水的实践，写了《关于参与家乡新农村建设特别是农村治水等公益事业相关情况的汇报》，呈送中共浙江省委办公厅。省委主要领导充分肯定了他的做法和经验。

我向他要来写给省委的报告，仔细研读后发现他的总结很有分量和见地。

报告中特别提到，农村治污如果要从根本上解决问题，必须实行截污管道设置和污水统一处理，将有洗涤剂、洗发水等污染物的生活废水和人体排泄物污水加以区分，后者通过化粪池处理，可以作为有机肥充分利用，从而达到农村污水的标本兼治。

只有亲身经历过治水的人，才会深刻体悟到治水迫在眉睫，才会洞察到治水的根本之道。

正是因为有徐文忠这样的一批有识之士的建议和呐喊，截污干管工程得以在浙江广大农村普遍推行，农村治水治污获得突破性进展。

徐文忠认为，"五水共治"是浙江省近20年来最好的政策之一，这一前所未有的举措倒逼企业转型，转变发展方式，达到经济发展和环境保护相统一，实现均衡有序协调发展。治水是改变农村环境的一个推手，必须把改变环境和新农村建设相结合，治标和治本相结合，政府引导和村民自觉参与相结合，使农村真正成为美丽新村。

在我眼里，徐文忠是一位浙商，更是一位故乡美丽家园的守望者。在他看来，无论是做董事长、商会会长，还是名誉村主任，最重要的就是坚持。在这些荣誉和盛名之下，他有过各种各样的压力和彷徨，有过难以想象的困顿和艰辛，但都挺过来了。他执着地守望着家园，追求着他的人生梦想。

因为，孟郊的那首诗，"慈母手中线，游子身上衣。临行密密缝，意恐迟迟归。谁言寸草心，报得三春晖"，常常让徐文忠潸然泪下。

因为，家乡的山山水水，家乡的父老乡亲，家乡的剑山图景，常常让徐文忠魂牵梦萦。

这已经是很多年前的事了。那年，农历马年春节刚过，人们还没有从年味里走出来，宁波市镇海区骆驼街道清水湖村废塑料造粒厂污染问题已经成为老百姓茶余饭后的一个热门话题。

连续几日，多家媒体对清水湖村污染情况集中曝光：该村废塑料造粒厂集聚区污染触目惊心，已经严重影响了农村的环境。

媒体的聚焦，引起了上级领导的高度重视，引发了社会各界的广泛关注。

清水湖村因为废塑料造粒厂严重污染而"一夜成名"。

清水湖村党支部书记张建平坐不住了，心里沉甸甸的，像压着一块大石头，脸上火辣辣的，像被人甩了一巴掌。

区领导到清水湖村调研，村民们把领导们围了个水泄不通，争相诉说憋了多年的心里话。

村里的李大妈，年轻时嫁到这里，娘家人都很羡慕她，因为这个村子规模大，环境好，水碧碧，天蓝蓝，"清水湖"这个名字就让人浮想联翩。可现在这里臭气熏天，让人透不过气来。

村里的黄大嫂为儿子的婚事操碎了心，废塑料造粒厂常年排放污水臭气，都没姑娘愿意嫁过来。

废塑料造粒厂违章乱搭厂房，将废水直接排入河里，夏天恶臭弥漫，村民窗户都不敢开，天花板上都是黑压压的苍蝇。今天刮东北风，臭气往西南飘；明天刮西北风，臭气就往东南飘。

很快，镇海区和骆驼街道在调查研究和充分论证的基础上，做出决定：整体关停拆迁26家废塑料造粒厂。

一场清水湖保卫战打响了，清水湖村的党员干部和工厂业主们要用自己的行动，还家园一派水清岸绿的好风光。

从街道领回关停拆迁废塑料造粒厂的任务后，村支书张建平几天几夜没有睡好觉。

清水湖村为什么会形成26家废塑料造粒厂集聚的工业区？为什么会出现如此大面积的环境污染？

冰冻三尺，非一日之寒。废塑料造粒厂集聚区形成已经有几十年了，涉及的人多，影响的面广，可谓利益交织，积重难返。

清水湖村原本具有优越的地理环境条件，为产业发展提供了便利。

从20世纪80年代初期开始，清水湖村废塑料造粒厂逐渐形成规模。一开始，26家废塑料造粒厂在姚江东排南支线河道的旁边。后来街道和村里组织各点的工厂统一集中到四联自然村，由村集体和工厂业主共同出资建造厂区。

26家废塑料造粒厂集中在四联的7排厂房里，建筑面积近3000平方米，俨然是一个废塑料造粒的"小王国"。

张建平看着废塑料造粒厂的迅速发展，心里喜忧参半，喜的是工厂集聚给村民带来了财富，废塑料造粒厂的年产值有500多万元。忧的是废塑料造粒厂生产经营活动产生的废气、烟尘等严重污染了附近村民的生活环境，威胁了广大村民的健康。

清水湖村不再美丽，仿佛成为城市化进程中的一个弃儿。远远望去，废塑料造粒厂厂区笼罩在一片乳白色的烟雾之中，河岸两边的空地上堆放着废塑料和尼龙，像一座座小山，日积月累，越堆越多，开始侵占部分河道，让河道变窄，河水变质。

工厂生产所需的大量废塑料、尼龙、渔网等原料，有不少是从垃圾堆里挑选出来的，表面肮脏不堪，需要清洗后才能投入生产。工厂业主为了降低生产成本，就近取用河水来清洗原料，产生的污水肆意横流，大部分污水直接流入河里。有的工厂为了图方便，甚至直接在河里清洗，以致清水湖村的河水发绿发黑，终日漂浮着油污。

堆放的原料没有被遮盖或固定，遇到大风天气极易被吹散到河道中，产生二次污染，大大增加了河道保洁难度。

原本清秀的清水湖村变成了蓬头垢面的乞丐。

全面关停拆迁26家废塑料造粒厂，困难重重，步履维艰，因为这事涉及26家工厂业主及其员工的切身利益。

有人说："当年政府鼓励我们发展工业，现在怎么能说关就关？"

也有人说："除非政府出大价钱，让我们赚一把，否则休想拆了。"

还有的放出狠话："要拆我的厂，推土机从我身上碾过去吧！"

在这场清水湖保卫战背后，是看不见硝烟的利益博弈。

那天，会议室里挤满了人，有坐着的，有站着的，走廊里还站着一些旁听的家属，26家工厂的业主都来了。

这已经是第三次会议了。会议室里，一头是村干部，另一头是经营业主，双方剑拔弩张，争论一触即发。

张建平走进来给每个会抽烟的业主递烟，紧张气氛稍有缓和。

张建平说："大家都是乡里乡亲，有话都放在桌面上。废塑料造粒厂的污染确实是癞子头上的虱子——明摆着。村里考虑到关停的需要，去年年底已经不再与经营户签订房屋租赁协议，就是为了全面关停。"

张建平话音刚落，会议室里像炸开了锅，大家你一言我一语，声音一浪比一浪高。

有一个业主把一张影像光盘拿到会议上要播放。他会前做过"功课"，请专业的摄像公司做了一个专题片，从废塑料造粒的工艺，到他们厂的设备，还有他们的诉求都拍了出来，最后的画面是他们整齐地站成一排，一起高声呼喊"我们的出路在哪里"。

专题片采用同期声，配上了字幕，表现手法专业、精准，有点像广告宣传片。

张建平说："你的录像片我们村干部都看了，大伙儿都理解你们的心情，办了几十年的厂说关就关，谁都舍不得。但'五水共治'需要我们做出牺牲，这是形势所逼。一方面污染确实严重，大多数村民要求整体关闭废塑料造粒厂的呼声很高;一方面根据全省治水部署,污染工厂不关闭已经不可能。村'两委'已经做了研究,准备拿出100万元补助奖励关停工厂,现在我们请大家一起来,就是要确定一个奖励办法,做到公正公平、合情合理。"

接着,村民张国平站起来说:"书记讲的都是实在话,而且村'两委'从经营业主的实际出发,准备了奖励资金,我们不能再起哄阻挠了。"

张国平50多岁,是村里从事废塑料造粒生产的元老,他的两个外甥陈鹏年、陈舜年也是开废塑料造粒厂的,娘舅外甥的厂房占了一大片,年产值占村里这个行业总产值的40%。张国平为人诚恳,平时也愿意帮助别人,在行业里很有威信。业主们推举他和村委会老主任嵇惠康当废塑料造粒行业的组长,协助村里管理废塑料造粒厂,每年的租费都是由他们代收,工厂的生产秩序也由他们督促管理。

嵇惠康对大家说:"我年纪大,以后准备退出这个行业了。现在生活水平提高了,就图身体健康。以前我们是'要钱不要命',现在是'要命不要钱'。再说现在赚钱的路子多的是,造粒厂不再是我们赚钱的唯一选择。我们也没必要守着这个污染行业。"

这次会议开得很成功,村"两委"的工作得到了业主们的理解和支持。全面关停拆迁废塑料造粒厂这一老大难问题终于有望彻底解决。

张建平心里清楚,对于关停拆迁工厂,有些业主也是表示欢迎的,他们知道这是大势所趋,希望能尽快完成拆迁,拿到补偿奖励。但他们心里难免有一肚子牢骚,那就给机会让他们都说出来。这些业主之间大多沾亲带故,做通了一户的工作,再通过这一户去做其他业主的工作,更为方便和有效。

开会之前，张建平就和张国平沟通过多次。张国平是这些业主的带头人、主心骨，由他出面做工作，就能形成示范效应，大大加快协议签订速度。对一些暂时想不通、反对关停拆迁的业主，街道和村工作人员直面矛盾，果断处理；对那些机械设备、设施较完善的工厂，街道和村根据实际情况适当提高补偿。不与民争利，不让群众吃亏，既让业主看到管理部门的诚意，更让业主看到管理部门的决心。

张建平和村"两委"其他干部和风细雨般的细致工作，也感动了业主们。

会议结束两天以后，张国平和两个外甥的三家废塑料造粒厂率先关停拆迁，给整体关停拆迁污染工厂工作开了个好头。

这一天，张国平请了专业工程队开展机械作业，工厂的员工们围着这片他们工作了几十年的厂房，都有些依依不舍。

为了"五水共治"，为了清水湖村的水清岸绿，张国平和其他业主舍小家顾大家，毅然关停拆迁污染工厂。

很快，昔日的厂房全部被推倒，厂区成为一片废墟。张国平的心情有些复杂，他从青年时代开始苦心经营的废塑料造粒厂，曾经给他带来财富，带来荣耀，这天彻底消失在自己的视野中。

张建平特地来到拆除现场，他对张国平说："当年，你带头办厂形成工业集聚区，政府感谢你；今天，你为'五水共治'拆除工厂，政府更要感谢你！"

张国平的眼里噙着泪水："为了保护清水湖，也就一个字'值'。"

又一个春天来了，清水湖村整个河道宽阔平坦，河水直泻顺流，奔向大海，两岸垂柳依依，繁花似锦。

经过整治的清水湖村沐浴在春风细雨之中，打开了一幅自然清新的美妙画卷。

人们不会忘记，这片热土上曾经的喧闹和繁华、嘈杂和污染、觉醒和改变，还有那些为了清水湖村水清岸绿而默默奉献的前辈……

清水湖保卫战只是浙江省"千万工程"的一个缩影。浙江大地上如火如荼的"五水共治"工作，使一河清水映蓝天，两岸美景润民心，形成了独特的水乡风景线；使白鹭再现河滩、群鸥飞越湖面不再是人们儿时的记忆，乡愁有了更为真切的归处；使产业加速"腾笼换鸟、凤凰涅槃"，"决不能以牺牲环境为代价来换取GDP"成为共同的价值导向；使生态经济的通道逐步打开，好山好水成为农民致富的宝贵资源。可以说，"五水共治"治出了浙江大地的秀丽美景，治出了浙江人民的精神风貌，治出了浙江发展的元气活力。

2023年5月18日上午，长寿之乡绿色发展区域合作联盟二届二次会员代表大会暨"长寿之乡与特色康养产业发展"高峰论坛在江西省铜鼓县隆重开幕，来自全国53个长寿之乡的有关代表以及专家学者300余人齐聚一堂，分享绿色发展经验，共商高质量绿色发展大计。会上，中国环境监测总站发布长寿之乡"绿水青山指数"，浙江丽水的龙泉市、遂昌县、庆元县再度上榜，获得前十佳绩。

丽水90%以上的辖区是山地，绿水青山成为丽水的独特资源和宝贵财富。《2022年丽水市生态环境状况公报》显示，全市生态环境状况指数已经连续19年位居浙江省首位，是全国唯一水、气环境质量排名同时进入前十的城市。丽水市被誉为"中国生态第一市"，丽水人在牢固树立绿水青山就是金山银山理念的基础上，走出了一条把生态资源转化为高质量发展动力的新路子。丽水市打响长寿之乡品牌，正是从保护生态环境开始的，丽水人坚信，自然地理环境与长寿秘诀之间有着密切联系。

龙泉市位于浙闽赣边境，素有"瓯婺八闽通衢""驿马要道，商旅咽喉"之称，被誉为"处州十县好龙泉"。龙泉因生态高地成为长寿福地，全市森林覆盖率高达84%，空气负氧离子浓度最高达12万个/厘米³，空气质量优良率常年超99%，$PM_{2.5}$年均值约为20微克/米³。龙泉也是瓯江、闽江、乌溪江三江源头，海拔千米以上的山峰有730余座，黄茅尖海拔1929米，为长三角第一高峰。

气候宜人，生态景观迷人，绿色成为龙泉长寿之乡的底色。早在2014年的相关报道中就有这样的数据：截至2013年12月31日，在总人口近29万的龙泉，有80至89岁的老人9120位，90至99岁的老人1069位，100岁及以上的老人22位，百岁长寿率为7.59/10万。指标高出"世界长寿之乡"国际标准，龙泉是典型的孕育、生育、哺育、养生、养老胜地，拥有人们羡慕的稀缺康养资源。

作为光荣的革命老区县，遂昌守护红色根脉，实现绿色赶超，让革命老区从"潜力股"变身"绩优股"。遂昌全面推进乌溪江流域和松阴溪流域草沙一体化保护和修复工程建设。近三年来，完成河道综合整治110公里，创建绿色小水电19座，打造出若干个省级美丽河湖与水美乡镇，成为极具人气的乡村休闲度假区之一。从"两江"（钱塘江、瓯江）之源到生态之窗，从浙南林海到康养之城，2020年至2022年遂昌连续三年入选全国绿色发展百强县。

和以往公布的"绿水青山指数"不同，本次测评指标在生态环境综合指数上，还增加了社会经济发展因素，因为绿水青山与金山银山的相互转化是高质量发展的应有之义。庆元县的生态环境综合指标监测结果在全国名列前茅，获得中国生态环境第一县称号。在全省山区县推进共同富裕的新征程中，庆元开启绿色发展综合改革创新区建设，变欠发达山区劣势为绿色发展新优势，从经济发展缓冲区域逐步登上全省绿色发展主舞台。蓬勃发展中的庆元香菇小镇，以历史悠久的香菇文化为核心，以食用菌产业为主导，致力于打造"香飘四溢购物地、科工联动长寿地、乐享文旅宜居地"三地合一的香菇新城。

绿水青山离不开山区人民的精心涵养和守护。

一城绿水青山，成就"幸福之源"。悠久的历史文化、美丽的自然环境、亮点纷呈的生态经济、生机勃勃的创新产业，都将擦亮龙泉、遂昌、庆元三地"长寿之乡"金名片，让山区人民体会到更深切的幸福感和获得感。

第三章 云端

在李祖看到未来乡村

李祖村是义乌市后宅街道的一个小山村,美丽恬静却又散发出别样的魅力。

多年以前,李祖村可以说是名不见经传,普通得不能再普通。在"千万工程"的引领下,李祖村在十几年时间里,形成了56家创客业态,超过200名"农创客"纷至沓来,打造出了城市人心中的诗和远方,并有了一个响亮的名字——国际创客村。

李祖村已然成为"千万工程"的一个缩影,成为共同富裕奋进道路上的标杆,成为义乌独特发展经验的"乡村版"生动诠释。

那么,李祖村到底经历了怎样的蝶变,又凭借什么样的魔力吸引了如此众多的"农创客",成为全国知名的"网红村"、创客村,谱写了新时代乡村振兴的新篇章呢?

我们从义乌城区一路向西北行驶9公里,去探寻坐落在一片青山林海之中的李祖村的发展秘诀。

我们走进村子,一口数十亩大的水塘映入眼帘,四周岸边弱柳扶风，池中水面波光粼粼，一派清新怡人的乡野风光。慕名而来的游客租上几条小船荡漾其中，享受着远离喧嚣都市的山水之乐。如若你在村中一条条铺满鹅卵石的小路上信步，可以看见房前屋后上百个磨盘垒成的花坛，树荫下碾子搭起的茶座，路边雕花青砖砌成的围墙，一组组小品景观给你不一样的惊喜。目光停留处，一户户民房院内无不繁花盛开；一幢幢婺派特色建筑历经沧桑，散发出悠远的气息；有上百年历史的古老小院错落在村中各处；游乐场、露营基地、生态农场、美食街、国学堂、书画院、咖啡馆、直播间、创意工坊等各色场馆、商铺星罗棋布。

在这个村子里，创客打造的新生业态于白墙黛瓦、古树婆娑间和谐共处，在鸡犬相闻、游人如织里交相辉映，焕发出勃勃生机。

2023年3月，一个天朗气清的日子，刚从北京归来的方豪龙放下行李就急匆匆地赶到村里的露营基地。村里的干部和"农创客"聚集在此，正等着他宣讲全国两会精神。

方豪龙是村党支部书记，又是全国人大代表，他刚刚参加了全国两会，有很多心里话想和大家说。

方豪龙没顾上喝水，就兴致勃勃地和大家聊了起来："如何释放越来越多的人才红利，为更多的人才搭建平台，让更多的青年人从中受益，是这次全国两会的热议话题。"

李祖村运营团队负责人傅正波迫不及待地说："这两天，我们运营团队和'农创客'队伍，陆续迎来了中国计量大学现代科技学院的实习生，这对我们村、对义乌来说是个好消息。"

露营基地里场面异常热烈，来参会的"农创客"几乎都是"80后""90后"年轻人，他们思维活跃，朝气蓬勃，新建议、好消息层出不穷。方豪龙早已和他们成为好朋友。望着这些年轻的面孔，他顿时觉得自己20年的火热年华似乎就是弹指一挥间。

1969年出生的方豪龙，个子中等，皮肤黝黑，文化程度不高却很有想法，说起话来朴实诚恳，绝不夸夸其谈。义乌是举世闻名的商业之城，农村基层干部普遍有经商经历，方豪龙就是这样一个具有典型特征的村支部书记。他极富主见，执行力强，在村子里既有威信又有人缘，是李祖村20年来蝶变历程的参与者和见证者。

方豪龙是土生土长的李祖村人，读完初中后，就跟义乌农村的大部分年轻人一样，开始闯荡商海。19岁那年，他单枪匹马跑到江苏常熟做服装生意，没几年就办起了一个有20多人的服装厂，还在义乌的宾王市场拥有了自己的摊位。之后，方豪龙加盟表弟开的一家知名家电商场，负责商场运营管理，成了一名职业经理人。事业有成又古道热肠的方豪龙开始积极为村民们做一些力所能及的事情。

2003年，是李祖村腾飞的一个转折点。就在这一年，浙江省启动了"千村示范、万村整治"工程。

当时的李祖村是名副其实的脏乱差落后村，在当地有"水牛角村"的绰号，意思是没有希望的村庄，而"千万工程"改变了李祖村的命运。

千头万绪，工作要从哪里开始呢？

"要想富，先修路。进出村里就这么一条羊肠小道，路面也是坑坑洼洼的，一到雨天便泥泞不堪。应该先从路上做文章！"有人提议。

"村民房前屋后堆着杂物，院子里倒满垃圾，夏天蚊子、苍蝇到处飞，还臭烘烘的，我们要先整治整治。"有人说。

"村民经常去村口的小水塘里洗拖把、刷马桶，不仅不卫生，而且存在安全隐患。"有人提出担忧。

大家你一言我一语，不一会儿就整理出了十多个急需整治的问题。真是不提不知道，一提吓一跳，李祖村如果要改头换面，还真要花大力气不可。饭要一口一口吃，路要一步一步走，万事开头难，村里既然下定决心改变，就要把工作做好做扎实。最后，大家一致决定，以整治臭水塘为突破口，全面改善村容村貌。

一大早，方豪龙和村干部们领头，带着十几个小伙子，拿起干农活的铲子、畚箕就往水塘边的沟渠里跳，把沉底的垃圾、污泥捞起来，接力弄上岸，又操作机器清理水塘。清污工作很快见效，水塘恢复了清澈。邻村人一看都十分惊讶，觉得李祖村要脱胎换骨了。

2005年，李祖村村容村貌整治进入新的阶段，开始大力实施"硬化、亮化、绿化、洁化、美化"五项工程。

一开始，工作进展不算太顺利。在水塘边造生态洗衣房时，很多村民不乐意，还有很多人反对。

"为什么不能去水塘里洗衣服了？"

"倒垃圾还得专门走一段路，太麻烦了。"

"天天施工，黄沙漫天的，走路都不好走。"

村民们不理解、发牢骚，方豪龙不厌其烦地跟村民们解释，耐心地劝导他们，同时他心里也憋着一股劲，非呈现个大变样的李祖村来不可。

村集体向银行贷款10万元，又发动村民捐款，修建村里联通城区的道路，原先的泥沙路铺上了水泥，大大方便了村民出行。

国家电网义乌市供电公司工作人员通过管线综合治理、入户线路"多箱合一"等手段，消除了村里电线私拉乱接的现象，并增容布点近

10台变压器，还在村里的道路边安上了路灯。村庄亮丽了，让村民的心里也亮堂了许多。

众人拾柴火焰高。李祖村的"五化"工程取得了明显成效，村里环境变好了，村民生活也更方便了。

村民们纷纷表示："这么干净的路，这么清澈的溪，要是再扔垃圾，自己都觉得不好意思啊。"

2015年，李祖村被列入义乌市美丽乡村精品村建设计划，又一次迎来发展机遇。

2017年，方豪龙被推选为李祖村党支部书记，他感觉自己肩上的担子更重了，但他建设美丽乡村的信心也更足了。

上任后，他立即着手谋划村里的危旧房改造。在走访村民时，他听到大家反映最多的就是住房困难。有的村民几代人挤在破旧的房子里，有的村民的房子已经成为危房，但因为批地基难等一直没有妥善处理，成为"老大难"问题。

这一年，村里建起两栋小高层，一下子解决了48户人家的住房问题。

当时，村里有一个60多岁的方大伯，一家三口住在30平方米左右的两层木结构房子里。房子主体结构的部分木头已经腐烂，下雨天会漏水。村干部劝他们拆除这间危旧房，住到村里即将建成的新套房内，方大伯一家却仍想住在落地垂直房里，习惯有天有地的感觉。

方豪龙等村"两委"干部一次次上门做思想工作，最终方大伯在同意书上签了字。不久之后，他们一家人搬进了带车库的144平方米套房，生活质量提升了一个台阶，日子十分舒坦。

"方书记，你有空一定要到我家里来吃顿饭，我要好好谢谢你。"

现在只要遇上方豪龙，方大伯总是由衷地表达感谢。

2019年，村里的危旧房被拆除后，原先的地基成了公共空间，收回的老宅由村里进行修缮改造，出租给青年创客使用。

面对村里日新月异的变化，村民们看在眼里，乐在心里。

李祖村在乡村振兴的道路上高歌猛进，"千万工程"第二阶段——"千村精品、万村美丽"自2011年以来开展得如火如荼，美丽乡村建设带来了产业、文化和城乡重构的变革。

对于李祖村的未来，方豪龙的"野心"远不止于此，村民们对美好幸福生活的期盼也没有止步于此。方豪龙一直在思考：李祖村应该有一个什么样的发展定位？李祖村的经济增长从何处发力？"千万工程"如何打造升级版？乡村建设的未来空间在哪里？李祖村应该走什么样的共同富裕之路？

为了找准村里发展的定位，方豪龙和其他村干部到衢州、绍兴等地的精品村观摩学习，思考如何把产业优势融入乡村发展。

方豪龙心想，围绕文化、直播做文章的村庄有很多，但是既有文化底蕴又有创业氛围的村子却没有几个。李祖村有500多年的历史，人文积淀深厚，家风传承悠久，如果能依托村里的文化，再结合义乌"买全球卖全球"、直播销售等商业模式，李祖村就能有发展的新亮点。

历史文化是李祖村的"根"，商业销售是李祖村的"叶"。找准了村子的发展定位后，在有关部门的支持下，李祖村陆续建造起文化礼堂、共富广场、大舞台等设施，提升"面子"的同时也在不断提升"里子"。

2018年，村民们众筹建造的餐厅——豌豆花乡厨应运而生，它既有文化氛围，又采用新商业模式运营。餐厅不负众望，不仅在半年内就收回了成本，而且为入股的村民分红，让大家在家门口当起了股东。一个村民说："先富帮后富，大家一起致富。众筹的餐厅让大家得到了实惠。"

看着村里的变化，很多在外创业的村民回到村里寻找发展机会。方豪龙用同样的方法，带领村民众筹建造了十几间小木屋，打造了一条"妈妈的味道"美食街，让村民在家门口就可以赚钱。节假日期间，一个摊位每天大概可以卖出200碗馄饨、1000个豆腐包，利润超过2000元。

积蓄已久的创业热望在李祖村村民的心中燃起火焰，迅速照亮了这个昔日默默无闻的小山村。

李祖村的美丽蝶变，让投资人看到信心，也吸引了年轻的创客团队。

金靖是浙江道人峰茶业有限公司和浙江乡遇文化旅游开发有限公司的总经理，现在，她也是李祖村运营团队职业经理人。

其实金靖与李祖村的缘分，要从十年前说起。

2013年，金靖受时任李祖村村委会主任的邀请，来到李祖村参观。村干部对金靖说："你看我们这个村怎么样？你最近在投资园区，要不要也来投资我们李祖村啊？"

金靖心里直犯嘀咕：谁疯了才来投资这个村？路都还没有修好，坑坑洼洼的，而且这里也太普通了，一没有名人，二没有好的自然景观，三没有好的空间，还不如我老家的乡村。

或许是好事多磨，或许是缘分未到，十年前的李祖村未能让金靖怦然心动。

金靖打造的义乌市老城区老车站·1970文创园、义乌市大陈镇农创品牌"大陈小集"都名声在外,她可以说是义乌本土一个小有名气的创客;而她的另一重身份是一个地地道道的义乌"农二代"。

金靖,是茶园的孩子。

"青青道人峰,淡淡岭上风,云雾绕茶园,碧浪接天穹。"在义乌北部海拔最高的道人山脚下,有一片青翠欲滴的茶叶种植基地,巍巍群峰满眼绿,遍地茗茶溢馨香。从小,金靖就是在这样的环境中成长。

提起"农民",很多人脑海中会浮现出面朝黄土背朝天,手持弯锄入农田的身影。在多数人眼中,"农二代"则是一群土里来土里去的继承人。越来越少的年轻人选择留在农村,甘于守着几块田、几片山的寂寞。当务农逐渐被扣上艰辛劳苦、价值低廉的帽子,"农二代"的背弃逃离并不是件难以理解的事。

当许多"农二代"争着从农门里跳出来的时候,金靖却毫不犹豫地从城市回到了农村。她在杭州读大学,兼修国际贸易和工商管理,毕业后毅然回到老家,选择接手父亲用毕生心血经营的道人峰有机茶园。同学们听说她这个决定后,都以为她要回家扛起锄头当茶农,其实,她是要走一条不寻常的路。

在金靖看来,现代农业和过去的已经有了天壤之别。新时代"农二代"的使命是在父辈们打拼得来的业绩的基础上,去进行方式改变和品牌升级。接管起道人峰茶业有限公司的金靖,并没有像父辈一样卷起裤腿下农田,而是将自己的事业着眼于产品推陈出新、营销方式改革上。

父亲在茶叶的种植与生产上的造诣,是金靖难以超越的。面对这些要求极其严苛的传统技艺,她只能选择另辟蹊径,从关注怎样卖茶叶开始。

2020年6月，金靖与李祖村走到了一起。

此时的李祖村，面貌有了翻天覆地的变化，踏上了新的发展台阶；此时的金靖，满腔抱负，不管是见识还是经验，都达到了新的境界。

经有关部门牵线，义乌市后宅街道邀请金靖以职业经理人身份进驻李祖村。

金靖团队接手李祖村运营工作后，紧扣"中国众创乡村"的主题定位，招募新村民，带动本村村民创业就业，让李祖村真正焕发活力。金靖认为，李祖村要想得到更多人关注，必须有自己的特色。村子的顶层设计应该注重"年轻化""多业态"，这样才能增添活力与创造力，以创客力量赋能乡村振兴，帮助村民过上向往的生活。

金靖的破局之法是，先给村里做定位，着力打造文艺乡村，让有一技之长的年轻人进村入驻，形成各式各样的业态，用年轻人的梦想点亮乡村。入驻李祖村的年轻创客必须具备两个"足够"，一是足够的热爱乡村的情怀，二是足够的创业能力。只有这样，他们才能为李祖村带来朝气和正气、商机和希望，才能构筑乡村的美好未来。

在方豪龙和村"两委"其他干部的大力推动下，金靖团队充分利用村里的老旧厂房和闲置农房，打造了集创业指导、创业孵化于一体的"众创空间"，并通过"农创客"大赛、创客培训等多种形式，为"农创客"提供了系统的成长方案。这些切实可行的措施，成就了李祖村创业经营的友好环境。

"千万工程"20年，也是金靖从茶园少女成长为创客领军人物的20年。

金靖是"农二代"，她对自己的身份很自豪。她传承了父辈对乡土的坚守和情怀，发扬创新创业精神，为乡村振兴持续奉献光和热。作为一名乡村职业经理人，金靖始终笃信，路在脚下，富自思想。

在李祖村，金靖与乡村完成了双向奔赴，共同创造出了神奇的诗和远方。

在李祖村村口，两处门楼上别出心裁地分别题写着"日新""月异"。这20年来，村民们能实实在在地感受到李祖村日新月异的发展变化。

徜徉在李祖村古朴的乡村小路上，我们与或精致或古朴或浪漫的创客小铺相遇。

李期银是浦江李氏梨膏糖第六代非遗传承人，也是李祖村的第一代"农创客"。他几十年坚持传统梨膏糖生产工艺，九蒸九晒制梨干，再加上数味中药材，50斤山花梨熬制1斤秋梨膏，制作出润喉养肺的好产品，一口传百口，百口传千口，靠好口碑打响了自己的品牌。2019年，他选择在李祖村正式开店，就是看中了这里的环境。"三分卖糖，七分卖唱。"如今，在直播镜头前拉二胡、唱婺剧，为梨膏糖吆喝，已成为这位年过六旬的老人的日常。

"我是在两分钟之内决定租下这个房子的。当时没有看到里面长什么样子，就看到这个楼梯，看到这栋老房子，看到门口的栀子花树，我说就是它了。"封玲回忆起第一次来李祖村的情景，历历在目。

封玲在城市生活了近十年，有一天却决定把开在义乌市区的南瓜家糖水铺搬到李祖村。虽然当时很多人并不看好，但她的糖水铺到李祖村后营业额不降反升。李祖村既有设施配套，又有政策支持，运营团队还会经常帮助商户出谋划策，推出吸引顾客的活动。每到节假日，前来糖水铺"打卡"的客人多到没有位子坐，房东大叔把自己家吃饭用的桌子椅子都拿出来给客人用。封玲被这里秀丽的风光和浓厚的人情味留住了。

"90后"姑娘楼沙漠霜在一座木质结构的二层小楼里开了一家扎染店——沙漠的染坊。她第一次到李祖村游玩时，一眼看中了这个古色古香的民国老宅，被里面的青石板、天井吸引，立刻选李祖村作为自己的创业基地。

叶露嫔的杂货铺里主营各种手工艺品和服装。她从小就想开一家杂货铺，专卖那些精致、优雅的小玩意儿。这梦想发端于自己的"少女心"，但是出身商人家庭的她清楚地知道，做生意不是儿戏，有许多现实问题需要考虑。她在义乌市区找过很多地方，但即便只开一家格子铺，仅房租就是一笔不小的开销。相比之下，在村子里创业，起步的资金投入就要小得多。她选择在李祖村将梦想付诸实践，既是因为看到了成功的案例，也是基于对成本和未来预期的精细考量。如今，在李祖村，客流量并不比市区里少，叶露嫔的理想正逐步实现。

"80后"姑娘朱佳莉是义乌人，曾经是一名花艺师。她在李祖村承包了18亩土地，建了一个生机花园农场，用以承接周边地区的亲子活动，开设自然课堂、生日派对、团建等项目。经过她的精心设计和建设，一座复合型乡村花园农场在李祖村最显眼的地段闪亮登场。有了生机花园农场的成功先例，汽车露天影院、篝火晚会、共富市集等年轻人喜欢的娱乐项目陆续推出，让越来越多的人爱上了这里。

正如金靖所说："李祖村有广阔的天地和浓郁的文化氛围，让有趣的灵魂在这里碰撞。李祖村最有价值的就是这些'农创客'，在他们身上我们可以感受到不同的温度，不同的风采，不同的情怀。"

2021年,"千万工程"进入了第三阶段——"千村未来、万村共富",堪称中国式现代化在"三农"领域的先声。

如今,常住人口700多人的李祖村已有20多个创客基地、56家创客业态,已吸引200多名国内外创客,其中大学生就有100多名。截至2022年年底,李祖村"农创客"队伍累计带动销售额达500万元,带动村民人均增收2500元,实现年游客量超过20万人次,推动村集体收入突破268万元,成为真正意义上充满年轻活力的令人向往的乡村、共享共创共融的国际创客村。

在李祖村,我们看到了"千万工程"在浙江大地的缩影,我们发现了乡村振兴战略造就的蝶变,我们感受到了中国未来乡村的深邃、壮美和辽阔。

这就是来自李祖村的报告,我们相信,千千万万个像李祖村一样的美丽乡村,必将在神州大地上如雨后春笋般蓬勃涌现。

新光村的创客时代

正是春暖花开的时节，浦江县虞宅乡新光村沐浴在一片春晖似海的景色之中，汩汩流淌的茜溪让这个古村落有了灵动的气息。

早就听说新光村是个闻名遐迩的"网红村"，如今得见，果然名不虚传。走进群山环抱的新光村，只见来自天南地北的游客熙熙攘攘，这种景象以前到一些名胜景区才能见到。

新光村的出名是因为有了青年创客基地，基地创始人就是"80后"陈青松。

陈青松，一个像青松一样充满生气的年轻人，他是浦江县创业者协会会长，新光村廿玖间里创客基地创始人。

第一次采访陈青松，还是几年前的一个春天。

我们到新光村廿玖间里时，陈青松知道我来采访，在从外面赶回来的路上。于是，我们先参观他的创客基地。

廿玖间里是新光村体量最大的古民居，连同周边的诒穀堂、双井房、桂芳轩等徽派建筑，有200多间老房子，东西南北都有进出的大门，被称为灵岩古庄园。

我们向年事稍高的村民问询灵岩古庄园的传说，他们说村里古民居到处都是。让老一辈新光村人自豪的是，相传先祖朱可宾（号灵岩）经商有道，靠做木材生意发家，成为方圆百里的首富，专门从杭州请了专业的规划设计师和建筑师，在新光村建了大庄园，族谱中记载建造的年份是1738年，距今已280多年。先人朱可宾是位乡贤，富甲一方，为人谦和，在庄园办学，让乡民免费进入学堂，对参加乡试的优秀学子给予重奖，村里尊师重教蔚然成风，传为佳话。

在创客基地，各类店铺已经有100多家，廿玖间里成了艺术的天堂、商品的海洋。十果花履、一木一叶、密室逃脱、本质共和、友间酒屋、度余生咖啡、太阳的香味……每一个店名都充满了诗意和青春的气息。

布衣不舍的经营者吴流燕，以前在企业做财务工作，她被创客们的真诚感动，经过几次考察后于2017年入驻廿玖间里。虽然她不会天天待在这里，但每次来都像回到家里一样，对她来说这是一种惬意的生活，在这里会和有缘人相遇相聚，留下一份念想和期盼。

周小雷是一木一叶店铺的业主，他外公周双伦早年曾师从吴山明学国画，全家都是丹青能手，给了他学画的天赋和熏陶。他从小学画，师从马锋辉，大学时在浙江理工大学国际丝绸学院专门学习服装设计，后来在浦江办了一家绗缝被企业，每年都在广交会（中国进出口商品交易会）上拿到订单。2015年，陈青松在新光村创办创客基地，他成为第一批入驻的创客。他用自己的美术特长和创意，装修了两间时尚的店面，成为创客的示范。早在1999年，他就开始利用表面像岩石一样的树皮制作树皮画。一幅幅五颜六色、形态逼真、构图独特的树皮画吸引了一批又一批游客。他在一木一叶店铺里辟出一方小天地，让小朋友们在这里自己动手做十字绣、画油画、做树皮画，享受创造的乐趣。家长们带着孩子在这里共同制作，既能激发孩子创造的潜能，培养孩子动手的能力，又能增进亲子关系。周小雷和周小惠这对小夫妻的一木一叶店铺成为当地许多小学的研学基地。

正是一大批像吴流燕、周小雷、周小惠这样的青年创客的入驻，让曾经衰败的新光村生机勃勃。一间间店铺是创客们的工作场所，而游客们可以在这里找到风格主题不同的店铺和体验项目。很多创客都有别的很多事要做，并不能每天待在店里，陈青松和他的小伙伴们制定了一种新颖的运营方式——值班制。主人可以在店里留一个电话号码和收款二维码，客人有需要可电话联系，也可询问值班店铺的主人。于是店主无论在不在，都可以满足游客的需求。创客们就这样轻松地做着生意。我们在廿玖间里看到，无人看管的店铺占了一半以上，客人可以拿起任何一件中意的商品，扫码支付，然后优雅地离开。这就是陈青松一直推行的"信任文化"。

在廿玖间里的天井中，我见到了一个天真活泼的俄罗斯姑娘。她高挑的个子、高耸的鼻梁、金色的鬈发，散发出青春的气息。那天她在为游客演唱俄罗斯歌曲，赢得了阵阵掌声。她就是新加盟的创客俄罗斯姑娘唐曦兰，她还是一位诗人。

多数时间里，唐曦兰作为一名创客安静地坐在廿玖间里的工位上。游客多时，她和创客们会为大家唱歌。她和古建筑里的窗花、木梁相映成趣，成了廿玖间里的一道风景。游客们好奇地对着唐曦兰拍照，她大方地招呼大家聊天、合影，遇到志趣相投的还会聊聊中国文化。

唐曦兰是"95后"，来自俄罗斯的西部城市——梁赞，距离莫斯科190多公里。

2013年，高中毕业的唐曦兰独自来到中国，在吉林长春学习了一年汉语。2014年到杭州求学，在浙江理工大学攻读汉语言文学专业，研究生阶段转修艺术学理论专业。如今她又多了一个身份——乡村创客。

唐曦兰是一位很有天赋的才女，对一切都充满好奇。她在中国学设计、学艺术，会五国语言，喜欢弹琴、唱歌、写诗、运动、绘画、朗诵、主持及戏剧表演。2018年开始，她成为西子湖诗社、上海滩诗社、国际西湖文学社的成员，创作了一批受读者喜爱的诗歌作品，登上过中央电视台《中国诗词大会》等节目的舞台。她还是浙江理工大学国际学生联谊会文体艺术部部长、浙江理工大学外国留学研究室助理。2019年，她成为国家级乡村旅游创客示范基地廿玖间里的国际代言人。

从2014年来到杭州，她与浙江的缘分已有十年，这期间她成为"杭州文旅新势力代表"。一位教中国古代文学的老师给她起了"唐曦兰"这个中国名字，意思是大唐晨曦中的一朵兰花。她爱上了中国的传统文化，而浙江的美丽乡村又向她敞开了一扇视野广阔的窗户。

2019年4月，她开始研究生阶段的实习，她一直在思考怎样才能让自己更加了解中国，为以后在中国就业创业做好准备。想来想去，她觉得中国农村最合自己的心意，在她看来也最有前途。

一次，她与新光村的创客陈青松一起参加浙江省旅游集团主办的一个活动，并临时组队同台朗诵诗歌。后来的两年里，唐曦兰一直默默关注着陈青松的社交账号，看到新光村在他和一群年轻创客的努力下发生着巨变。她到过浙江的许多村庄，浦江是她最喜欢的地方。

唐曦兰钟情于浦江的一个重要因素是，浦江是书画之乡，这里有许多优秀诗人。浦江的诗歌创作氛围浓厚，经常举办国际诗歌交流活动，民间的四季诗赛也很有影响力。唐曦兰以前学写过古体诗，现在更偏爱现代诗。

唐曦兰的加入让陈青松始料未及而又惊喜振奋，也让已有60多人的新光村创客团队格外兴奋。陈青松给唐曦兰安排了一个特殊的职位——新光村创客团队队长助理。一个年轻的外国姑娘乐意加入乡村创客团队，让新光村的创客们对未来的发展信心倍增，他们相信中国农村是个广阔的天地，当下的乡村也可以是国际化的、充满活力的。

唐曦兰想筹划一场诗歌交流会，把全省各地的年轻诗人吸引到新光村来。对于未来，她还有更大的梦想，她想建一个俄罗斯馆，让更多的中国人不出国门就能体验俄罗斯文化，从而丰富中国乡村旅游的形式。

我们刚在创客总部的茶桌边坐下，就有一位姑娘给我们准备茶水，说是用山上采的土茶叶泡的，喝一口还真让人感到清新可口。

这时，走进来一位年龄与我相仿的男子，是村务监督委员会主任朱希铰，于是我们又有了一个新的话题：灵岩古庄园是怎样浴火重生的？

让人难以想象的是，新光村曾经是那样颓败荒芜。新光村是浦江县水晶加工企业的发源地，20世纪80年代有"千村万户办企业"的口号，于是新光村出现了第一家家庭水晶作坊——新光装饰品厂。

新光村的水晶加工方式技术含量不高，工艺简单，适合以家庭作坊的形式开展。后来，本地人成了师傅，当了老板，就招了云南、贵州、四川的外来务工者，再后来这些打工者带来了亲朋好友，租了房子，安营扎寨，办起水晶加工作坊。一时间，新光村老板云集，水晶加工企业遍地都是，最多时全村有316个水晶加工点，外来人口达1500多人，昔日闲置的廿玖间里等古建筑都成了手工作坊。直到浦江县吹响"五水共治"的号角，这些手工作坊才逐步关停消失。

朱希铰说，当年他也办过水晶加工厂，每年赚10多万元没问题，可随之而来的是环境污染问题，廿玖间里的天井沟里都是白花花的污水，像牛奶河，一到夏天下水沟常常堵得臭不可闻，村子边上到处都是乱倒的废渣。水晶加工产业虽然带来了一时的红火经济，但付出的代价也是沉重的，环境污染后患无穷。

朱希铰对我们说，没想到陈青松的创客基地又让新光村这个古村落火了一把。

村里的水晶加工点关停以后，昔日隆隆的机器轰鸣声消逝了，上千拖儿带女的外来务工者、创业者像候鸟一样迁往别处，村民的生活又归于安静平淡。这时，村里的有识之士开始整理新光村的古建筑和历史文化资料，申报浙江省历史文化名村，得到虞宅乡党委、政府领导的高度重视和大力支持，也得到了浙江省有关部门和专家的认可。他们委托浙江省古建筑设计研究院做了新光古村落保护开发规划，按照"修旧如旧"的原则，廿玖间里等一批古建筑的修缮工程开始在新光村实施。陈青松就是在这节骨眼上入驻新光村的，自此开始了创客基地的创建。

说曹操，曹操到。陈青松风尘仆仆地赶回了廿玖间里。他个子中等，身材健壮，一副沉稳的样子，但又十分年轻有朝气。他边落座边笑着说："我来迟了，让你们久等了。"

陈青松打开话匣，和我们说起了他的创客经历。

陈青松是土生土长的浦江人，祖辈都是农民，他小时候砍柴、插秧什么的都做过。

浦江是水晶之乡，曾经遍地是水晶加工企业，到处污水横流，环境污染一度十分严重。当时有个传闻，说到杭州的肿瘤医院治疗的很多癌症患者都是浦江人，病友们在病房里、走廊上都可以用浦江方言交流，大家认为水晶污染是罪魁祸首。

2015年4月26日，陈青松从江苏苏州回到家乡浦江，那时浦江已经开始声势浩大的水晶行业整顿行动。浦江变得清洁美丽，让他这个多年漂泊在外的游子有了一种亲切感。

他从小在农村长大，后来一直在外闯荡，有20多年做生意的经历，最早摆过地摊，卖过摩托车，也在四星级酒店做过管理工作。他心里一直有一个梦想，就是让家乡变得更美更富，让更多年轻人愿意回来。他看到浦江变化非常大，山清水秀，环境优美，于是萌生了一个念头：回家乡来创业。

那时农村电商已经开始兴起，传统的经济正在受到冲击，那时也是青年人喜欢讲情怀、讲故事的时期。浦江的桃形李远近闻名，陈青松把它策划成七夕节的礼品，根据桃形李空心的特点，想好了广告文案：用你的心填满我的心。他还想在西湖断桥搞一个走秀活动。他发现电商有诸如流量、客户黏性等问题，他一直在思考怎么做电商。那时出现了"新零售"的概念，他产生了很大的兴趣，但始终没弄明白它背后的意义。他常去浦江的农村走走看看，后来悟到新零售可以和乡村旅游关联。国内很多商业缺乏人文创意，他就琢磨，如果把新零售和乡村旅游结合，做有温度的项目，植入文创元素，和游客产生线上线下的互联、互通、互动，应该就是一项有价值的事业了。

陈青松刚回到浦江时，认识的人不多，于是想到通过微博推广自己的创意设想。他在微博上写道："谁转发我的微博，我就请他吃记忆中的钵头鸡。"

他有两个姐姐，一个叫春夏，一个叫秋冬，父母亲给他取名青松，寓意像青松一样四季常青。那时农村人多少有点重男轻女，他又是最小的男孩，在家自然受宠。母亲经常用钵头炖鸡给他吃，要烧柴火半天才能炖好，那碗浓浓的鸡汤他记忆犹新。现在他用钵头鸡唤起人们对乡愁的怀想，吸引团结了一批青年人，创建了浦江县青年创客联盟。开始时，他们做公益活动，慢慢地形成规模，在浦江小有名气。浦江有个独腿老人，夫妻俩生活十分艰难，2000多斤番薯收回来却没销路，创客联盟通过手机推销，5元1斤，送货上门，滞销的番薯很快销售一空，这个活动很成功，还上了中央电视台的节目。潘宅村有个妇女跟老公打离婚官司，小孩还得了白血病，一时陷入困境，创客联盟帮她请律师，通过媒体报道，给她筹了33万元专款。

一个偶然的机会，陈青松走进了青山环抱、绿水长流的新光村。那时新光村的古建筑已基本修缮好，可谓乡间瑰宝。不过由于劳动力和人气的流失，村庄还是一副凋零的景象，当时村里只剩下28个留守老人和儿童，但是民风淳朴，乡亲友善。新光村交通区位优势明显，乡领导对富民富村工作的决心和诚意也让陈青松十分感动，他坚定了信心，不再犹豫：这一辈子只做乡村工作了，此生不会再变，就在新光村开始干！说实话，那时他压力也蛮大，他与乡政府达成合作协议时已经是10月20日了，乡里要求在12月1日看到基地雏形，因为金华市美丽乡村现场会12月8日要在新光村召开。他和即将入驻的青年创客们凭着一腔热血，在一个半月时间里完成了设计、装修、陈列等工作，第一批29间店铺如期亮相，它们各具特色，富有创意，很快吸引了众多游客。村民们大开眼界，感叹原来乡村旅游可以这样搞。

在这个过程中，陈青松的身份从生意人转变为乡村创客，成了大家口中的小队长。后来在浦江籍北京航空航天大学教授、北航金华北斗应用研究院院长张其善的支持下，他们搭建了诗画乡旅物联网平台，让每一位游客感受乡村情怀和品质生活，见识科技与传统的深度互动和完美融合，沉浸式体验古建筑文化与现代创意，村民和创客的网上共享产品商城也成为廿玖间里的别致风采。他们把创客工场搬进百年古宅，唤醒一度落寞的村庄，探索出了"旅游＋互联网＋农业＋创客"的浦江乡村发展模式。

新光村是一个非常典型的传统古村落，陈青松想在这里呈现一种"随心、随性、随行"的乡村生活方式。他认为，要让古村、古建筑焕发新活力，就需要更多的年轻人加入，他们会把丰富多元的创意带进来，然后把新光村的文化和产品推广出去。

一个地方有什么样的特色，决定了能吸引什么样的人来。当时陈青松就想：谁来？来了可以做什么？他认为引进的项目要有浦江独特的地域传统文化元素，也可以搞原创手工制作，和游客互动，请游客体验，同时要有图书馆、咖啡馆，还可以增加民谣音乐等元素。陈青松牵头制定了创客入驻的16条标准，其中包括学历、才艺、公益义务、产品供应等方面的条件。来自金华的创客王丹，从事空间设计工作，她希望把自己的乡村美学设计理念传达给更多人。很多这样有想法的年轻人在一起，形成集聚效应，创客基地就有了爆发力。新光村的村民对新来的年轻人十分友善，让大家感受到如同在家里的自在和温馨。陈青松团队致力于打造"一个有温度的家"，让信任文化、人文情怀、原创手作浸入式体验和民谣音乐、民风民俗，以及村落肌理、古建筑美学、浦江文化元素相整合，做成中国乡村文创旅游品牌，在新光村营造一种家的氛围，让游客的旅行成为一种独特而美好的体验。

因为廿玖间里项目，新光村每天都处在蝶变之中。以前搞水晶加工时造成的牛奶河早已消弭，洁净的水流让新光村变得更加清新美丽，村容焕然一新。更重要的是，村民们也因此改变了观念，而且在家门口就可以赚钱，生活变得越来越充实富裕，大家真切感受到绿水青山就是金山银山理念的正确性。村民朱圣江以前从事水晶加工，后来响应村里号召关停手工作坊，现在他把自己的两间老房子装修后开了老房子农家菜，儿子担任厨师，每天食客盈门，生意做得顺风顺水。

新光村的蝶变，也引起了外出打工的村民们的注意。朱倩倩随父母在广东省中山市做了好几年水晶生意，她原本从没想过要回乡，但现在的她以民宿业主的身份回到了阔别十余年的老家新光村。那年我去新光村采访时，正好碰到她的廿五都·简墅民宿开业。她回来做民宿，是因为村子变得既美丽整洁又充满人气，在整个浦江都出了名。在她看来，家乡的发展离不开陈青松和创客团队队员们付出的心血。

廿玖间里项目从2016年1月开始试运营，接待游客人数年年攀升，近年年游客量达120多万人次，年收入上千万元，村集体也由最初的负债转为每年有上百万元收入。在2020年，基地就已引入大学生创客87名，非遗传承人8名，吸引回乡青年80多人在村里创业，带动500

余人就业。廿玖间里获得中国乡村旅游创客示范基地、全国十大跨界创客基地、"两美浙江"经典示范项目等荣誉称号。陈青松个人也获得浙江美丽乡村建设贡献奖、浙江省十大乡村旅游带头人、全国乡村文化和旅游能人等荣誉。

2016年8月3日晚上,捷克前总理彼得·内恰斯一行来到新光村,参观考察廿玖间里旅游创客基地,内恰斯品尝青创咖啡后由衷地说:"在中国喝到了最好喝的咖啡!"他说,这个地方非常梦幻,是他在中国见到的最美丽的地方。他还在一江蓝工作室定制了一套中式服装,感叹中式风格之美。

2018年4月19日,时任联合国副秘书长兼环境规划署执行主任埃里克·索尔海姆兴致勃勃地参观了廿玖间里,对中国美丽乡村建设给予了高度赞赏。

新光村的旅游产业发展得很快,但也遇到了一些新的挑战。只要有好的新项目适合新光村,陈青松都会尽量对接;只要有机会让新光村露面,他都会踊跃参与各种乡村主题活动。前些年,浙江省文化和旅游厅、浙江日报报业集团在杭州主办了"了不起的乡村市集"活动,廿玖间里的创客项目作为代表亮相,吸引了众多粉丝。

浙江省提出加快山区县共同富裕建设给陈青松的创客基地带来新的机遇,也许现在新光村的振兴案例放在全省来看是一个很小的点,但在高质量发展建设共同富裕示范区的大背景下,廿玖间里将进一步成长为更加优秀的案例。陈青松认为,把古村做美,做出多元产业,是一种事业,古村将迎来更广阔的发展空间。新光村的经验具有很强的说服力,能激励创客们走向其他乡村开拓新项目,描绘更多山区向共富奋进的美好图景。

近一两年，陈青松重点打造乡村创客培训中心，和农民日报社浙江记者站联手实施"千村运营"，为国内培养了一大批乡村创客，运营了一大批乡村文旅项目。

陈青松还和浙江大学等高校联合开展乡村旅游培训，新光村成为现场教学实践点，培训对象为村党支部书记、乡村文旅公司经理、乡村职业经理人等，到2023年上半年培训已开展20多期，参与的学员超过2000人次。

我曾经看过陈青松的授课视频《他和他的村》，一共有四堂课，讲述了廿玖间里创客基地发展的历程和心得。从某种意义上说，陈青松是一个理想主义者，同时也是一个有商业战略眼光的青年创业者。新光村可以怎么发展经济，他心里十分清楚。在他的创业计划里，新光村在保持古村气质的同时，要把多元化、品牌化做得更到位。于是，热带雨林动物馆、恋爱花园酒吧、乡村音乐基地、玻璃天桥、乡村直播电商网红孵化中心等项目不断落地，变成现实。

新光村的发展带来了旅游集聚效应，以新光村为核心的茜溪旅游线，吸引了旅游投资超3亿元，马岭景区、智丰自然村、新光村、前明村连成了一条13公里长的旅游线，为周边建德、桐庐的旅游业也带来了源源不断的客流。

让陈青松始料未及的是，他的创客基地让新光村旧貌换新颜，而新光村也改变了他的命运。他把新光村的创客团队越做越大，他自己被选为新光村党支部委员，完全融入了新光村的生活并肩负起更重大的发展责任。做中国乡村创客的潮流引领者，正是陈青松孜孜以求、不断探索的青春梦想，也是"创客时代"对年轻人的召唤。

"拯救老屋行动"

早在2013年4月,《中国国家地理》杂志推出松阳本土作家鲁晓敏的特写,封面上一幅美轮美奂的松阳古村落照片十分引人注目,旁边还有一行充满诗意的文字:最后的江南秘境。

由此,最后的江南秘境逐渐揭开神秘的面纱。在随后的岁月里,松阳成为国家级生态示范区、中国传统村落保护发展示范县、全国唯一的传统村落保护利用试验区和"拯救老屋行动"整县推进试点县。国务院原参事、中国作家协会原副主席、著名作家张抗抗由衷感叹:"松阳在拯救老屋和复兴本地传统村落的同时,实际也是在拯救中国的传统村落文化。"

让人击节赞叹的是,松阳县有78个村入选"中国传统村落"名录,是我国传统村落数量名列前茅、风格十分完整的县域之一,被誉为"古典中国的县域标本"。为什么偏居浙西南的松阳,会成为最后的江南秘境、古典中国的县域标本?为什么当今江南核心地区的传统村镇大多消失殆尽,而松阳古村落却保存完好,成为中国古村落保护的榜样?为什么"拯救老屋行动"会让松阳留住传统村落之"形",并以产业激活乡村振兴之"能",成为山区推进共同富裕的典范?

作为本土作家的鲁晓敏,一直在思考一些问题:江南到底在哪里?它究竟指的是哪块区域呢?松阳传统村落的意义何在?为什么可以将之视为古典江南的最后领地?

鲁晓敏自小耳濡目染松阳的历史文化,对它稔熟于心,他用作家的眼光审视脚下的这片土地。

"按节下松阳,清江响铙吹",盛唐大诗人王维在他的山水田园诗画之旅中,为我们留下了一个唯美的意象符号——松阳。曾经隐居在松阳的北宋状元沈晦则留下了一句盛叹:"唯此桃花源,四塞无他虞。"

松阳是省级历史文化名城,建县于东汉建安四年(199年),是丽水地区建置最早的县。在1800多年的悠悠岁月中,得天独厚的自然生态环境,孕育了松阳独特的农耕文明。松阳人文繁盛,诞生了唐朝道教宗师叶法善、南宋文学家叶梦得、南宋理学家项安世、南宋女词人张玉娘等众多英才。今天的松阳,不仅较好地保留着稻菽泛浪、茶园吐翠、田舍相映、阡陌纵横的原生态田园风光,还较为完整地保存了各个时期积淀下来的历史风貌和传统文化。松阳现有78个"中国传统村落",还有若干国家级历史文化名镇、省级历史文化名镇、省级历史文化保护区、省级历史文化名村。有着"戏曲界活化石"之称的松阳高腔、板桥三月三、竹溪排祭、山边马灯等非物质文化遗产生动地展示了浓醇的乡村风情和乡土意蕴。

松阳是山地、丘陵、平原、谷地、台地、水网相间的地形,大盆地套着小盆地,小盆地连着小山谷,这样的地理结构层次错落,盆景式的景致很符合中国人的审美情趣。松阳先人非常重视选择理想的居住环境，将村落与盆景地貌有机地结合在一起，将村落隐于山水间，将山水融于村落中。整个松阳呈现出一种田园牧歌式的景象，恬静的田园风貌在山水景致中呈现出独特的情趣。比如西坑、呈回、岱头、上垟、吊坛、横岗等村落的择址及布局，明晰地向我们展示了松阳先人极高的审美情趣。

松古盆地犹如浙西南的一座后花园，宛若陶渊明《桃花源记》中描绘的景象，这里可以说是一处理想的乐园。对于现代人来说，古典中国越来越成为遥不可及的梦。但由于群山阻隔，文化习性使然，处于江南文化圈边缘处的松阳较少受到现代化浪潮的冲击、破坏，所以众多古迹、文物得以完好地保留。

鲁晓敏以作家的敏锐目光发现松阳传统村落的综合价值并不比徽州、楠溪江等地的传统村落逊色，从数量、原真性、历史风貌、田园生态、自然山水等各方面综合而言，松阳或许更胜一筹。这些原始的传统村落处于沉寂之中，被遗忘在松阳大山的夹缝里，被遗忘在松古盆地的溪流边，它们是最后的江南秘境……

当浙江步入工业文明时代之后，工业化地带已经不存在成片的传统村落。当其他地方的传统建筑大规模消失之后，松阳成了浙江为数不多的传统村落保护地之一。这些村落至今完好地保存了古典中国的一部分，农业文明的精华与百姓的日常生活交织着，鸡犬相闻的田园时光得以延续。从某种程度上说，松阳正在承担着保护和振兴浙江乃至中国传统村落文化的重任。

鲁晓敏的长文《瓯江上游：最后的江南秘境》在《中国国家地理》上发表，在松阳这个小县城引发轰动。县委、县政府领导高度重视保护松阳古村落，县风景旅游局（今文化和广电旅游体育局）的领导也将目光投向这片原始古朴的传统村落，日后推行了大规模的"拯救老屋行动"。

也是在2013年，上海的一家财经媒体组织记者来松阳考察，时任松阳县风景旅游局局长全程接待。散落在松阳各个山坳里的古村落让记者们十分兴奋，媒体和松阳县文旅部门一拍即合，要搞一次全国性的最美村镇评选活动。

松阳县文旅部门推荐了杨家堂村参与评选。其实，在轰轰烈烈的城镇化浪潮中，人口大量外流的杨家堂村濒临整村搬迁的境地。这次"中国最美村镇"评选活动拯救了杨家堂村，也拯救了松阳众多的古村落，之后的"拯救老屋行动"也是从杨家堂村开始的。

那时，松阳县一大批村落破败不堪，年轻人都在外面打工，有的在外买房安家，村里只剩老人和孩子留守。杨家堂村有99户人家，共311口人，其中外出打工者190人。整个村建成区占地约30亩，与其他村相比，规模较小。那时候，人们的惯常思路是下山脱贫，杨家堂村正准备整村搬迁。

"中国最美村镇"评选活动给了杨家堂村在矛盾中新生的理由，也给了杨家堂村重拾信心的机遇，让杨家堂这样的古村落免遭破坏厄运。得知村子被县里推荐参与"中国最美村镇"评选，杨家堂村人喜出望外，干劲十足，全村男女老少一齐行动，对整个村子进行了一次突击整治。宋氏祠堂门匾上抹着的石灰被清洗干净，村里两幢白房子的外立面被改造，刷上了黄黄的泥巴色涂料，和村庄的古民居融为一体，村口的石子路重新修补垒砌，漂亮的观景长廊也修建起来了。黄墙青瓦的老房子上炊烟袅袅，杨家堂村像装扮一新的美丽姑娘出现在世人面前，成了都市人寻找乡愁的诗和远方。

杨家堂村的实践，破解了松阳古村落保护的困境。县有关部门领导一次次带着团队造访"中国最美村镇"评选组委会，向组委会介绍松阳百年古村落的历史文化和自然风光。后来，杨家堂村一举夺得"中国最美村镇典范奖"。2014年，松阳县新建村荣获"中国最美村镇人文环境奖"。

2013年12月，松阳县有关领导到北京出差，想再去天津拜访冯骥才老师，希望得到他给松阳古村落保护的具体指导，因为冯骥才老师不仅是著名作家，也是中国传统村落保护与发展研究中心主任。他们通过中国文联有关领导介绍，从北京赶到天津大学。接待他们的工作人员告知，冯骥才老师很忙，他们只有十分钟汇报时间，最多不能超过十五分钟。

个子高大的冯骥才老师却很随和，竟和他们聊了两个多小时。他看到浙江老乡千里迢迢来天津，是为了保护古村落，心里又多了几分亲切感。

冯骥才的祖父和父亲出生在宁波慈城，而他自己则于1942年出生在天津。人过中年，他慢慢产生了一种对祖籍地的情感。他曾到宁波办过一次画展，找到了他父亲当年出生的那座房子。一种莫名的感动，让早已是地道天津人的冯骥才牵挂起其实没有多少感性认识的父亲的家乡。后来，冯骥才的祖居被建成了博物馆。令许多人没有想到，年近花甲的冯骥才把目光投向了中国传统村落的保护。从20世纪90年代开始，他投入大量的时间和精力，做文化遗产的抢救与保护工作，被称为"中国传统村落保护第一人"。2014年起，冯骥才和他的团队开始了新的跋涉——"中国传统村落立档调查"，并在全国推进"拯救老屋行动"。他有一个宏伟的设想：给中国所有的传统村落逐一建立档案，为保护利用提供依据，让几千年来的村落成为一种有据可依的活态存在。冯骥才认为，这是中国这一代的知识分子必须要做的事。但是，计划很庞大，想法很丰满，现实却很"骨感"，传统村落的保护困难重重。

当时，松阳县领导打开手提电脑，把早已准备好的介绍松阳古村落的演示文档播放了一遍，向冯骥才汇报了松阳古村落保护的思路和措施。

冯骥才听了以后，连连称赞：在长三角城市化过程中，一大批乡村在消亡，没想到，松阳却依然存有如此众多的古村落；没想到，江浙一带有如此有情怀、有文化的基层干部；没想到，在基层还有一批人在研究乡村传统文化。

冯骥才了解到，我国在2000年前后曾有300多万个自然村，但在十几年间，最起码有100万个自然村没有了。消失原因很复杂，城镇化是其中之一。村落被抛弃了，因为它位置偏远，设施落后，人们自然会选择那些条件更好的地方生活。松阳县却守住田园，耐得寂寞，保留着100多座格局完整的传统村落，这让冯骥才非常兴奋。之后，他的"中国传统村落立档调查"在松阳顺利开展，虽然几次想到松阳考察都因故没有成行，但他一直关注着松阳古村落的保护和开发。

随后几年，松阳县全域推进"拯救老屋行动"，让260多幢老屋、百余个古村落得以保存和复兴，并打造了以杨家堂村、陈家铺村为核心的"国家传统村落公园"。"拯救老屋行动"相关工作先后被写入国家《乡村振兴战略规划（2018—2022年）》和2022年中央一号文件，松阳县入选财政部、住房和城乡建设部组织评选的2022年传统村落集中连片保护利用示范县（市、区）名单。

十年弹指一挥间。2022年,"中国最美村镇"评选十周年活动在上海市崇明区举行,同时举办乡村振兴产业发展论坛和"中国最美村镇"颁奖典礼。参加颁奖典礼的松阳县有关领导感慨万千,回望十年走过的路,他们认为开展"拯救老屋行动"是这辈子做的最有意义的事之一,而"中国最美村镇"评选非常接地气,它推动乡镇党委、政府一起解决发展的痛点、难点,助力乡村振兴。

在新的历史变局面前,在农耕文明面临消融的现实面前,我们的知识分子、我们的基层干部、我们的居民都在积极行动,重新审视传统文化,通过古村落保护再造先进文化。

资深建筑规划师、诗人洪铁城先生对中国古村落保护情有独钟,常有独特的见解,在国内建筑界具有很高的知名度。

洪铁城是婺源旅游的第一发声人和倡导者。在20世纪90年代末,他应邀为江西省上饶市婺源县做规划时,提出了调整婺源县城市总体规划中"工业兴城"的发展定位,响亮地提出"旅游兴城"。有人问:"我们什么都没有怎么搞旅游?"洪铁城当场回答提问者:"婺源搞旅游的资源一是山水,二是有众多保护完好的徽派建筑的古村落。"最终,洪铁城的建议被接受,婺源县"旅游兴城"迈出了坚实的第一步。婺源这个原来深埋在绿色褶皱里的小县城,一举成为如今的中国旅游强县。

洪铁城曾经在一篇文章中提出一个重要的概念——隐性资源,隐性的自然、人文资源,通过大家的挖掘、提炼、整合,可以变成显性资源,为山区经济社会发展提供后发优势。他认为,松阳县"拯救老屋行动"就是对隐性资源的保护、开发和利用。

洪铁城和松阳结缘于一次评审活动。2013年，他由浙江省旅游局派到松阳县参加一个省级旅游区评审活动。那次，他参观了占地面积6460平方米的黄家大院。黄家大院的主体建筑集成堂三进九开间，有六个天井，内部梁架门窗全部做了精雕细刻，这让来自木雕之乡东阳的洪铁城感到特别亲切，因为当地人告诉他这些都是东阳人雕刻的。洪铁城观察非常细致，他发现构件上雕了上百个"寿"字，据说用了篆书中所有的字样，所以这个建筑还有"百寿厅"之称。洪铁城脱口而出："这在木雕之乡东阳找不到第二例了！"其实，他暗暗想道：松阳木雕一点也不逊色于东阳木雕呀。

洪铁城开始深入研究松阳古村落，足迹遍布几十个村，有的村甚至跑了四五次。他细心考察，融合新意，提出真知灼见，为松阳古村落保护建言献策。

洪铁城总结松阳古村落的存在模式大致可分为三种类型：一是平原型，例如黄家大院所在的乌井村等；一是山地型，例如位于山腰山背的西田村、呈回村等；一是溪谷型，例如位于溪流两侧的横樟村、黄岭根村等，或坐落于山谷、山坳的杨家堂村等。

松阳古村落民居按外形可分为两大类型：一是硬山顶，即房屋两端墙体冲出屋顶做成马头墙形式，在蓝天白云映衬下有似飞如跃的美感；一是悬山顶，即房屋两端瓦顶像礼帽帽檐挑出前后，挑出左右山墙。

松阳古村落民居按结构可分为两大类型：一是泥木结构，即围护的外墙用生土夯筑；一是砖木结构，即围护的外墙用青砖砌制。在松阳，大多数古村落的古民居是泥木结构的。泥木结构的民居优点众多：冬暖夏凉，室内温度、湿度特别接近人的生理舒适区段；粉墙黛瓦很素雅，墙粉剥落处露出的金黄色泥墙十分古朴；就地取材，对生态环境特别友好，不需要砍伐大量树木烧制砖头，不需要开采山上的石头。松阳人的选择值得赞赏，松阳人偏好的泥木结构房屋，真的是好处多多。

每到松阳，一张金色名片总会在洪铁城眼前闪光，这就是如今名声在外的杨家堂村。洪铁城认为杨家堂村在人文历史、传统民俗及村庄民居特色、地理位置等方面都独具特色。杨家堂村坐落在马鞍山北麓的小山坳，所有房屋依山顺坡而建，前低后高，落差百米之多，像芝麻开花一样节节上升，互不遮挡，形成了村庄大界面，景致非常壮观。尤其是房屋墙体露出的金黄色泥土，在阳光下展现灿烂无比的健康之美，散发着悠远的沧桑感，收藏着说不尽的故事。杨家堂村不但景观如画，而且是松阳"拯救老屋行动"的发轫之地，洪铁城一直对它心系情牵，为它创作了一首诗《姥爷的杨家堂》：

  夕阳斜照着杨家堂
  瓦屋黄泥墙
  没有城厢车马喧
  满村全是青草香
  坐在堂前的竹椅上
  一次次回想
  也是傍晚的山道上
  身影有短又有长

  那是姥爷背着枪

将我手紧紧挽

踩着残雪，走进密林

静静的杨家堂

打个野兔是又大又胖

花去不少时光

直到暮色悄悄而降

在返村的路上

杨家堂呀杨家堂

姥爷的杨家堂

有我很多儿时的喜欢

山道，梨花，松鼠，樟树王

还有那个小姑娘

2016年11月22日，"薪火相传——传统村落守护者"颁奖典礼在松阳举行，洪铁城获得中国文物保护基金会颁发的"传统村落守护者"称号。他再次踏上松阳这块热土，顿生感慨，虽然他大半辈子都在为保护古村落而奔走，也创造过许多奇迹，但松阳一直是他魂牵梦萦的地方，因为他是松阳古村落保护的见证者、参与者。

"拯救老屋行动"使松阳的一大批传统古村落被保护下来，如何进一步利用和发展是古村落存续要思考的重点。松阳县在古村落再造过程中，更在意保护村落的建筑，更在意保留村落的生存方式，保证村民们在村落中感到舒适。

陈家铺村海拔850多米，东、西、北三面是连绵的群山，地势北高南低。整座村庄隐藏在大山的褶皱里，房屋依山而建，被梯田、竹林、古树簇拥。这座崖居式传统村落，完整保留了历史格局与传统风貌。

最早在陈家铺村栖居的是陈氏先人，他们以搭铺养鸭为生。到元末明初，鲍姓先人从金华武义迁徙而来，买下陈家人的田地，繁衍生息，现在村里的主要姓氏是鲍姓。陈家铺村建有鲍氏宗祠，是一个历史文化底蕴深厚的传统村落。松阳到武义的古驿道经过陈家铺村，以前松阳三十里一铺，陈家铺村也是古驿站，清代曾经有士兵驻扎在此。

2018年6月18日，是先锋书店陈家铺平民书局开业的日子。

先锋书店于1996年在南京创立，是国内知名的民营书店，探索出了以学术、文学、咖啡、电影、音乐、创意、生活、时尚等为主题的文化创意品牌书店经营模式，搭建了可供探讨、分享的开放平台。它打造的富有建筑美感、人文关怀的阅读空间，吸引了国内外众多读者，成为南京重要的文化地标。2013年，美国有线电视新闻网专题报道先锋书店，称赞其为"中国最美书店"。2014年，英国广播公司将其评为"全球十大最美书店"之一。2015年，英国《卫报》将其评为"全球十二家最美书店"之一。同年，美国有线电视新闻网选出十七家"全球最酷书店"，先锋书店名列其中。2016年，美国《国家地理》评选出"全球十大书店"，先锋书店是亚洲唯一入选书店。

先锋书店的入驻，预示着陈家铺村即将迎来深度发展。致力于乡村文化建设的先锋书店其实就是一项隐性资源，这座"悬崖上的中国最美书店"不仅仅是一个平台、一种业态，更重要的是给陈家铺村植入了现代文明的文化因子，给陈家铺村带来知名度和美誉度，让陈家铺村实现农文旅结合，给乡村振兴开辟一条新的发展路子。

2021年5月1日，今有光文创商店开业。店主王祥是南京大学创意产业研究中心常务副主任、研究员。先锋书店入驻后，他也关注到大山深处的陈家铺村，被这个古村落所吸引，在这里开设了160平方米的店铺，整合国内20多家艺术院校资源，专门售卖研究生、青年教师们的原创手工艺产品，每天都游客盈门，生意闹猛，每个月营业额都达到10多万元，成为陈家铺村的"网红打卡点"。他还根据松阳历史文化特色，制作具有当地文化元素的文创产品，深受游客喜爱。

2021年，绍兴女子胡焕华因为一次偶然的机遇来陈家铺村游玩，没想到竟在这儿扎下了根，开了隅堂茶社和无心云舍民宿。茶社管理员江敏是本地人，1999年出生的小姑娘，毕业于杭州电子科技大学信息工程学院，本科学的是电子商务专业，陈家铺村的兴旺让她成为在家门口工作的上班族。

一批外来创客不仅壮大了陈家铺村的产业，而且给本村人带来了思想观念的碰撞和更新，许多村民开始做起民宿生意。1962年出生的鲍金岩，2021年利用自家闲置的旧房子开了爿副食店，生活过得既安稳又充实。他早年在山里干活，两条大腿不小心被压断了，是处在低保边缘的"低边户"。他的店正好在村口，是游客必经之地，每天都人来人往，他就守着店卖松阳土特产，如今靠自己的努力过上了幸福的日子。

先锋书店还吸引了陈东东、庞培等五位诗人入驻。"温铁军丽水乡村振兴研究室"也随之挂牌，集实践指导、政策研究、智库咨询等功能于一体，为陈家铺村产业发展注入了强大的内生动力。无心云舍、摄影休闲园、云影心谷、九云间、云夕MO+共享空间、飞鸢集和依山半舍等项目纷纷落地建成。陈家铺村以"民宿+"助推山区经济发展，村集体与民营公司联合成立运营公司，创立陈家铺农产品品牌，成功打造了外来创客和本地村民融合共生的发展模式。村里每年能吸引游客20余万人次，旅游收入达1000多万元，而且文旅业态仍在不断丰富。

陈家铺这座高山上的小村庄，游客如织，热闹非凡，传统村落改造在这里正显示出无穷的魅力和蓬勃的生机。

以一家民宿激活一个村落，松庄村的蝶变就是一个范本。上海女子孙迎盈到这里租了17幢土泥房，办起了桃野民宿。

松庄是松阳县三都乡的一个小村庄，隐藏在一个山坳之中，四周都是山坡和灌木。一条小溪弯弯曲曲地穿过整个村庄，溪中水流清澈，岸边藤蔓翠绿，溪上架着古朴典雅的石拱桥，这里成为摄影爱好者心仪的拍摄对象。

1944年出生的毛周法是松庄村土生土长的山民，20世纪七八十年代开始当赤脚医生，现在还在为村民治病。因为到村外交通不便，村民们有个头疼脑热都愿意就近找他。在毛周法的记忆里，松庄还不是村的时候只是一片田。邻村有人在这里建了一间牛栏，主人看到雇来饲牛的小伙子勤劳肯干，就把牛栏送给他建房。于是长工就在这儿建起了第一间房，娶妻生子，繁衍生息。长工每天吃了午饭就去放牛，大年三十也不例外。松庄村至今保留着除夕中午谢年的习俗。因为是主人送牛栏建房，所以村庄被人叫作"送庄"，后来演变成"松庄"。从放牛长工开始，一代代松庄人在这个山坳里日出而作，日落而归，在这片平整的土地上建起了安居乐业的家园。

2017年，孙迎盈选择了在结婚纪念日来松阳旅游。当时，她是一个生活在上海的都市丽人，有一个温馨的小家庭，还经营着一家旗袍工作室，过着大城市人的安逸日子。她听同学聊起松阳的古村之美，了解到那里有很多独具特色的民宿。这位热爱山村自然、向往乡野生活的上海女子，也梦想拥有一家自己的民宿。

这次旅行让孙迎盈领略了松阳的自然之美，没想到的是这在日后竟改变了她的人生轨迹。她几乎住遍了松阳的民宿，走过松阳的一个个古村落，有点像专家学者进行田野考察。

机缘巧合，松庄村让她停下了旅行的脚步。映入她眼帘的是一个纯净的世外桃源，小桥流水，竹林云海，都给她一种宁静、美丽的感觉，这个小村庄清一色的黄泥巴房子也是她喜欢的房屋样式。那一刻，她开始在脑海里描绘一张蓝图，认定梦想中的民宿就要建在松庄村。

不久，孙迎盈和松庄村签下了租赁合同。她联系了知名民宿设计师吕晓辉，但吕老师在全国各地飞，2017年已经没有档期为她设计。孙迎盈说："那我们先签合同，我等着你来设计。"

孙迎盈耐心地等待着，一等就等了八个月。她知道，吕晓辉曾经打造出了裸心堡、西坡等莫干山知名度假项目，她设想中的桃野民宿也必须精心打造。做民宿是她非常喜欢的一件事，也是很多年来的一个梦想，而桃野是她做的第一家民宿，她希望能呈现出自己心中那个理想民宿该有的模样。她只想做出自己能做的最无可挑剔的成果，有懂的人就够了。

2018年8月，桃野民宿终于开始动工。在保留原汁原味黄土屋外观的基础上，民宿内部则被赋予了新的时尚品质，落地窗、原木家具、吧台椅……每一个细节都被精心打磨，每一处设计都充满意趣。

松庄在悄悄地改变着，小溪、老树、土屋正焕发出勃勃生机。

孙迎盈很快就融入了松庄村，成为松庄人的好邻居、好伙伴，成为松庄的好村民。

她刚来那年，村里桃子丰收，白里透红的果子挂满树梢，可村民们却脸色凝重，为桃子没有销路发愁。孙迎盈和村民们商量后，把桃子一箱箱包装好，帮他们在网上销售，滞销的1万多斤桃子很快销售一空。这让村民们喜上眉梢，不禁对这位上海来的民宿主人刮目相看，自然变得更亲近起来。

孙迎盈和管家十九姑娘都很有文艺范，懂音乐，会画画，她们准备办一次画展，别出心裁地让村民们开始学画，这让一辈子没拿过画笔的大妈大爷们觉得特别好玩。

70多岁的叶金娟奶奶住在桃野民宿的隔壁，被孙迎盈他们叫着叫着就有了"隔壁奶奶"这一昵称。她头发花白，扎着两根麻花辫，皮肤黑亮，笑起来有很明显的酒窝，特别慈祥和蔼。

奶奶有一儿两女，都不住在村里，平时只有她跟爷爷两个人一起生活。爷爷喜欢做木工活，会削锄头柄拿去县城卖，奶奶则每天早上4点多就背起锄头去地里干活。忙完一天，坐在暗暗的灯下喝杯自己家的土烧酒，是奶奶四季不变的习惯。奶奶身体特别硬朗，一到5月就开始打赤脚，大概跟她的作息、饮食习惯有关吧。

作为邻居，孙迎盈他们享尽了奶奶的福利，隔三岔五就收到地里现摘的豆角、苋菜。他们每次接到手里，都有强烈的幸福感，忍不住想四处炫耀。

准备画展的时候，孙迎盈他们特意选了一组蔬果进行拓印，有青椒、土豆、菜心、柠檬、苹果……表现的就是他们跟奶奶礼尚往来的日常。另一组作品是奶奶用脚掌、手掌、手指完成的，画的是她曾经养的那群鹅，其中白色的那只一直被桃野民宿的客人尊称为"带头大哥"。

起初说要画画时，奶奶一个劲地摇头："做不来的，做不来的，字都不会写，怎么画画哦？"后来却变成："还要不要画啦？我下午不出去，还画画吗？"

村里唯一梳着大背头且发丝永远不乱的，就是远近闻名的赤脚医生毛周法爷爷。

爷爷不爱讲话，看起来总让人感觉"凶巴巴"的，常常被误会为"脾气不大好"。但是与他接触多了，大家就会发现，其实他很风趣。

说起画画，毛周法爷爷从始至终嘟囔着表示拒绝，但是又一直没有停下过手。商量画什么的时候，他瞥了瞥自己的药箱，从业大半辈子，这已经是第四个了。他说这个东西熟悉，老朋友了，好画，闭着眼睛都能画。于是他边画边抱怨，边画边调侃，还自顾自说起了很多给村民看病的故事，又时不时从药箱里翻出这样那样，介绍得头头是道。爷爷一边唠叨着，一边认真画画的样子，实在太可爱了。

孙迎盈将画展取名为"村口的涂鸦"，展出的全部是村民们的作品，让大家建立艺术创作的自信。

2022年以来，孙迎盈把村民们创作的绘画、剪纸、雕塑等作品作为设计元素，印在了茶叶、桃胶等土特产包装盒上，每卖出一份伴手礼，都会给创作者一笔"版权费"。

松庄是中国传统村落再造的一个窗口，借助悠久的历史、独特的建筑、传统的民俗风情，以及自然风光、农家风味，探索出一条振兴的新路。兼具生态良好的环境、优秀的历史文化传统和舒适便捷的现代生活方式，越来越成为中国传统村落发展的共识和理想。

松阳的"拯救老屋行动"集聚了多方面力量：党组织、政府机关、乡贤、本地村民、外来精英创客……这些力量的交响，为的是一个愿望——打造"产业兴旺、生态宜居、乡风文明、治理有效、生活富裕"的中国美丽乡村。

辽阔的青瓷世界

2022年10月20日，同心书画院在遂昌县文昌青瓷工作室举行创作基地挂牌仪式。我们第一次见到了文昌青瓷工作室的创始人廖丽莲，只是差点认错了人。她的穿着十分朴素，身上系着围裙，鞋子上沾满泥巴，她刚从修胎的操作台上下来，说话也是快人快语，这让人很难把她和工艺美术大师联系起来。

在这里，每一块泥土，都是如歌岁月的记忆；在这里，每一个产品，都是技艺传承的颂歌。廖丽莲走过30载春夏秋冬，潜心钻研，初心不改；伴随30载日月星辰，痴迷青瓷，追求极致。她一生只做一件事，用匠心致敬经典，用艺术创新传统，每一件青瓷艺术品里都有她锲而不舍、锐意进取的精神。

走进文昌青瓷厂，我们有走进了苏州园林的感觉。厂区里繁花似锦，竹林成荫，一条仿古廊道环绕在溪边，清澄的溪水从我们身边缓缓流过，溪对面的观音山竹林成片，给人一片宁静和清凉。厂房后面是正堂后山，绿树成荫，鸟语花香。从喧闹的城市来到这里的人们会感受到一种幽静的气氛，心情顿时从浮躁变得平和。

在园林式厂区的花池边缘，报废的青瓷碎片镶嵌一地，别有风味，既展现出青瓷的素雅，又营造出与众不同的现代美，成为文昌青瓷产业园一处独特的风景。

文昌青瓷产业园与其他一些园区的不同点是，一切都在静悄悄地发生，没有喧闹的机器轰鸣声，没有空气污染。一团黏土在巧手中不知不觉地变成了工艺品，这让廖丽莲有一种切切实实的存在感和自豪的幸福感。

在青瓷工坊，顾客可以体验传统青瓷技艺与古法烧制技术，获得独一无二的手工制作乐趣。作为这里的一号建筑，这座两层高的小楼是一切故事的起点。文昌青瓷工作室的历史可追溯至1993年，其前身为秦漠古陶瓷研究所，创立于青瓷之都——龙泉。

在过去的20余年里，文昌青瓷工作室与各种社会组织及高校积极开展合作，现为全国非遗交流创作基地、中国女陶艺家创作基地、清华大学美术学院陶艺实习基地、西安大学美术学院陶艺实习基地、鲁迅美术学院陶艺实习基地、景德镇陶瓷大学美术学院陶艺实习基地、同心书画院创作基地等。这里不仅有优秀的工匠，而且拥有先进的生产设备，为陶瓷制作与学习提供了优质的条件与环境。

朴青客栈是以青瓷文化为主题打造的山间小憩之地。如同跳跃的窑火一般，朴青客栈是热情温暖的，为游走四方的生活旅行家们创造可爱的记忆。客栈主人运用龙泉窑青瓷的釉色与哥窑开片瓷的纹样为客房命名，独具匠心。在这里，游客们可以品瓷韵，赏野趣，习古法技艺，览竹溪胜境，享亲友之乐。

青居茶室也让来客流连忘返。茶看似简单，其文化却博大精深。

逃离都市的人们可于琐屑日常之余，静品恬淡茶味，虽与素物相伴，亦可生一缕闲情逸致，找到契合自己内心的生活方式。

从园区正门往右探，有一个隐秘的小院，我们走过石板与草丛，聚青堂便坐落在眼前。对于喜欢分享与热闹的人来说，这里无疑是一个理想的选择。除了有依山傍水的环境外，这里的配套设施也很齐全。整体建筑突出一个"聚"的观念，方形的建筑结合圆形的拱门，通过一块块小石板将宾客引入石桥后的会议空间。

走进集青博物馆，我们仿佛走进了青瓷艺术的大观园。廖丽莲几十年从事青瓷艺术创作打造的精品，都在博物馆里陈列了出来，让人体会到青瓷之美在于温润，在于精致，即使不拿来把玩，只是静静地欣赏，也能让枯索的生活明亮通透起来。

作品铁胎哥窑尊采用铁胎哥窑泥原料成形，在1310℃高温下还原烧制而成，制作和烧成难度较大。廖丽莲先在铁胎上刻画兰花图案，再用高白泥填平凹陷处，这是一种新工艺的尝试。最后烧制而成的作品呈现出两种不同的色彩，丰富了龙泉哥窑作品的装饰效果。

作品哥窑扁壶茶具具有典型的龙泉哥窑特色，选用天青釉面，并采用金丝铁线的装饰风格，富有高古韵味。作品壶身扁平，成形难度颇高。古典和现代，把玩和日用，在这一作品中得到统一。

作品"竹报平安"采用了陶瓷镂空雕刻技艺，以竹林和鸟为主题的工笔绘画图案做整体镂空，施以龙泉梅子青釉，在1310℃高温下还原烧制，制作难度极具挑战性。这件作品整体通透，展览效果极佳，寓意吉祥，让人赏心悦目。

青瓷作品"江南水乡"系列，体现了廖丽莲"文化不缚于古，艺术不束于型"的艺术创新理念。作品表现了小桥、流水、渔舟、远山、田野、村舍，通过手工描绘，刻图镂雕，经过1300℃高温烧制而成。这组作品让人想起唐诗名句"春来江水绿如蓝"，把人的思绪牵引到风景如画的江南，别有韵味。

廖丽莲于20年前在脑海中绘制的蓝图一步步变为现实，她打造了文昌青瓷产业园，整个园区已经成为一个集产、学、研、旅为一体的艺术体验中心。

做瓷要有山有水，这是一种情怀。廖丽莲把心安在了山水之间，实现了拥有一个充满人文气息的山水空间的梦想。

廖丽莲于20世纪60年代末生于龙泉一个普通家庭。父亲原先在一家单位工作，1962年响应号召，带着全家从县城回到了南秦村老家。廖丽莲兄妹七个，她是最小的那个，一直跟着父母在家操持家务，从小分担了照顾家庭的重担。那时候，人们靠挣工分过日子，九口人的大家庭日子过得紧巴巴。

有一件事让廖丽莲终生难忘。1982年4月22日上午，家里突发大火，几间房被烧了个精光，好在一家子人身平安，这是不幸中的万幸。因为火灾，衣服、被子、粮食都化为灰烬，廖家一贫如洗，陷入了困顿之中。他们在亲朋好友的帮助下搭起了临时简易棚，用山上的毛竹做架子，围上塑料薄膜遮风挡雨，九口人无奈地挤在一个大通铺上。

大火事件之后，为了渡过难关，全家人各奔东西去谋生，大哥务农，二哥出门学做木匠，三哥跟着村里人去做泥匠活，四哥也去做木匠，大姐高中毕业去当代课教师，二姐继续读高中。廖丽莲还没读完初中，但家里的事务离不开她，父母掂量许久，觉得让她留在家里是最合适的，她只好辍学在家继续帮父母。

廖丽莲想，兄妹中总要有人留守这个家。那时父母已经在龙泉摆摊卖瓷器，她就也拉着平板车上街头，开始沿街叫卖瓷器的生涯。

平板车上装满了龙泉青瓷，是母亲贩卖剩下的货。廖丽莲觉得这些产品过时了，她有自己的眼光和想法，就向父亲要本钱进新货。可父亲哪里有余钱？

廖丽莲慢慢开始琢磨生意经。父亲不给钱就自己想办法，她瞒着父母先把囤积的旧货亏本卖掉，周转资金，再用很少的本钱进一些新货，什么好卖就进什么货。她还专门跑到瓷器厂向师傅讨教，渐渐知道了青瓷新产品和百姓喜欢的瓷器物件样式。

廖丽莲嘴甜，许多瓷器厂里的师傅都很喜欢她，师傅们耐心地介绍进什么样的货容易赚钱，什么样的瓷器耐用。更加熟悉之后，师傅们就给她传授有关青瓷制作的技艺。有时她还成了师傅们的帮工，空了就跑去给师傅们打打下手。这无意之中为廖丽莲打开了一扇青瓷艺术的大门，为她后来从事青瓷制作奠定了基础。

经过一段时间的摸索，廖丽莲进的货特别好卖，赚的钱也慢慢多起来，家里经济状况有了好转。几年后，新房子终于修建起来了，廖丽莲的瓷器生意做了最大贡献。

这平板车，廖丽莲一拉就是整整七年，23岁时，她向父母提出，不拉车子了。

她不拉平板车卖瓷器，意味着家里将断掉重要的经济来源。父母都表示反对。可一个姑娘家总不能拉一辈子车啊！

廖丽莲向父亲提出要学摄影。

父亲说："平板车拉得好好的，脑子进水了要学照相。那个高科技的东西，对一个姑娘家来说，学了有什么用？"

那时，一架照相机最少要一百块，家里哪里有这么多钱买？

"我就要学！"倔强的廖丽莲对着父亲一跺脚就出门去了。

过去农村学艺通常要花三年时间，可廖丽莲仿佛是一块吸水能力极强的海绵，仅仅用三个多月就学会了摄影。她从一个同学那里借来了一架用胶卷的海鸥牌双镜头相机，照了相后定影冲洗放大，整个操作流程她很快稔熟于心。

其实，廖丽莲学摄影是因为看到了商机。那时小学毕业都要拍毕业照，两个姐姐都在学校当代课教师，正好可以为她牵线。

当时一个乡有一千多名学生，廖丽莲把这些学校拍毕业照的活全部揽了下来，学摄影让她赚了属于自己的第一桶金。

一天，有个闺密问廖丽莲想不想开店，她家正好有两间门店要出租。可廖丽莲手里的钱用于开店远远不够，光租金就不够。

闺密说，租金可以先欠着，等赚了钱再还。这样的好机会岂能放过？廖丽莲很快租下两间店面，一间开早餐店，一间开烟酒副食店。她一个人做两份活，当年就赚了好几万元。

廖丽莲的父母当年都是下放职工，后来政策规定具备相应条件的可以从农村户口转为城镇户口，并给安排工作，家里只有廖丽莲符合政策。她让父母接管店面，自己到国营制药厂去上班了。

在大多数人眼里，国营制药厂的正式工是吃公家饭的，十分风光，可是廖丽莲并不想过单调和平庸的日子。两年后，她辞去制药厂的工作，随着20世纪90年代的经商大潮，下海搏浪，去开辟属于自己的新天地。

2003年，和龙泉毗邻的遂昌县三仁畲族乡三墩桥村建设文创园，正对外招商。三墩桥村那时候还只是一片荒芜的山坡地，种着葡萄，长满蒿草，并不起眼。不过，弯弯曲曲、流水潺潺的秀涢溪让这片没有开发的处女地格外灵动、飘逸。

机会总是垂青有准备的人。廖丽莲一眼看中这块风水宝地，认定村口这片荒地就是做青瓷的最佳地址。秀涢溪的上游就是龙泉，此地与龙泉有着难以割舍的关系。她在心中规划着未来的蓝图，要在这里建一个青瓷产业园，有青瓷生产车间，有陈列展示青瓷的博物馆，有讲堂，有民宿，整个园区要有婺派特色的建筑，马头墙，黑瓦片，绿树茂盛的庭院……

廖丽莲是个不服输的人。她是不幸的，少年时家里失火，初中辍学，过早步入社会，从摆摊开始一路走来，学过摄影，开过小店，当过制药厂的员工。但她又是幸运的，生活的磨难使她积累了人生经验，增加了社会阅历，锤炼了奋斗的意志。后来，她成了家，有了一个活泼可爱的小女儿，还和家人一起在龙泉成立了陶瓷研究所。但生活不可能永远顺风顺水，总会有磕磕碰碰和意想不到的事。

初到遂昌创业时，她正处于人生低谷阶段，一切都要从头开始。万事开头难，但她挺过来了，而且和青瓷结下了不解之缘，自那以后从未放弃对青瓷艺术的探索研究。

当时，廖丽莲骑着摩托车，从龙泉翻过道道山弯，来到遂昌安营扎寨。首先面临的困难是资金短缺，那时她手头只有1万元，要在这块荒坡上建产业园真有些不自量力。她想起一位在遂昌创业的老总，于是怀着忐忑不安的心情给那位老总打了电话，想探探口风，有机会再登门拜访。

那位老总对廖丽莲的为人处事十分了解，知道她资金困难，在电话里直接问她需要多少。

廖丽莲平时说话直截了当，这回有些结结巴巴，一下子说不上来。

那位老总在电话里说："给你20万吧，先拿着周转。"

廖丽莲连声说："谢谢！谢谢！"她心里清楚，这份恩情可不是几个"谢"字了得的，她会铭记一辈子。

周边的人都知道廖丽莲心地好，有闯劲，做事踏实，因此在她遇到困难时总会施以援手。遂昌县负责招商的干部一天几次跑到工地，帮她解决困难，这让她感受到春风般的温暖，更增强了办好产业园的信心。

建设青瓷产业园的设想，在廖丽莲的努力下一步一步付诸实践：2003年选址，2004年建厂，2005年7月开工生产。她生产出第一批产品，销往市场，积累资本，再稳打稳扎地拓展业务。

创业之难，今天说起来几句话就结束了，可当初廖丽莲真是操碎了心。厂子刚运转起来那会儿，晚上12点前她就没有睡过觉，大多是凌晨一两点才上床，头一挨到枕头就直打呼噜。

那时候，她总觉得时间不够用，一天不知不觉就过去了。她调侃自己：起得比鸡早，睡得比狗晚。产、供、销全是自己来，既当厂长又当工人，脚踩风火轮也忙不过来。

资金解决了，厂子办起来了，招工难题接踵而至。做青瓷是个工艺性、技术性很强的活，老手艺人都是拖家带口地出来打工，有的师傅答应短期做可以，长久做就有困难了。

廖丽莲决定培养自己的技术工人，从淘泥、摞泥到拉坯、印坯、修坯、捺水、画坯到烧窑，她耐心细致地讲解示范，手把手地教徒弟。经过了数十道工艺的瓷坯在窑内经受上千摄氏度高温的烧炼，就像一只丑小鸭行将转化为一只美丽的天鹅，让青花、釉里红永不褪色。

就这样，文昌青瓷产业园一步一个脚印地走出困境，走向光明，创造出更为辽阔高远的青瓷世界。

和青瓷结缘30多年，廖丽莲不断地揣摩学习，使技艺臻于完美，她以自己的方式向青瓷经典致敬。

她是土生土长的龙泉人，从小耳闻目睹龙泉青瓷文化，对青瓷情有独钟。龙泉青瓷窑创始于约1700年前，宋代达到鼎盛，是中国乃至世界陶瓷史上烧制年代最长、窑址分布最广、产品质量要求最高、生产规模和外销范围最大的青瓷历史名窑之一，龙泉青瓷以其独特技艺饮誉全球。廖丽莲爱上了青瓷工艺，以做出"青如玉、明如镜、声如磬"的青瓷产品为目标，要让自己的产品彰显国粹特色，展现艺术魅力，走向大江南北，走出国门。

年少时，她拉着平板车卖青瓷，跑遍了龙泉大大小小的几十个窑厂。补漏趁天晴，练功趁年轻。那时，她开始揣摩研习青瓷艺术，第一次知道了哥窑与弟窑。

哥窑与官窑、汝窑、定窑、钧窑并称为宋代五大名窑，出产瓷器的特点是"胎薄如纸，釉厚如玉"，釉面布满纹片，紫口铁足，胎色灰黑。它以造型、釉色及釉面开片取胜，因开片难以人为控制，裂纹随意而自然，体现素雅朴实、古色古香的美。弟窑被誉为民窑之巨擘，出产的瓷器胎白釉青，釉色以粉青、梅子青为最，豆青次之，釉色青碧、晶莹滋润，釉层丰润、光泽柔和，胜似翡翠，独具神韵。廖丽莲常常思考：应该怎么忠实地继承中国传统艺术风格，并在继承和仿古的基础上有新的突破、新的创造，烧制出美妙的青瓷产品？

廖丽莲坚持亲手拉坯，一团黏土经过她的巧手，在拉坯机的转盘上转啊转，没一会儿就成形了，然后风干上釉，修坯再风干。为了制作精品，她不断尝试，甚至常常销毁重做，反复琢磨，精益求精，使产品臻于完美。

廖丽莲对产品质量的要求苛刻到了让人不可思议的程度，她会把那些有瑕疵的不合格产品，大到瓷瓶，小到茶杯，一件一件地摔碎。她的原则就是要把完美无瑕的青瓷工艺品呈现给社会大众，她的目的就是不让一件不合格的产品流到厂外。她已经数不清自己摔碎了多少不合格产品，虽然每块碎片都凝聚着廖丽莲的心血，但她臻善臻美的良苦用心正是她走向成功的秘诀。

办厂之初，廖丽莲就带着创新的观念走进这块产业园。她虽然初中没毕业，却凭着自己的顽强意志和好学精神，拿到了中专文凭，又到景德镇陶瓷大学读了三年艺术与设计专业课程，拿到了大专文凭。

从青瓷的门外汉到业内的领头羊，廖丽莲奋斗拼搏了大半辈子，获得诸多荣誉成就：2011年获得浙江省高级工艺美术师称号，2013年被授予丽水市工艺美术大师称号，2015年荣获浙江省工艺美术优秀人才称号。她还在国家专业期刊发表了一批论文，2013年至2018年申请国家发明专利2项、实用新型专利6项、外观设计专利30项，2016年她的镂空青瓷技术获浙江省科学技术厅研发科技成果奖。她的作品被龙泉市博物馆、杭州工艺美术博物馆、景德镇陶瓷大学、中国国家博物馆等收藏；她的青瓷厂被浙江省科学技术厅授予科技型中小企业称号。

"不经一番寒彻骨，怎得梅花扑鼻香"，廖丽莲成功了，但这背后有过多少辛酸的泪水，有过多少刻骨铭心的痛苦，有过多少知难而进的勇气,他人是难以想象的。

展望未来,廖丽莲充满自信,她要把青瓷产业园打造成非遗传承基地,成为融青瓷工艺生产和展示、民宿、餐饮、研学、旅游为一体的文化休闲胜地,与更多乡亲一起弘扬青瓷文化,在追求物质富裕的同时,丰富精神世界。

如果把廖丽莲比成金凤凰,那么腾飞的金凤凰会在神州大地上飞得更高更远;如果把遂昌青瓷产业园比成芙蓉,那么出水的芙蓉会在山乡大地上开得更艳更丽。

第四章

岭上

梦开始的地方

和煦的风吹拂着青葱的山峦，千岛湖波光潋滟的湖面映着晨光。我们从淳安县千岛湖镇驱车近一个小时后，抵达了洋溢着花儿芬芳的下姜村。

下姜村原是千岛湖畔一个普通的山村，如今却实现了从"脏穷差"到"绿富美"的飞跃，是共富之梦开始的地方。

习近平到浙江工作后，把下姜村作为基层联系点，其间曾多次到下姜村调研，指导村子发展，这里既是他的信息点，也是他的试验田，还是他了解省委决策在基层效果的窗口。

时光回溯到20世纪70年代。

1974年，24岁的姜银祥退伍回乡。枫树岭公社安排他到公路指挥部当施工员，下半年又抽调他到淳安县青年工作队。1975年，他担任了下姜村党支部书记。老家下姜村虽然依山傍水，但十分闭塞和荒芜，年轻的姜银祥下定决心，要亲手改变家乡落后的面貌。

新官上任三把火，姜银祥也不例外。那天，村民们在狭小的会场里挤挤挨挨，姜银祥激情满怀地述说着自己的美好梦想。他兴奋地告诉大家，将来每家每户都能住上三层的楼房，家家都有电视机。当他绘声绘色地解释什么是电视机时，台下笑声四起。姜银祥注意到了哄笑声，脸腾地红了，连忙换了一个话题："将来的粮食产量肯定高，每亩地种玉米能有1000多斤，种稻谷也能有1000多斤……"

没等他说完，会场上已经炸开了锅。村民们都说他吹牛，有的甚至直接说："别讲那些没用的，让大家吃饱饭，才算真本事。"话糙，理不糙。当时，稻谷亩产只有三四百斤。年年正月十五一过，下姜村村民便投亲靠友，借粮成风。不借就意味着要饿肚子，可借了总归得还啊！

怎么办？美好的蓝图要描绘，可眼下，村民的果腹问题才是最需要解决的。

那些日子，姜银祥整宿睡不着觉，满脑子都是"怎样解决粮食问题"。

为了摆脱贫困，姜银祥带领村民们修桥铺路，种杂交水稻，开发桑园，办社队企业……一步一个脚印地建设下姜村。

1998年10月，姜银祥从枫树岭镇工业办公室主任的岗位上回到村里，第二次担任村党支部书记。

回村后的第二天，姜银祥通知全村党员到村小学集中。他说："我们是党的基层组织，却没个地方开会。以后这里就是村党员活动室。"村里的党员们迅即行动起来，把废弃多年的小学教室腾空，又花了两个月时间粉刷、修整，建起了全县第一个村党员活动室。

从2003年到2006年，下姜村拆掉危旧房16600平方米，建起了垃圾填埋场，铺设污水管道2800米，腾出绿化地3000多平方米，绿化带上安装了路灯，整治了1.5公里河道，还建了5个公共厕所，家家户户安装了太阳能热水器，改造了自来水输水管道……

那几年，下姜村90%以上的村民都建了新房，房屋漂亮别致，气派亮堂，成为村里一道亮丽的风景。

有人问：下姜村是个穷山沟，村民也不富裕，怎么能造出这么漂亮的房子呢？

姜银祥算了一笔账：第一，村民造房子的沙子、石料和木料可以就地取材，一分钱都不用花；第二，村民造房有相互帮忙的好传统，这样人工费就省了很多；第三，村里根据旧村改造方案，给村民提供了优惠政策。

此时的下姜村，开始呈现干净、整洁的社会主义新农村雏形，为后来发展乡村旅游打下了坚实的基础。

如今，年过七旬的姜银祥已经成了村里的"金牌导游"，他常常以亲历者的身份向游客们讲述下姜村蝶变的故事。

2017年早春时节，枫树岭镇党委委员姜浩强被镇党委派到下姜村担任党总支书记。

到任前，镇党委主要领导和姜浩强谈话，开门见山地说："镇党委决定派你到下姜村任职。你的主要任务，一是发展产业，二是培养后备干部。"

姜浩强心里很清楚：发展产业、培养领导班子后备力量，这些都是下姜村的当务之急。

姜浩强二话不说，带着铺盖在村里住了下来。他在镇上工作多年，因工作原因曾多次来过下姜村，村里很多人都认识他。恰巧他也姓姜，不知情的人以为他就是下姜村人。

刚到村里的第二天，姜浩强就被一个开民宿的大嫂拦住。大嫂说："政府动员我们开民宿，但又没客源，房间都闲着，这民宿怎么经营？"

那段日子姜浩强经常睡不着觉，脑子里一遍遍地想着村子该怎么发展。不光是民宿要有充足的客源，村集体也要有"造血"功能，不能总等着上面来"输血"。作为镇里下派的书记，他是全村的领头雁，身上的担子不轻。

通过走村入户调查研究、征求意见后，姜浩强大胆决定，把发展经济作为村里工作的重中之重。

姜浩强拜访了杭州多家旅游公司，向负责人大力推介下姜村的旅游优势和优惠条件，跟对方洽谈、签订合作方案。他还学习杭州西湖风景名胜区管理部门的经验，免费开放景区，在县里相关奖励政策的基础上，村里再给予旅游公司优惠让利。

很快，旅游公司的大巴在下姜村的景点排起了长队，村里车水马龙，游人如织。

姜浩强和村"两委"其他干部把目光投向更广阔的市场。于是，淳安千岛湖下姜实业发展有限公司应运而生。

公司采用村民入股、职业经理人经营的模式，这是一种创新和探索。786名村民以人口股、现金股和资源股三种方式成为股东，实现"人人当股东，个个有股份"。村民们的观念转变、积极参与和全力支持，也让村干部们更加坚定了信心。

2019年6月28日，下姜村双喜临门。那一天，实业公司旗下的下姜人家餐厅开门迎客。下姜人家位于村东口山坳处，总投资将近1000万元，总建筑面积达2300平方米。楼下餐厅有10个包间，楼上为红色文化培训基地，有4个会议室，可同时容纳400人培训。餐厅办起来没用政府一分钱。在国庆长假、暑期等旅游旺季，慕名而来的游客把这里坐得满满当当。

同一天，一辆旅游巴士载着前往下姜村的游客，奔驰在美丽的淳杨公路上。这又是村里的一大创举，村"两委"干部自筹资金36万元，开通了从千岛湖高铁站直达下姜村的接驳专线，班车一天往返两趟。

2019年12月20日，又是一个好日子，下姜村迎来了有史以来的第一次分红大会。晚上6点30分，村文化礼堂里暖意浓浓。村民们欢聚一堂，兴高采烈地排着队，手拿股权证，核对、签字、领钱。人口股每股600元，现金股每股1000元；村里还增加了老年股，60岁以上的每人分到200元。当晚总共分红66万余元。

村民姜红荣说："我第一个拿到，没想到这么多。"

身边有人问他："对这个数目满意不满意？"

他笑着说："很满意，毕竟是第一年嘛！"

村里公司办得红火，村民们谋发展的意识也空前高涨。现在不用领导干部敦促，他们自己主动跑出去找路子。

在下姜村任职的四年时间里，姜浩强倾注了很多热情和心血，他也和村民们结下了深厚的友谊。2020年下半年，村级换届选举工作全面开展，根据组织安排，姜浩强回到镇上工作。但在下姜村的这一段工作经历，他一生都难以忘怀。

美丽乡村建设让下姜村发生蝶变，这里成为人们心中向往的旅游目的地。2020年国庆期间热映的电影《我和我的家乡》，拍摄地之一就是下姜村,这让下姜村的旅游业又火了一把。在这样的背景之下,民宿经济在下姜村成长为一棵常青树。

下姜村有一幢风格别致的民宿,名为"栖舍"。在年轻的主人姜丽娟看来,这是她回乡创业故事开始的地方。

如今,姜丽娟已成为下姜村党总支书记。这个20世纪80年代末出生的年轻人,浑身散发着青春的气息,一件白衬衫配上黑色的西装,胸前别着一枚党员徽章。她说话轻柔、笑容满面,却于亲和温婉中透着沉稳干练。

大学毕业后,姜丽娟在杭州一家公司从事室内设计工作。那时,她常常从杭州赶回下姜村看望父母。不知不觉中,她发现回家的路程变近了,道路变宽了,小溪变清澈了,眼前的家乡是如此绚丽耀眼,与自己记忆中儿时的家乡已经完全不同。

这一切,唤起了姜丽娟内心深处对家乡的热爱。2016年,她和同在杭州工作的姐姐姜丽红合计后,决定回下姜村办一家民宿。姐妹俩的想法很朴素,办一家留得住乡愁的民宿,吸引城里人到乡村来度假。

姜丽娟毅然放弃在杭州的高薪工作,返乡创业。她和姐姐一起投入近150万元,对家里的两间老房子进行彻底改造,打造出了北欧风格的民宿,设计新颖,色调素雅。这让下姜人大为惊讶,感慨原来民宿可以这样装修。

2017年11月,民宿在一片喜庆的气氛中开门迎客。因为房间设计符合城里年轻人的品味,姜丽娟又熟谙网络推广,民宿很快迎来了一拨拨天南地北的游客,春节期间的房间也被提前预订。

那时,除了民宿经营者的身份外,姜丽娟还是下姜村村务助理、民宿协会秘书长。她把民宿交给母亲帮忙打理,自己则将更多精力投入村"两委"的工作，成了下姜村的大忙人。村民们也开始对这个城里回来的年轻姑娘刮目相看，说她是为下姜村村民当着不计报酬的义工。

姜丽娟以下姜人的身份出现在许多公众场合。北京时间2018年9月27日，联合国举行"地球卫士奖"颁奖典礼，浙江省"千村示范、万村整治"工程荣获"地球卫士奖"中的"激励与行动奖"。姜丽娟和全省四位农民代表随省代表团赴联合国总部领奖，见证了这一激动人心的时刻。当宣布中国获得的奖项时，姜丽娟忍不住热泪盈眶，她为家乡的美丽蝶变而自豪，更为中国乡村振兴的成果而骄傲。也正是从那一刻开始，她更加坚定了致力于乡村振兴事业的信心和决心。

2020年8月7日，姜丽娟担任了下姜村党总支书记。她清楚地知道，面对组织的培养，面对全村百姓的信任，自己必须勇敢地挑起这副担子，在振兴乡村的道路上有所作为。

在姜丽娟的带动下，下姜村的民宿如雨后春笋般涌现，形成规模。村里还建起了酒吧、咖啡吧、茶吧、书吧等配套设施，旅游产业越来越完善。姜丽娟成功创业的传奇，也吸引了许多年轻人回乡探索。

光阴如白驹过隙。在时间的长河中，下姜村党组织的书记换了一任又一任。其中，姜银祥两度出任书记，任职时间长达27年；姜浩强作为下派干部，和下姜村结下了不解之缘；姜丽娟是成长起来的新一代农村领头人，让人们看到了乡村振兴的未来……他们传递着接力棒，创造了辉煌的业绩。下姜村也早已不是那个贫穷落后、深藏在淳安县一隅的小山村了。

行走在如诗如画的"仙境"中，目光越过香榧树、桑树、黄栀子树、桃树、雷竹，我们聆听着下姜人发自肺腑的喜悦之声，以及对村庄前景的美好展望……

和名声在外的下姜村不同，胡家坪是藏在淳安崇山峻岭中的一个小山村，几乎无人问津。

2021年9月16日，天朗气清，阳光明媚，一场隆重而又简朴的签约仪式在海拔近千米的淳安县王阜乡胡家坪村举行。杭州滨江房产集团在临近成立30周年之际，与淳安县政府正式签署乡村振兴战略合作框架协议。签约完成后，在双方负责人的手紧紧相握的一瞬间，热烈而激动人心的掌声和欢呼声响彻群山万壑，经久不息。

从此，胡家坪村奏响了奋进的旋律，胡家坪村人开始摆脱世代贫困的帽子，迈向共同富裕的新征程。

2021年5月末的一天，一辆小轿车从淳安的千岛湖出发，沿着100公里风景线，一路向西北方向行驶。车上坐着一个50岁出头的中年人，他留着小平头，穿一身白衣黑裤，清爽中透着一股干练之气。他就是杭州滨江房产集团千岛湖项目总经理童忠生。

淳安是个典型的欠发达县，山又多又高，无数小村庄藏在千山万壑之中。秀丽山水、旖旎风光，留待有识之士开发。

童忠生一路望着窗外，思绪万千。一个半小时后，汽车开始爬坡，驶上弯曲狭窄的环山道。又过了半个小时，他们才终于抵达目的地——上塔村。

上塔是胡家坪村的一个自然村，因山高路偏，一直未脱贫困帽子。走进村中，童忠生只看到少数几栋砖瓦楼房，其余清一色是20世纪五六十年代建造的泥土房，依陡峭的山势，或上或下，或左或右，陈旧而破败地散落着。最显眼的，要数村中心几棵粗壮挺拔的银杏与松柏，默默地伫立着，上百年来见证了村庄漫长而贫穷的历史过往。童忠生绕村慢悠悠转了一圈，竟然见不到一个人。外面的世界早已闹闹哄哄，熙熙攘攘，此处静默而无人打扰的古老村庄依旧在沉睡，像一颗久埋土里的种子，在苦苦等候春天的来临。

离开上塔村，继续行驶两三公里后，地势忽然变得平坦起来，眼前视野一片开阔，童忠生他们连忙下车，兴奋地边走边看。好一派自然风光啊！在风和日丽的天气中，他们低头俯视，四周起伏的山峦、错落有致的梯田、长蛇状的环村路，尽收眼底。村里人告诉他们，若遇天阴欲雨的日子，远近高大的山峦在烟岚中半隐半现，会让人感觉如临仙境，如梦似幻……

2018年，童忠生为公司的某个项目来这里取过景，原以为路途如此遥远，以后不会再来了。他此次外出考察，是为了完成董事长交代的任务——找一块地，建一个高规格的避暑山庄。

哦，就是这里了。其实，当他跑遍淳安的高山村，最后决定重上上塔村时，他的心里就已盘算好了。他看上了这里的一栋泥坯平房——上塔村村民拿来堆放杂物的生产用房。房子周围是一块很大的平地，南边平地前是美丽壮观的层层梯田，有200多亩高山蔬菜种植基地。他想，如果能把这间破旧的生产用房租过来，好好改造一番，那将会是一个不错的民宿。最关键的是，这里的温度比山下至少低10℃，炎炎夏日里，晚上出门要披外套，睡觉要盖棉被，是避暑山庄的绝佳选址。

于是，童忠生立马着手租房、整修房子等事务。两个月后，一个精致、高端、舒适、宜居的民宿——云庐诞生了。滨江集团董事长戚金兴来了，一住就是七天。

在这一个星期里，戚金兴他们走访了胡家坪的自然村，慰问了70岁以上的孤寡老人和村里的特困户。

他们了解到，因为去乡里路途遥远，蔬菜卖不出去，都烂在地里，村里的孤寡老人无人照顾，一盘菜吃好几天，馊了也不舍得倒掉……

于是，一个宏伟的设想在戚金兴的心里萌芽开花，他决定公司和胡家坪村结对，开启帮扶工作，推进共同富裕。

滨江集团是杭州一家民营企业。1992年，戚金兴筹集8万元启动资金，带着6名员工开始艰难创业，一路摸爬滚打。到2005年，滨江集团终于在钱江新城成功打造出浙江第一个精装修高端住宅产品——金色海岸，从而奠定了它在高端房产市场的地位。从此，滨江集团迈向新的征程、新的高度，成长为全国民营企业500强，中国房地产企业50强。戚金兴连任杭州市第九、十、十一届人大代表，荣获杭州市优秀共产党员、浙江省劳动模范、全国五一劳动奖章获得者等诸多称号。

戚金兴一直心怀感恩。他认为，滨江集团能有今天辉煌的业绩，得益于这个伟大的时代，得益于国家强大、社会稳定、城市化进程和老百姓的富裕。

他要回报国家，回馈社会。

值得一提的是，滨江集团一向热心于公益慈善。成立至今，参与了捐资慈善总会、"春风行动"、文明单位"双千结对"、"精准扶贫"湖北恩施、黔东南结对帮扶等活动，并通过捐建希望小学、援建资助灾区等方式，不断为社会公益事业输送正能量。从2017年开始，滨江集团陆续为四川大凉山彝族特困地区捐建了25所幼儿园，投入资金3000万元，被评为热心参与东西部扶贫民营企业。

2022年是滨江集团成立30周年，它的公益事业又将开拓怎样的新局面呢？

早在2017年，党的十九大就已明确提出"乡村振兴战略"。2021年6月，全国首个也是目前唯一一个高质量建设发展共同富裕示范区正式落户浙江。同年7月，浙江省乡村振兴局启动新型帮扶共同体建设。9月16日，滨江集团正式与淳安县政府签署乡村振兴战略合作框架协议，建设云顶桃源农业旅游休闲综合体项目，预计投资5亿元，试以农旅促发展，助推乡村振兴。

那一天，距戚金兴入住上塔村民宿仅仅过去一个月，他认为这个项目将会是滨江集团30年来最重要的一个项目，其意义甚至超过金色海岸。

2021年10月10日，云顶桃源综合体项目工程轰轰烈烈上马了。经过约300天的奋战，2022年8月1日，第一期工程正式交付使用。

2023年5月底的一天，我们走进上塔村，这儿已旧貌换新颜，按村支书罗长木的话说，是发生了翻天覆地的变化。泥土房的外墙遵循古朴风格统一粉刷，屋顶易风化的石板被换掉了，地上铺了防滑生态地砖与大理石，村里建起了美丽的中心公园、小型的停车场，增加了石雕景观，造型丰富多样，让人眼前一亮……

罗书记告诉我们，原先从胡家坪村到上塔村2公里的道路是村民们亲手刨出来的，只有3.5米宽，滨江集团出资把路拓宽成了5米，给进出的车辆带来极大的安全保障与便利；现在村民们干活回家，再也不用担心看不清路了，因为滨江集团在山坡上的小路边安装了一盏盏温馨的太阳灯，灯光照亮了村民们回家的路，照得大家心里暖洋洋的。

罗书记还告诉我们，现在胡家坪村只要走得动的成人，不管年轻年老，都被滨江集团雇去了，而且承诺薪资待遇比外面至少高20%。

詹家树是上塔村的村民，50多岁的他是2022年返村创业的第一人。之前，他在外打工几十年，做泥工，卖苦力。滨江集团进驻村里后，他看到了希望，毅然决然回家创业，造起一栋崭新的楼房，拿来做民宿。房子建好后，他很快就掘到第一桶金——随着云顶桃源综合体项目工程启动，滨江集团的工人陆陆续续有数十人住进他家。在家开民宿的同时，他还在云顶桃源酒店做保安，每月有固定收入。他的妻子则进了酒店的餐饮组。他们现在哪里也不想去了，他们也要为家乡的振兴贡献自己的一份力量。

除了保安组和餐饮组，云顶桃源项目还有农业、卫生、绿化等小组和欢乐农场筹备组，另外还有工程建设方面的工作，最多的时候，整个王阜乡有400多个村民参与其中。

第二期工程包括精品民宿、风味餐厅、云庐广场等，在我们采访时也已井然有序地开始建设。在这里，陶渊明笔下的世外桃源仿佛现出雏形：鲜花遍布，道路整洁；华屋良田，美池佳木；人来人往，欢声笑语……

打造理想居所是滨江集团最得心应手的，无论怎样的荒凉地，在设计师和建造者手里都能化腐朽为神奇，变为人间天堂。

一栋背靠山、面朝梯田的6层楼酒店拔地而起，巍然壮观。它占地5000平方米，有32间客房，间间装修精良，干净整洁，让入住的游客有宾至如归的感觉。

一座库容近13万立方米的天池水库建成了，蓝莹莹的，美丽透亮，宛若一颗巨大的明珠镶嵌在群山的怀抱里，映照着青山绿树、蓝天白云。原本一遇夏天严重干旱时节，山里的泉水枯竭，村民别说灌溉农田了，就连生活用水都成问题。滨江集团充分考虑到这一点，斥巨资建水库，彻底解决了村民的用水问题。

我们看到，游步道两旁上千株桃树、梨树竞相开放，周边遍地是花草，叫得出名字的有波斯菊、百日草、矢车菊、向日葵、虞美人……它们或傍酒店，或立山腰，或盛开在层层的梯田里，或铺满路边的草坪，高高低低，疏疏密密，随风起舞，迎光绽放，可谓姹紫嫣红，争奇斗艳。

"从前不知道它的存在，来过之后就不愿意离开。"一名远道而来的游客道出了心声。

我们来采访时，胡家坪村正在进行旧村改造。胡家坪行政村下辖阴下、桃坞塔、上塔、老山、上源五个自然村，滨江集团承诺争取三到五年内，完善所有村里的基础设施：建一座邻里中心，集办公、文化娱乐、幼儿教育为一体；开建老年食堂，解决老年人就餐问题；新建医疗服务站，解决村民就医难的问题；还要建一所漂亮的幼儿园。

滨江集团的目标，是把胡家坪村打造成乡村振兴标杆村、浙江共同富裕未来乡村先行示范区。

在胡家坪村，我们感受着村民们的喜悦，心里也暖融融的。村里的年轻人大多到大山外面去了，留守的老年人一辈子未离开过大山，没想到老了在家门口还找到了工作；有了免费的老年食堂，再也不用吃剩菜剩饭了；有了幼儿园，孙儿孙女也不用送去别村上学了；不愁看病了，医疗服务站就在家门口。

此外，滨江集团承诺统一收购本地的农特产，在村民们看来，这又解决了他们的一道难题。

往年丰收的时候，村民们既开心又发愁。开心的是孕育了一年的山茶果、山核桃可以采摘了，愁的是山高路远、交通不便，没办法拿出去卖。高山有机茶十分珍贵，有"明前茶，贵如金"一说，可胡家坪村的茶叶却因山里特殊的环境，头茬采摘总在清明后，而此时市面上的明前茶已收购得差不多了，村民们只能无可奈何地叹气。山茶油、山核桃、茶叶可是胡家坪村品质上乘的"生态三宝"啊！

滨江集团入驻后，承诺以高出一般市场价的价格收购村里的"生态三宝"。2023年春季，滨江集团帮村里实现农产品销售收入30余万元。更可喜的是，胡家坪村集体经营性收入从零增长变成每年有数十万元。

此外，滨江集团还让村民以低价购入小花猪、鸡崽和蔬菜种子，村民完成养殖、种植后，村里的新型帮扶共同体统一收购。随着村里返乡青年越来越多，滨江集团同步建立产业链帮扶模式，鼓励返乡青年围绕企业产业链需求开展创业，打造产业链相加、价值链相乘、供应链相通的共同体。这样，胡家坪村的发展方式完成了由企业"输血"到让村里自身"造血"的转换。

寂寞偏远的胡家坪村，在经过了漫长的冬季之后，终于迎来了万紫千红的春天。

"龙游飞鸡"飞上天

很早就听说过"龙游飞鸡",它是龙游县特有的土鸡品种。"龙游飞鸡"还真不平常,它很能飞,如今甚至跨过高山湖泊,到达天山南北。

2022年10月31日,我们驱车到龙游寻访慕名已久的"龙游飞鸡"。下高速之后,我们驶上弯弯曲曲的乡间小道,根据手机导航一路前行,眼前出现依山傍水的山底村。在这里,我们见到了浙江宗泰农业发展股份有限公司的创始人胡瀞文,她长着一副极标致的五官,眼睛大而有神,黑发短而清爽,白衬衫外套着浅黄的西服,给人干净利落之感。

胡瀞文用轻松的口吻和我们聊起"龙游飞鸡"品牌的诞生,聊起不寻常的创业历程。她把一只"龙游飞鸡"做成了大产业,让我们对面前这位看起来还有些稚嫩的女子不禁肃然起敬。

当年,一句看似玩笑的话,改变了胡瀞文的人生轨迹,令她的"飞鸡"越飞越高,越飞越远,也为她赢得了无数的荣誉,成就了大写的人生。

2016年，胡瀞文带着朋友从深圳回到偏僻的家乡龙游县龙洲街道山底村游玩，午餐选在一家农家乐。席间，一名朋友夹起一块土鸡肉品尝后赞不绝口，连呼"好吃，好吃"。一旁陪坐的胡瀞文父亲告诉他们，鸡虽好吃，却由于销售渠道不通畅等原因一直卖不出去。

"我在深圳有那么多朋友、会员，我来帮大家卖。"颇有家乡情怀的胡瀞文笑着说，当时她在深圳一家健康美容公司任高管。

龙游民间很早就有比较浓厚的经商意识，龙游商帮曾是明清时期全国十大商帮之一，是唯一以县域命名的商帮，一度流传"遍地龙游"的说法。1988年，胡瀞文生于一个商人家庭，长期耳濡目染经商之道。父亲胡锡良有股闯劲，20岁出头就与三哥一起倒腾木材生意，从江西运木材到龙游卖。胡瀞文4岁时，父亲在家门口的龙游北门菜场批发海鲜，她就在菜场内跑来跑去玩耍；等长大一些，父亲忙不过来时，放学回家的她便帮着看顾或做些算账找零的活计，动作麻利，待客细心，胆大又灵活，俨然是个小生意人。

初中一毕业，胡瀞文远赴深圳，投奔她的表姐。那时表姐在深圳开着一家公司，员工有两三百号人。之后胡瀞文去进修了管理，两年后不负众望，成为公司高管，年薪上百万。

因饭桌上的一句玩笑话，胡瀞文开始帮父老乡亲卖土鸡。公司准她三个月的假期，她承诺把鸡卖完就回去。不承想，鸡的世界里不光有山高水长、竹林和虫子、淤泥和鸡粪，还有悬崖与绝壁，以及山里人的贫穷、落后的思想和懒惰的习性，当她甩掉高跟鞋，穿上平底鞋，一脚踩进去后，就再也出不去了。

销售土鸡看似简单，其实并不容易。胡瀞文开着高档轿车在弯弯绕绕的山村里到处寻找、收购土鸡，随后在手机里建起一个约有200

人的群，把鸡进行拍卖；她联系企业的老板，帮忙拉订单；也送大量的鸡给朋友，希望他们喜欢的同时帮忙宣传……经过各方面的努力，土鸡销售数量在不断增长，农户家里的鸡卖出了不少，可是她并没有收到预期的效果，自己口袋里的钱不是增多反而越来越少。这究竟是怎么回事呢？

说起刚开始亏本的经历，胡滟文爽快地坦言道："我起初有些盲目，根本不知道农村散养的土鸡这么杂乱多样：品种毛色不一，黑鸡、黄鸡、白鸡都有；体重不一，个头大、个头小的都有；喂的饲料和养殖时间也不同。最终导致价格不能统一，在售卖过程中就出现了一系列的问题，亏本也就在所难免。"

面对我们不解的目光，她继续说道："当然啦，我也很不服气。当时我已把土鸡卖到了市场上的最高价，198元一只。可在邮寄的过程中，因土鸡的宰杀费、包装费、物流费没有固定标准，我反倒贴了不少钱。打个比方说吧：我从农户手里把一只5斤重的鸡按30元1斤的价格收购来，除了收购价150元，还得支付宰杀费10元、包装费12元、物流费75元，加在一起已远远超出了顾客的购买价。最多的时候，一只鸡卖出去倒贴80元……"哦，原来如此。但她宁可自己吃亏，也不肯失去诚信。而这一切，收到土鸡的消费者恐怕并不知情。亏损的还不只是这一项，一些品质、重量不达标的鸡和不新鲜的鸡蛋要处理掉，运输中还有损耗，可想而知，她当时承受了多大的压力。

想当初，胡滟文开着高档轿车在大山里穿行，上农户家收购土鸡的时候，她可是自信满满的，甚至带着愉悦和骄傲。随着时间的推移，她倒贴的金额越来越大，一个惊人的决定在她的脑海中浮现：自己开一家养鸡公司，统一鸡的品种和品质，由公司统一定价销售。

龙游至今流传一句俗语："女人要败养鸡卖。"父亲听了胡瀞文的决定后，气得掀掉了堂前的桌子。70多岁的奶奶拉着她的手，哭着说："我把你从小带大，你在深圳做得那么好，而且都已成家了，干吗要回来养鸡呢？"

反对是动力，困难是商机，越是艰难越是要往前闯。那时的胡瀞文意志坚定，义无反顾地走自己认定的路，谁也阻挡不了。

2016年5月，浙江宗泰农业发展股份有限公司在山底村悄无声息地正式挂牌，没有绚丽的鲜花，没有喜庆的剪彩，甚至鞭炮也没有放一个。胡瀞文只想脚踏实地地把养鸡的事业做起来。

梨花败了，还有再开的时候；钱亏了，就想办法赚回来。半途而废不是胡瀞文的做事风格。可三个月的假期很快过去，在深圳的表姐急了，叫她赶紧回公司上班。她干脆辞职，开始孤注一掷创业。她有她的理由：自己已经做了一半，放弃很可惜；农村确实需要年轻人回来助力，帮村里的农民卖鸡增加收入是一件有意义的事情。

她继续购鸡、卖鸡，同时通过每天试吃各种不同的土鸡，从中找出了一个最好吃的品种。兽医告诉她，这种鸡叫龙游麻鸡，是本地优良品种，体形小，最多长到三斤左右，很能飞，生蛋多。专家的肯定，给了胡瀞文极大的信心。

近山识兽，傍水知鱼。胡瀞文开始专门研究龙游麻鸡。她了解到，麻鸡因其身上的花纹与麻雀的类似而得名。它体形娇小，脚细长，能展翅飞翔，白天上山觅食，夜里上树睡觉，被当地人戏称为"飞鸡"。这种鸡皮薄肉紧味香，脂肪含量低，蛋白质含量高，深受人们喜爱。

很快，胡瀞文注册了"龙游飞鸡"商标，她希望"龙游飞鸡"能飞得更高，飞得更远。

胡瀞文建起麻鸡孵化基地，用当地最原始的煤炭孵化法培育麻鸡幼崽，并进行一系列标准化管理。为了打消村民的顾虑，公司决定对加入养殖的农户实行"三免二保十统一"模式。简而言之就是：给农户免费送鸡苗，免费送鸡铺，免费送技术；保证给每只鸡买保险，保证高出市场价回收鸡和蛋；统一提供五谷杂粮饲料，统一防疫检疫，等等。这一模式旨在真正帮农户实现零风险养殖。

可是，当她一改买鸡的方式，以寻找合作者的身份出现在农户们面前的时候，竟然没有一个人搭理她，村里质疑声四起。

"她到底是不是来买鸡的？"

"是搞传销骗人的吧？"

"是来套扶贫项目资金或者国家补贴的吧？"

……

在销售这一环上，胡瀞文打了"败仗"还能承受，但没人帮她养鸡，她感觉彻底没辙了，前景一片迷茫。该坚持还是放弃？她在心里不断地问自己。家人的反对，村民的不认可，就像一座大山，沉沉地压在她柔弱的肩膀上。

2017年春天的一个清晨，胡瀞文走进了一片山林，明媚的旭日从东方冉冉升起，照耀着身边的竹林，在斑驳的光影里，她感觉浑身上下充满了力量。"加油！坚持到底！不达目的不罢休！"她给自己鼓劲。

车轮滚滚，已在龙游境内颠簸了数万公里的轿车又奏起欢快的乐曲出发了。胡瀞文每天睡四五个小时，清晨5点就精神饱满地上山寻找愿意合作的养殖户。

如此辗转一个多月，转机终于出现。

那天，胡瀞文在小南海镇龙西村转悠了半日，当走进一户农家时，大爷自顾自地忙着活计，没搭理她。她对农家大爷解说了半天，说得口干舌燥。大爷手脚依旧一刻不停，后来看了她几眼，说："一看你就不像养鸡的。"

"大爷，我没办法让你相信，但明天我把鸡苗给你，养在你的家里，不收你一分钱，如果我哪一天干不下去跑路了，鸡你留着自己吃。你没有什么亏损的，是吧？"胡瀞文有些无奈地说。

"那就试一试吧！"大爷觉得眼前的姑娘说的话也不无道理。

第二天，胡瀞文就领着全公司四个员工上山，带来了200只1斤重的鸡苗，帮着大爷打扫场地，搭盖鸡铺，原来的废旧场地变成了很漂亮的生态养殖基地。

之后，胡瀞文天天去看望，与大爷拉家常，聊养鸡经验，平时没人光顾的大爷家里一下子充满了欢声笑语。大爷把养鸡当成养生，笑着说："能赚几个钱就不错了。"

一天晚上9点30分，胡瀞文突然接到大爷打来的电话："老板娘，我要跟你说声对不起。"

胡瀞文心里咯噔一下：莫非这一户养殖失败了？！

电话那头，大爷突然提高了嗓门，开心地说："现在每只鸡都活着，而且开始下蛋了。我当初误会你了。你就像我的女儿一样，天天跑到家里来，名义上看鸡，实际上陪我聊天。你的这份真心付出感动了我，你的真情打动了我。以后龙西村的'飞鸡'养殖宣传全交给我，你放心好了。"

挂了电话，一股暖流顿时流遍胡瀞文全身。她顿悟到，养鸡不但带来经济收入，而且带给村民一种思想的转变和提升。大爷的举动给了她无穷的动力,她看到了光明的前景。

胡瀞文的"龙游飞鸡"事业,不仅改变了她自己,而且改变了那些久居大山里的乡民。

偏居山旮旯的人们欣赏了得天独厚的山水风光,却也因为下山的道路曲折又陡峭,漫长又艰难,而阻断了追求财富的梦想。

有一天,胡瀞文带着员工们去大街乡方旦村坪坑自然村考察,帮助那里的村民建养鸡场。坪坑村海拔1000多米,山高林密,生态环境优越,的确很适合饲养"龙游飞鸡"。但由于海拔高,山里的道路弯弯曲曲,村民们只能靠肩挑手提往山上运送物资。员工们看到这一幕,只好叹息,准备往山下撤。

不承想,胡瀞文和员工们在村口被村民们团团围住,一位大娘说:"你们别走,我们就要养这个'龙游飞鸡'。"

胡瀞文说:"山这么高,怎么把鸡蛋拿下去呢?"

大娘说:"山是高,路是陡,但只要有钱赚,不管刮风下雨,我们都会想办法把鸡蛋挑下去。"

胡瀞文看着乡亲们渴望而慈祥的眼光,深深地感动了,当即决定在坪坑自然村发展"龙游飞鸡"。

村民邱光华的妻子腿脚不便,又因为没有文化,夫妻俩从没走出过大山。老母亲已经87岁高龄,和儿子、儿媳相依为命,一家人过着艰难的日子。过去,全家生活依靠山里的毛竹,现在毛竹市场不景气,连工夫钱都赚不回来,日子过得紧巴巴。

在胡瀞文的帮助下,邱光华家建了鸡舍,养了一批"龙游飞鸡"。平日里,夫妻俩一个给鸡喂萝卜、菜叶,一个捡新鲜的鸡蛋,两个人里里外外地忙，笑逐颜开，生活有了盼头。

邱光华和村民们攒够鸡蛋，就挑着担子往山下送，"龙游飞鸡"公司的车等在山下收购。村民们的脸上洋溢着幸福的笑容，他们把养"龙游飞鸡"当成摆脱贫困的主业。

从此，胡瀞文的"飞鸡"承载着帮助村民致富的梦想，尽情地飞，飞向大山深处，飞向村庄农舍。

大街乡贺田村的毕土林2015年患了肝癌，医生说已病入膏肓，无法救治。养鸡后，他钱有了，心情也好了，积极治疗，身体状况竟奇迹般地好转，体重从患肝癌时的92斤增至现在的130斤。养鸡当年，他家年收入就达到43560元。接受采访时，他开心地笑着，虽然有些腼腆，却是发自内心。

龙洲街道渡贤头村的张宝林，现年72岁，是低保户，也是因病致贫的典型。他妻子做了心脏搭桥手术，不能干重活。儿子原本考上了高中，却因家贫辍学，外出打工期间意外摔伤导致半身不遂，长期卧床在家，给本就贫困的家庭雪上加霜。深感欣慰的是，通过养殖"龙游飞鸡"，老父亲撑起了整个家。说到未来，张宝林的眉头舒展，脸上露出愉悦的神情，他希望进一步扩大养鸡规模，带家人过上幸福的日子。

溪口镇扁石村片区优秀队长罗俊峰，原来在家里养羊，没有多少收入，他从2017年7月1日开始养殖"龙游飞鸡"。他每天起早贪黑地照料小鸡，夜里甚至守着鸡舍睡觉。第一批养殖400只，总收入达到6万多元，他用赚的钱买了一辆面包车。第二批养殖1000只，总收入达到15万元。

龙洲街道半爿月村的李加伟特别有爱心，靠养殖"龙游飞鸡"赚到钱后，便在全村推广，并毫无保留地把自己的养殖经验和技术分享给大家，带领村里43户人家创收致富。

这些故事后来被电视台拍成了短视频，真实鲜活，感人肺腑。我们仿佛听见了养鸡户们从贫穷一步步迈向富足的坚实而有力的脚步声，仿佛听见了他们洋溢着幸福的笑声。

有道是"吃水不忘挖井人"。纯朴的山民们最不能忘怀、嘴里念叨得最多的就是：感谢国家扶贫政策，感谢"飞鸡"公司帮助大家脱贫，感谢潘文带着大家走上致富大道。

当初，村民们都是抱着试试看的心态养"飞鸡"，没想到日子越过越好。后来，胡潘文觉得急需帮助的是那些建档立卡的贫困户或残疾户、低保户等，于是她尽可能地把养殖机会向他们倾斜，久而久之就做成了一件善事。五年来，"龙游飞鸡"的"公司投资＋支部引领＋村资服务＋农户养殖"乡村振兴产业模式逐步成熟。"龙游飞鸡"项目持续增收，吸引全县86个村的近500户农户加盟。如今，养殖业还在不断扩大，影响力辐射到周边常山、遂昌、松阳等县的农村，结出了一朵朵丰硕的致富之花。

2018年，胡潘文接到龙游县政府的援川扶贫任务，要把6000只鸡运到四川省泸州市叙永县，并把"龙游飞鸡"致富工坊的扶贫模式复制到西部山区。

胡潘文带着公司员工开启了西部之行。行程1726公里，经过一天两夜的长途运输，终于到达了目的地。当公司员工把所有的笼子从车上卸下来后，东方露出了鱼肚白。一眼望去，平地上200只笼子堆在一起，像一团黑压压的小山，场面颇为壮观。笼子里装的全是活鸡，

3000只下蛋鸡，3000只1斤重的鸡苗，经过长途跋涉，依旧活蹦乱跳，一只只兴奋地在笼子里东张西望。

时间尚早，周围一片沉寂，只有笼子里的鸡不甘寂寞地发出咯咯的叫声。两个小时过去了，还不见前来接鸡的人。员工们已经等得心焦，尤其是胡瀞文的父亲，随车一路护航，他祈愿能顺利完成任务。一路上，他们如海上行舟，不说惊心动魄，却也着实吓出了几身冷汗。

他们是前天夜里10点左右从龙游县龙洲街道山底村出发的，一共派出了四辆车——两辆满载鸡的货车，一辆物资保障车，一辆应急小轿车，车身上挂了"东西部扶贫协作"的大红横幅。他们要带着6000只活鸡远行上千公里，这并非一件轻而易举的事。之前，他们赴四川做过线路考察，也找了浙江很多研究畜牧的专家咨询，制订了详细的运输方案。起程前，他们做了充分的准备，带足豆芽、萝卜、青菜等鸡饲料，相关药品甚至发电机都带上了。

长途运输活鸡，在常人看来，是充满风险的任务。但对胡瀞文而言，人生中遇到的每一个困难和波折，都是一种成长的历练，是"明知不可为而为之"的挑战和突破，是对公司"龙游飞鸡"品牌的提升，更是一种脱贫攻坚的使命和责任。

她心里最清楚不过，自己每走一步都没有一个成功的案例可供借鉴，只能一步步"试错"地走下去，走向充满希望的远方。

汽车在高速公路上奔驰，飞快地掠过浙江、江西的山山水水，转眼驰入湖南境内。突然，车队停了下来。胡瀞文的父亲疑惑地往车外一看：哎呀！不好，前方漫天大雾，什么也看不清，看来高速公路封道了，前面已经排起了长长的车队。第一波考验就这样骤然降临。胡瀞文和员工们内心顿然一紧。

出发前，畜牧专家说过，在路上最好不要停，停下来超过一个小时，鸡就有生命危险。

整整6000只鸡啊！这可怎么办呀？

胡瀞文的父亲建议，赶紧找个地方卸鸡。

下了高速公路后，他们找到一个大型停车场，把所有沉甸甸的装鸡的笼子从车上卸下来。大家顾不得旅途劳累，给鸡添水的添水，喷药剂的喷药剂，总算把这些娇贵的小生命安顿好。大家坐回车里等，但这一等就等了十几个小时，一直等到下午4点多，太阳偏西时，雾终于散去了，高速公路开通，一直悬着心的胡瀞文父亲指挥大家赶紧装车，却发现笼子里的鸡接二连三出现中暑的症状，一只只嘴巴大张，好像呼吸严重受阻的样子。

哎呀，这鸡要是全死了，那损失就大了！

第二波考验就这样接踵而至。

胡瀞文父亲心里那个急呀，直叫"赶紧喂十滴水"。大伙儿也手忙脚乱起来，纷纷去保障车上取十滴水。同行的都是长辈，胡瀞文最年轻，却很冷静，她觉得给鸡一只只喂十滴水不现实。因长时间坐车，这时候的她已经口干舌燥，腿肚发胀，便下车去买冰水，一口冰水入肚的时候，她灵机一动，忽然想起了父亲卖海鲜时的冰块。

"对，买冰块降温。"大伙儿很快达成共识。

保障车即刻开出，进城买来大批冰块，大伙儿麻利地将它们从缝隙里塞进鸡笼。

当车在高速公路上重新开动的时候，风呼呼地吹在冰块上，鸡笼里的温度迅速降下来，6000只鸡终于转危为安。好险！

第三波考验发生在车下高速公路后。他们突遇一段塌方路，没办法，车队被迫绕道而行，多走了80多公里，对"飞鸡"的生存考验又增加了几分。原本18个小时能到达目的地，他们却花了30多个小时，第三天早晨总算安全到达。

脚下的这片土地属于石厢子彝族乡，隶属四川省泸州市叙永县，地处川滇黔三省交界处的赤水河畔，当地人有"鸡鸣三省"一说，意思是一声鸡鸣，三个省的百姓都听得到。境内平均海拔约800米，辖4个村26个村民小组，1个社区，总人口9348人，其中少数民族有3775人。这里有着独特的红色文化，是中央红军长征一渡赤水之后"鸡鸣三省"石厢子会议的召开地。这里山清水秀、气候宜人，可是长期以来，由于山高坡陡、土地贫瘠、交通条件落后，老百姓生活十分贫困。如何增加老百姓收入是当地乡党委、政府急需解决的问题。

一路风尘，鸡总算是送到了目的地。可是后续工作进展并不顺利。虽然当地政府和龙游援川干部耐心沟通，但周边一些老百姓对养鸡仍疑虑重重，还是拒绝接受。

"扶什么贫啊，给钱就行了。"

"养鸡还这么麻烦，到时候会不会下蛋？会不会亏本？"

难道这里的村民甘愿领扶贫款，也不愿靠自己勤劳的双手脱贫吗？倒也不是。原来，村里之前接受过很多扶贫项目，但都是管栽不管收，没有企业负责后续运营。投入问题、技术问题、销售问题没有解决的保障，这才是他们不接受的主要原因。

公司技术人员给农户们上课，会场上却是一片嘈杂声，竟有农户傲慢地把脚放到桌子上，嘴里还骂骂咧咧。此情此景，胡潇文看在眼里，急在心里，她拿过技术人员的话筒，对在场的乡民们开门见山地说："我是来带大家赚钱的。想赚钱的留下，不想赚钱的都可以回去……"

胡瀚文向农户介绍"龙游飞鸡"的养殖模式和成功案例，并承诺为农户提供种苗、技术，实行统一收购，她说："国家号召脱贫攻坚，我们龙游和叙永是结对县，我们来的目的就是帮助群众拔掉穷根子。'龙游飞鸡'千里迢迢运到这里容易吗？这些鸡生命力很强，说不定你今天养了，过几天就下蛋！"

农户们终于动心了，在当地干部的组织下，把鸡领回自己家里去。

就这样，6000只鸡全部顺利发放到叙永县4个村40户贫困户家中试点养殖，开启了产业扶贫"造血"新征程。与在家乡龙游的养殖模式一样，公司无偿地给愿意养殖的贫困户安装实时监控设备，搭建鸡棚、围栏等配套设施。

胡瀚文和员工们一户户走访，苦口婆心地告诉他们"品质为王"，指导他们怎样把鸡养好，农户们终于接受了新观念。其实，农户们都不想受穷，只是缺一条量身定做的发展路子。

胡瀚文和公司员工用脚丈量这里的山路，一心想着让"龙游飞鸡"为当地百姓带来收益。

叙永县是喀斯特山区，路边就是万丈悬崖，偶尔还有石块从山上滚下来。村与村之间距离上百公里，胡瀚文他们去一次要两三个小时，来回花六七个小时是平常事，坐车都让人累得直不起腰。经过三个月的奔波，公司援川人员克服了一系列困难，使远道而来的"龙游飞鸡"为当地百姓下起了"致富蛋"。一年后，养殖户普遍获得经济收益，每户按最少养殖200只鸡计算，至少获得1.5万元的纯利润，"龙游飞鸡"迅速获得了当地群众的高度认可。"一只鸡养活一家人，一枚蛋供养一个大学生。""'龙游飞鸡'见效快，是提款机。"这样的评价在叙永县内广泛流传开来。到2021年，经过三年扶贫工作，共有20万只鸡苗分30多批次送达叙永县，帮扶当地1000家农户3500人脱贫，6个乡镇村集体完成"消薄"任务。

年终盘点时，援川扶贫任务是完成了，但公司亏了100多万元，员工们都觉得心疼。胡瀞文笑着对大家说："我们要算总账，叙永县的养殖户都增加了收入，脱贫致富了，这就是最大的效益。我们看起来亏了100多万，其实不亏。我们援川养鸡，从中央电视台到地方电视台，从《人民日报》到地方报，再到各种网站，全国媒体对我们的报道铺天盖地，如果要出广告费，100万也不够。我们'龙游飞鸡'的知名度提高了，品牌打响了。我们的模式成为东西部扶贫协作重要产业提升项目，我们是为国家做贡献啊！"

员工们这才如释重负，脸上绽放出了幸福而又灿烂的笑容。

入川蜀、跑深山、访农户、谋销售、搞直播、做扶贫，胡瀞文克服了一个个困难，造就了一个个传奇。2020年，"龙游飞鸡"项目被光荣列入浙江省东西部扶贫协作重要产业提升项目，被国务院扶贫办作为精准脱贫重点案例在全国推广。2021年，公司被评为全国脱贫攻坚先进集体。胡瀞文本人获得全国巾帼建功标兵、全国乡村振兴青年先锋等多项荣誉，她所在的民革龙游县总支还被当地统战部授予共享发展共同富裕实践基地称号。

对于胡瀞文和"龙游飞鸡"来说，如果2018年的援川扶贫是一次艰难的考验，那么2021年援疆扶贫就是一次极限挑战。中国的版图很像一只昂首啼鸣的雄鸡，从浙江到新疆就仿佛是从鸡胸走到鸡尾，路程大概4000公里，很长、很远，一路上的地形地貌比援川行程要复杂得多。

2021年5月20日晚上7点30分,龙游县龙洲街道半爿月村的"龙游飞鸡"总园研究孵化基地灯火通明,一派繁忙景象,抓鸡苗的,放鸡笼的,抬机器的,准备各种物资的,员工们忙得不亦乐乎。到晚上10点10分,5000只1斤重的援疆鸡苗及相关物品全部整装完毕,全体护鸡车队即刻起程,目的地是遥远的西北边陲——新疆。

像是《西游记》中唐僧师徒西天取经遭遇九九八十一难一样,胡瀚文他们驰过火焰山,躲过沙尘暴,克服了高原反应、极限温差等诸多困难,全力护送鸡苗。令人意想不到的是,他们在青海还遭遇了地震。但他们使命在肩,义无反顾,勇毅前行。运输车队历经80多个小时,长途奔波三天四夜,行程4700多公里,于24日早上7点30分左右,终于抵达新疆的乌什县阿克托海乡库木奇吾斯塘村村口。

库木奇吾斯塘村是维吾尔族村,此地人烟稀少。车一停,胡瀚文和员工们陆续下车,环顾四周,这里杂草丛生,一片荒凉。他们的到来惊起一大群乌鸦,鸦群拍打着翅膀,发出嘎嘎嘎的叫声。

村民们陆陆续续地往村口赶,有骑着三轮车来的,有驾着马车来的,有直接骑马来的。宗泰公司的副总经理张燕双,是一个年轻漂亮又有才干的姑娘,她第一次来到新疆,觉得这里处处新鲜。她瞪着一双好奇的眼睛,看着这些大多穿着迷彩服的当地百姓。维吾尔族同胞们热情极了,虽然语言不通,但并不影响他们帮公司的员工一起卸下车上的鸡笼及其他物资。

上午10点左右,最后一位农户把剩下的200只鸡装进了马车。用马拉车对南方人来说总归有些稀奇,张燕双和公司里的几个年轻小伙子决定跟着这位大爷的马车去他们的村庄看看。

见来了客人，大爷的妻子忙起身，热情地用当地的方式招待来自远方的客人。不一会儿，热腾腾的酥油茶端上来了，馕也端上来了，还有一些南方人叫不出名的食物。

这时，从里屋传来一阵细小的声音，张燕双和小伙伴们都听到了。

张燕双忍不住走了进去，看到里屋的床上躺着一个和自己年龄相仿的姑娘，脸颊清瘦，面色蜡黄，那声音就是从她嘴里发出来的。姑娘的母亲掰了一块馕，塞进姑娘的嘴里。

当地翻译告诉张燕双，姑娘从生下来就瘫痪，已经在床上躺了整整30年了。听到这句话，张燕双仿佛揪心般疼，阵阵心酸涌上心头。她即刻跑了出去，回到自己的车上，一股脑搬下了所有的零食，有面包、肉干、果脯等，全送给这户人家。她取出一片软软的面包，塞进这个姑娘的嘴里。没想到，姑娘顿时感动得放声大哭。

此时所有的援疆员工都在想，这趟新疆之行算是来对了，这样因病致贫的同胞，是多么需要帮助啊！一股崇高的使命感和社会责任感涌上了大伙儿的心头。

紧接着，6月14日，宗泰公司又发出5000只鸡苗，跨越万水千山，落户库木奇吾斯塘村其他农户家中。张燕双他们算了一下，每户养200只"飞鸡"每年就能增收1.5万元，"飞鸡"真正成为当地群众的"致富鸡"。

与援川模式明显不同的是，这一次，公司与当地企业合作，把最新探索出的数字农业发展模式复制到新疆。具体地说就是："龙游飞鸡"团队负责"互联网＋企业＋农户"数字化发展模式的输出和技术指导；新疆佐昇农业发展有限公司负责模式落地、管理与销售；农户负责绿色标准化养殖；村集体负责日常管理。多方分工明确，形成优势互补、惠民利民的数字农业发展新格局，把"龙游飞鸡"打造成了当地的"燕山飞鸡"品牌，为乌什县畜禽产业发展和乡村振兴探索新路。

一条精准帮扶的示范路就此蹚出。

"衢乌情"乡村振兴体验馆开起来了，"燕山飞鸡"主题餐厅拉长了产业链，"燕山飞鸡"乡村文化旅游节成功举办。新疆乌什县其他乡镇的村子纷纷表示希望养殖"燕山飞鸡"。衢州市援疆指挥部与宗泰公司对接商洽后，决定适度扩大"燕山飞鸡"养殖规模，持续打响特色品牌，让"燕山飞鸡"成为更多百姓的"致富鸡"。

2022年，"龙游飞鸡"又陆续飞去新疆四次，共有3万只鸡苗落户，助推当地百姓致富。

当张燕双再次跟车来到新疆，再次走进那户农家的时候，大娘紧紧拉着她的手不放，嘴里不住地念叨。翻译告诉她，大娘说的全是感谢的话，感谢她送来这么多好吃的东西，感谢政府和他们公司帮大家脱贫致富。听了大娘一席话，张燕双心里升腾起满满的自豪感，仿佛迎面吹来一阵春风，把一路上的艰辛和疲惫吹了个干干净净。

胡瀞文在"飞鸡"扶贫的道路上越走越远，还总结出了一套CSA龙游模式。

CSA是Community Supported Agriculture的缩写，意思是社区支持农业。它是一种生态农业模式，是可持续农业的发展之路。

CSA龙游模式会打造一个产业联盟，建设一个公共品牌，整合一个共享平台，在杭州"飞地"（衢州海创园）组建强大的运营团队。他们开发龙游风味联盟小程序，作为龙游优质食品展示窗口，统一运营推广、共享线上客户资源。通过整合资源，优化供应链，由平台统一发货，快递费用可以降低46.7%以上。

胡潇文他们在线下建立产业联盟，首批吸纳10家农产品企业作为成员单位，集成资源共享；建立共富联盟，将山海协作共富新单元社区公益馆作为共富产品的线下提货点；建立爱心联盟，以"千企结千村"的形式助力产业发展；同时建立异业联盟，比如联合服装店、理发店、健身会所、美容院等有会员体系的单位。

他们还探索数字化农业，建设一码全过程溯源体系，与高校食品安全研究单位和市场监管部门一起，保障消费者的权益。农产品从田间、加工企业、物流工具一直到老百姓的餐桌，每一环节都可通过"溯源码"获取相关信息，构筑起食品安全产业生态体系。

用线上线下共享平台布局社区支持农业的销售网络，打通农特产品销售"最后一公里"，实现农特产品出村进城直达餐桌。

CSA龙游模式通过实施共富行动，实现产业链高质量发展，多维度打造全国数字产业新模式。

一路走来，胡潇文与公司走过了不平凡的路程。短短几年，从艰难说服他人认养"飞鸡"到让数千人脱贫致富，再到援川扶贫、援疆扶贫，胡潇文创造了一个又一个奇迹。

创业的女人内心都很强大，胡潇文也不例外。关于创业，她有三句格言："把所有的出差当旅游。""把所有的困难当挑战。""每一次痛苦都是享受。"这三句话颇有哲理，说起来简单，做到并不容易。然而，胡潇文领悟透了，凭借超凡的胆量、毅力和承受力，把公司越做越强大，成就了一番事业。

在艰难的创业过程中，起初对养鸡行业一窍不通的胡潇文，处处遇到贵人。刚从深圳回来养鸡时，她只有几间简陋的铁皮房，县委领导过来考察，随后房子和土地问题都解决了；鸡在防疫过程中遇到难题的时候，农科院的专家来了；当产品需要推广的时候，中央电视台、浙江卫视等媒体纷至沓来；当真正开始销售的时候，县里很多商会、年会都让她去分享，商会领导、企业家都非常支持，全来认养，瞬间把销售的通路打开了。胡濔文告诉我们，当一个人用利他思维去干事的时候，成就的不是个人，而是大家。这是她人生中最大的收获。

车轮滚滚，机声隆隆。胡濔文每天都做着出发的准备。作为创业的女强人，她坦言自己无法顾及家庭，错过很多温馨时刻，但是她也得到了很多，诸如不断实现理想和奋斗目标的快乐，村民们摆脱贫穷后的笑脸，以及向她投来的赞许和感激的目光，她觉得拥有这一切就足够了。

"经过了三年的脱贫攻坚，我的梦想发生了变化。未来，我更有信心推进共富产业链高质量发展，以更优质的企业运营模式带动农民增收致富。"胡濔文树立了新的远大目标。

我们仿佛看见，千千万万只"龙游飞鸡"正舞动有力的翅膀，飞过万水千山，落脚在全国更广阔的山川大地。山林里，脱去贫困帽子的村民们提着一筐筐鸡蛋，拎着一只只矫健的"飞鸡"向胡濔文走来，然后簇拥着她，绽放出一张张笑脸，结成一朵朵硕大的幸福之花。

我们的幸福计划

"我原来为了吃饱饭去重庆酉阳的纺织厂和磐安的沼气厂打工，由于工伤停工，现在是三级伤残。我老伴身体也不好。2014年我从重庆回到了磐安，前两年和老伴一直带小孩，后来乡里推行'幸福计划'，带领大伙儿开办农家乐，每户补贴五千块钱，这才有了这间又见炊烟。经过六年的经营，2021年年底毛收入已经达到了十来万。"

我们在磐安县盘峰乡下初坑村采访的时候，村民郭森蔡和老伴张彩琴格外忙碌，尽管还没有到旅游旺季，但他们的又见炊烟农家乐旅客不断。自从2022年被评为磐安县新的社会阶层人士统战工作实践创新基地后，这里热闹的场面便一直持续着。

好的发展思路会带来好的效益，对于这种说法，郭森蔡的堂哥郭森土深以为然。郭森土所在的冷坑村虽然距离下初坑村很近，但还没有加入"幸福计划"，村民们的房子和村里的道路仍是残破不堪。每次只要一下雨，路便会泥泞不堪，人和车子只能艰难通行。

相比之下，"幸福计划"给村民们带来的巨大幸福已显而易见。

几年前，中央电视台曾经做过一档街头采访节目，主持人随机采访普通路人，询问他们对于幸福的理解。

对于郭家兄弟来说，他们的幸福源于盘峰乡里那个叫"高二"的地方。

这里之所以叫高二，是因为境内有大盘山脉的第二高峰。由于山高路远，高二成了磐安县最偏远、经济发展最缓慢的片区之一。2011年，全年人均收入仅为4890元，70%的农户属于低收入家庭。

下初坑村和冷坑村一样，只是一个偏远小山村，破屋、猪圈遍地，年轻人纷纷外出打工，村庄缺乏活力。

伴随着新农村建设和乡村振兴持续推进，开发旅游业成为乡村发展的一条新途径。

2014年，原高二乡政府看准乡村民宿发展前景，适时引入工商资本，将下初坑村村民的牛栏、猪圈和柴火杂物房等10间闲置的黄泥房统一流转后出租。浙江品尚道农业发展有限公司先后投入800多万元将其改造成高档民宿，以及茶吧、咖啡屋、书画创作室、农家书屋和文化讲堂等配套休闲场所，并整修了村里的道路。

从原本以传统农耕为业的农民转变成新兴产业的管理者，村民们的幸福感油然而生。

作为推动磐安建设共同富裕山区样板县的重要抓手、特色品牌，"幸福计划"的主体已从原来的"我"转为"我们"，虽然只是多了一个字，本质上却有着极大的不同。从帮扶型走向共富型，从全县域走向全省域，从基地化走向数字化，从特色化走向品牌化，"幸福计划"不断被赋予新内涵、新内容，引领着盘峰乡的百姓向着共同富裕的康庄大道大步迈进。

然而，在"幸福计划"实施的初期，事情却并非如今这般顺利。

对于这一点，品尚道公司董事长蔡文君深有体会。

在蔡文君的童年记忆中，他对于"贫穷"这个词有着极深的体会。为了彻底摆脱生活的窘困，成年后，他不顾一切地逃离了故乡，经过一番努力打拼，拥有了红火的事业，在上海、杭州、金华等长三角城市建立起了完善的农产品销售网络。

2012年，当乡领导打电话给蔡文君，希望他能够想办法帮助乡民们脱贫时，他并没有所谓的成就感，相反却感受到沉甸甸的压力。

"说实话，一开始乡领导跟我说的时候，我的心里也有些犹豫，毕竟以前没有做过类似的事情。于是就在正月初七和几个朋友一道去调研。虽说那时全村14户人家都很穷，没电视，没冰箱，但大家无一例外都拿出了最好的食物来招待我们。"

蔡文君被村民们的淳朴打动，暗下决心，要帮助乡亲把日子过好。

他认为："到山中创业，是出于一份对故土的情怀和带领家乡父老共富的信念。中国要富强，乡村要改变，需要青年力量。"

说干就干。长期在外经商的"80后"青年蔡文君积极响应乡党委号召，风风火火地回乡重新做了一名"山中青年"。他成立了浙江品尚道农业发展有限公司，依托山区生态资源优势，启动实施以"绿色发展、生态富民"为宗旨的"我的幸福计划"项目，助力当地农民增收致富。

他免费向村民赠送种子、种苗，与他们签订高于市面价格回购的合同，既保证品种质量，又让村民没有后顾之忧。

起初，面对这个从天而降的馅饼，很多村民都认为蔡文君是骗子，明里暗里指责他。对此，蔡文君只是笑笑，在他看来，只要是全心全意为大伙儿做事，最后自然会真相大白。

后来经过粗略估算，第一年他送出了300亩水稻种子、1万只鸡苗、300头猪崽，吸引全乡近400家农户参与，到秋天人均增收1100多元。看到有人尝到甜头，越来越多原本抱有怀疑态度的农户主动加入了"我的幸福计划"。

有了初步的成功，蔡文君又在下初坑村兴建民宿，使村集体每年租金收入增加3万元。

从最早的传统订单农业、生态农产品种养殖，发展到开办农家乐，再到后来的农旅融合，"幸福计划"在一步步有条不紊的推进中发展壮大，同时也让更多人从中受益。

在蔡文君"我们的幸福计划"蓝图中，"幸福田园"是1.0版本，"幸福家园"是2.0版本，"幸福里农旅文化产业园"便可以称作3.0版本。

2017年，蔡文君流转了4个自然村的800亩土地，建成以高二营地为代表的幸福里农旅文化产业园。经过全面的产业规划，这里将建设萱草民宿、浙中萱草园、浙中萱草产业研究院，年产2000吨的健康食品加工生产线已于2021年年底建成。产业园融合了星空露营、民俗体验、植物研学、采摘体验、飞车特技等项目，村民在这里既可以从事生态种养殖，也可以在园区打工就业，还有山林流转的租金、农产品回购乃至猪粪回收的收入，每个人都能提高收入，向共同富裕的行列大阔步前进。

"在这十年中，我不断调整思路，从而让三种模式巧妙地融合发展。经过这几年的努力，当初那些想干干不成、觉得干不了的事情都成了现实。"

随着改革发展，原来只有2亩地的农民变成坐拥100亩地、种植各类农产品的业主；有经商头脑的年轻人开起了民宿；七八十岁的大爷大妈流转自家闲置的农田，也有可观的收入。

截至2021年年底，盘峰乡低收入农户已从2012年的985户减少到127户。

随着生活越变越好，农民们心中的幸福感与日俱增，他们期盼已久的好日子终于来了。

从"我的幸福计划"到"我们的幸福计划"，蔡文君花了10年时间。如今，"我们的幸福计划"已在磐安县内广泛推广，带动全县11个偏远地区约3000多户共1万多名村民实现在家门口增收，年增收总额达1500万元以上。这一项目在给游人提供轻松休闲体验的同时，也让乡亲们真正体会到足不出户就能赚到钱的幸福感受。

现在，蔡文君经过不断总结和推广，还让仙居、龙游、开化、遂昌等地的农户也享受到了"幸福计划"的种种益处，通过将已有经验和当地条件因地制宜地结合起来，更多偏远山区的村民正朝着共同富裕的行列迈进。

"父亲的水稻田"

父亲俯身拾稻穗的身影,一下打动我。我也学着父亲的样子,在收割过后的田间,在打过稻谷的稻草堆里,细细搜寻一株一株被遗落的稻穗!

父亲的身影,也让我想起法国画家米勒在1857年创作的油画——《拾穗者》。麦穗也好,稻穗也好,我相信,拾穗的农人,其实是在弯腰向土地致谢。

这是周华诚写给城市的稻米书,也是写给一辈子没有离开过土地的父亲的散文。

周华诚是一位出生于1979年的作家,童年在浙西常山县一个叫溪口的村庄度过。2013年冬,他突发奇想又深思熟虑地发起了"父亲的水稻田"众筹项目,打算与父亲一起,在故乡自家田里种稻,记录一粒种子到一片水稻,再到一捧大米的过程,试着在耕种的经历中体会汗水的价值与劳作的意义。

2023年3月1日,一个乍暖还寒的日子,我们驱车去实地探访

"父亲的水稻田"。

"父亲的水稻田"位于衢州市常山县天马街道五联村溪口自然村。那天恰逢下雨，我们的车在高速公路上行驶，冷风将雨水吹到窗玻璃上，形成丝丝缕缕的图案。大约两个小时后，我们终于抵达溪口，雨不知什么时候停了，阳光照耀着广袤的大地，处处温暖。

"父亲的水稻田"距周华诚家不足100米，从他家出来，我们步行前往稻田。雨后的视野清晰而明亮，我们仿佛久别故乡后归来的游子，内心充满愉悦地边走边看，感慨久违的草木香气，眼眸里尽是孩提时代的淳朴和天真、快意和舒畅，更怀有对不远处的"父亲的水稻田"殷切的期待。

转眼，"父亲的水稻田"出现在我们面前。站在田埂上，我们急切地张望。然而，田里好像空无一物呀！

哦，不，准确地说，我们还是看见东西了的。我们看见了一截截枯黄的稻草根、伏地的烂稻叶以及无处不在的鲜嫩挺拔的绿草。稻草根是前一年稻谷收割后留下的；绿草品种繁多，叫得上名的如荠菜、紫云英、水芹菜，它们是春天的使者，在闲置的稻田里攻城略地，长芽开花，尽展风姿。

哦，这就是我们想象了无数次的"父亲的水稻田"——一块袖珍型普通水稻田。

说它袖珍，是因为这块稻田面积只有一亩三分。说它普通，是因为它与周边稻田无异。田里田外，没有一丝华丽的装扮，要是没人指引，我们可能发现不了它。

然而，这块水稻田又极不普通，被媒体广泛关注报道，吸引了全国各地的稻田爱好者前来参观，以及体验种稻的乐趣。其中不乏水稻专家、摄影家、油画家、诗人，参观者的年龄也参差不齐，有大人，有青少年，还有蹒跚学步的娃娃。

周华诚的父亲周全仔被称为"稻田大学校长"，他兴致勃勃地领着我们，一边指着稻田给我们看，一边述说一个个故事。逝去的过往如一帧帧鲜活动人的画面在我们眼前——再现，一切恍如发生在昨天。

从余姚河姆渡新石器时代遗址发现的大量稻谷遗迹，到《诗经》里的"不稼不穑，胡取禾三百廛兮"，《论语》中提到的"四体不勤，五谷不分"，中国人耕种谷物的历史已经非常悠久了。稻田与人类的生命息息相关，稻田养育了很多人。这块存续了几千年的稻田，传到现代人周全仔的手里，也没被撂荒。在科技发达的当下，像他这样的种田人已经寥寥无几。

周全仔是一个地道的农民，他执着于采用传统的劳动模式：用温暖的大缸给种子催芽，用双手耘田，用镰刀收割稻谷，用打稻筒脱粒……在父亲的稻作文化灌输下长大的周华诚，同样下过农田，感受过稻田劳作的艰辛和疲累，总想着日后要逃离这种生活。

暑期在田间帮衬的时候，周华诚常常听到母亲的告诫：想要摆脱这样的生活，就要努力念书，书读得好就不用再种田了。

初中毕业，周华诚考了全县第一。那时候读中专比较吃香，毕业后可以直接捧上铁饭碗。于是，他进了浙江省卫生学校（今杭州医学院），毕业后成为常山县人民医院的一名检验科医生，终于过上了城市人的生活。

因业余热爱写作，且文章确实写得不错，周华诚先后进入县卫生局、组织部工作。2003年，他被调到衢州日报社工作；2009年，调往杭州日报社工作。

每每返乡度假，周华诚总感觉儿时的村庄变得越来越不认识了。古诗里写的"青箬笠，绿蓑衣，斜风细雨不须归"的场景再也不会出现了；"朝耕及露下，暮耕连月出""辛苦田家惟稼事，陇边时听叱牛声"等场景，也只在梦中才有了。

成日在土地上辛勤耕耘的父辈们，一年的辛劳换来的只是微薄的粮食。而村里的年轻人大多选择外出打工。于是，田园逐渐荒芜，种田成了一件卑微的事。

回去陪父亲一起种田吧！面对将要荒芜的田园，看着日渐衰老的父亲在稻田里耕耘的背影，周华诚心有所动。

2013年冬天，周华诚发起城乡互动项目"父亲的水稻田"众筹活动，邀请城市人来到稻田，和他们父子一起劳动，一起收获。与此同时，他在网络平台上记录、分享水稻播种、生长、收割的全过程，算作对即将消逝的农耕的挽留。

没想到，这个活动很受欢迎。一个月内，1000斤大米被全国80多名网友订购一空，价格竟然卖到1斤30元至50元。

第二年5月，来自五湖四海的"稻友"40多人在"稻长"周华诚的带领下，激情满满地走进"父亲的水稻田"，最远的一个来自英国伦敦。寂寞的乡村一下子挤进了二三十辆小轿车，热闹得像过年，村民们纷纷前来围观。

稻田里，"稻田大学校长"周全仔举起一株青秧给大家做示范，他躬身弯腰，用三根手指捏住秧的根部，把秧苗稳稳地插入田里。"稻友"们纷纷赤脚下田实践，然而顷刻间响起一片惊呼声。

发出惊呼声的，大多数是初次下田的人，有的甚至没见过长在田里的稻子。

一个北方妈妈领着8岁的女儿下了田，她说："我女儿从来没有下过田，一直以为米是超市生产出来的呢。"

四年级的南方小朋友方萱在田里忙活，不一会儿，脸上糊满了星星点点的泥浆。一旁的记者朋友问她的感受，小女孩想了半天，说："又累又热，农民伯伯好辛苦。"

有个女娃一直在哭，她用双手箍紧爸爸的脖子，缩着脚，不肯下田，被爸爸温柔地哄了老半天，才终于试探着踩下脚去。五个月后，父女俩来收割时，女娃敢在田里奔跑、拾穗了。

说实在的，大多数参与者种下的秧苗都不合格，不是种深了就是种浅了，苗间距不是过密就是过稀，需要"稻田大学校长"事后修正。不过，平生第一次的稻田劳作，给大人和孩子们都留下了深刻的印象。

仅此一季，周华诚就拍摄了8000多张照片，写下近10万字的文章，在各大社交平台的浏览数过万，让更多人开始想象种田的乐趣。

此后每年都有上百名对水稻感兴趣的朋友来到这个小乡村，插秧，割稻，体验干农活的快乐，将他们的教育之粮、文化之粮、精神之粮播种在脚下这片热土上。

周全仔常常扛一把锄头，行走在田埂上。没事的时候，他就在田边转悠，把那些企图与水稻争夺地盘的野草清除出去。周全仔说，两三天不来，野草就长疯了。

周华诚也常常去田间小道上走一走，在水稻田边站一站，看红蜻蜓在稻田上空飞舞，看一颗一颗晶莹剔透的露珠悄悄爬到水稻的叶尖，看夕阳一点一点落下去。这些是他最喜欢做的事，他把细微的感受都写进了文章里，陆续创作出散文集《下田：写给城市的稻米书》《草木滋味》《草木光阴》《一日不作，一日不食》等，文笔隽秀、清新、自然，有田园诗的意境，亦有婉约派宋词的唯美，赢得无数读者的喜爱。

从此，"父亲的水稻田"随他的生花妙笔游走，走出了五联村，名扬全国。

"今年什么时候可以来插秧呀？"

"什么时候割稻呀？"

不断有人咨询周华诚，他们因错过了上一季农事而遗憾。

摄影师来了，他把一件件摄影作品装点在成熟的稻穗上，一场富有美妙诗意的"稻田里的摄影展"开始了。绘画比赛、油画展、烛光诗会、音乐会等等，在"父亲的水稻田"里轮番上场，精彩纷呈，妙不可言。

中央电视台的记者来了，《中国财经报道》栏目的编导周琰、摄像师岳云天在村庄里工作了两天。这片水稻田面积不大，"待遇"挺高，小山村获得了国家级媒体的关注。大家赤脚下田，近距离捕捉画面，又到玉米地、番薯地拍了好多镜头。拍摄完成，每个人脸上都糊满了泥巴。节目播出后，周全仔说上了回电视很光荣。

沈希宏博士带着儿子来了，他是成千上万中国南繁科学大军中的一员，20多年来一直在浙江杭州和海南陵水之间来回奔波，那里有中国最具影响力的农业科技试验区，仅陵水一县，就有150多家科研机构。20世纪50年代以来，"杂交水稻之父"袁隆平、"甜瓜大王"吴明珠、"玉米大王"李登海、"中国抗虫棉之父"郭三堆等新中国农业发展史上的大腕级人物，都是从南繁走出来的，他们培育了一个又一个优秀的农作物新品种。沈希宏这位从南繁中国种业"硅谷"走来的研究员，在"父亲的水稻田"里，与一株一株水稻对视，探究新的育种可能。

……

到2022年年底,"父亲的水稻田"已累计举办春季插秧节、秋季丰收节、新米发布会等活动27场,吸引16000余人参与研学旅行,成为一个有影响力的乡村振兴品牌、优质农产品品牌、农村文化品牌和文艺游学品牌。有媒体这样评价:"父亲的水稻田"重新定义了新时代中农民的劳动尊严和价值所在,它以农耕文化为契机,联通了农村与城市。

周华诚发起的"父亲的水稻田"活动,彻底火了,想来体验种稻乐趣的人络绎不绝。各级媒体纷至沓来,源源不断的报道也引起了常山县领导的高度关注。

不久之后,稻作文化馆诞生了。

"父亲的水稻田"是在不知不觉中成名的,稻作文化馆的兴建则是依托前者的巨大影响力。

离开"父亲的水稻田",我们前往五联村参观稻作文化馆。

这是近午时分,文化馆的大门关着,五联村党支部书记刘芳军带我们从左边小门进入。门内不足10平方米的小空间里除了过道,满满的都是书,内容涉及水稻文化、生产、疾病预防等,据说大多由中国水稻研究所捐赠,还有一部分是周华诚捐出的稻田系列著作,他的父亲将保留下来的古老的水稻标本捐给了文化馆,这个空间被称作"稻田图书室"。跨过图书室,紧接着有一道门,门楣上醒目地挂着"耕读传家"四个大字,是已故"杂交水稻之父"袁隆平院士于2017年7月6日亲笔为五联村所题。当周华诚在家乡发起"父亲的水稻田"活动后，中国水稻研究所的育种专家也热切参与其中。周华诚通过他们给袁老寄去了一本《下田：写给城市的稻米书》，袁老了解后，觉得这样的活动非常有意义。

穿过第二道门，我们仿佛进入了另一世界，20世纪六七十年代盛行的各式各样的农村生产生活用具井然有序地排列着，独轮车、犁、耙、石磨、风车、米斗、竹篮、纺车、茶桶等等，有80件之多，它们是用木头或竹子做的，陈旧、斑驳，散发着久远的气息。其中一架风车上写着"去浮存实"四个醒目的黑体字，还有"某年某月某某某承办"等小字，看到它，我们的心为之一颤。这些凝聚着前人智慧的农具，不仅承载着稻作文明的根脉，而且蕴藏着传统文化的基因密码，在中华民族繁衍的历史长河中起到过多么重要的作用啊！可是，随着现代科技的进步，这些农耕用具显得落后过时，不可避免地退出了历史舞台。

这个展馆是在上一任村支书徐贤义手里创建起来的，由中国美术学院的老师负责设计。2019年10月，刘芳军接任村支书后，展馆里的农具又陆续增添了不少，还配上了可以展示多媒体资料的大屏。

展馆现已升级为省稻作博物馆，作为中小学生的研学基地，每年有约3万名学生前来参观学习，接受农业文化教育。刘芳军常常充当讲解员，借助实物、图书和视频等形式，展示和介绍水稻的生产历史，结合"父亲的水稻田"，让孩子们领悟农民的辛劳与智慧，感受盘中餐的来之不易。

刘芳军告诉我们，这个展馆的面积是280平方米，可供展示、活动的空间比较有限。他们在积极策划，准备把展馆移到"父亲的水稻田"附近去，那边差不多有5亩地，面积是这里的10多倍。未来的场馆将布置得更新颖、美观，会陈列更多老农具，为下一步争取成为AAA级稻作文化馆创造条件。

坐在刘芳军的办公桌边，我们仔细聆听着他对五联村未来的规划，从他滔滔的言语中，听得出他饱含对家乡的深厚情意。

2019年10月，刘芳军是作为乡贤回归乡里的，他之前在衢州市里开着汽车店和市政工程公司，经营得得心应手，因为家乡的召唤，他毅然放下生意回村任职。

2020年，常山县主要领导参观考察五联村后，成立了一个专班，决定以"父亲的水稻田"为主题，在稻作文化馆的新址边流转出100亩土地，作为实践田，以实现教学基地和实践基地相融合的目标。

2021年，上海电影制片厂导演一行6人被邀请到五联村拍摄专题片。经考察分析，他们建议依照展馆里的稻作农具做放大倍数的模型，制成道具，创新画面表现，成片效果极佳。

2023年，"父亲的水稻田"项目被选为浙江省"艺术乡建"典型案例，周华诚获得浙江省首批"艺术乡建"带头人称号。随着"父亲的水稻田"声名远播，五联村研学文化旅游业火了起来。

夜晚，我们住在"父亲的水稻田"旁边的天安村山庄民宿——云湖仙境。

第二天清晨，洗漱后，我们信步走出屋外。

一个阔大的院子里皆是高大乔木，以鸡爪梨树为多，均有十年以上树龄，株株挺拔入云。庭院前是一道大概一尺宽一米深的排水沟，连接不远处的小水塘。一片翠竹林傍依在水沟一侧，风来，竹子集体随风摇曳；棵棵劲松生长在水沟另一侧，粗壮的枝干上依稀可见松鼠在攀缘、玩耍。好一派赏心悦目的自然风光。

我们痴痴看着，久久不愿开步。忽觉有东西在抓挠着我的裤腿，我低头一看，啊，是一只毛发雪白的小狗，它搂抱着我的裤腿不放。"嘿，可爱的小东西，你是从地底下冒出来的吗？"

庭院外有一条通往后山的小路，我们一时兴起，朝山坡上走去。山坡上分布着一幢幢民宿，皆由老屋改造而成，坐落红尘中，又仿佛飘在红尘外。房子彼此间隔一段距离，地势一栋比一栋高，给人一种在云中漫步的感觉。小狗或跟着我们，或在前面带路，游览到最后一幢民宿时，它像完成了任务似的，倏地钻入山中，消失在我们的视野里。

环顾四周，杳无人影，只有一二声鸟啼从远处传来，幽静得很，确是一个静谧的所在。倘逢雨天，不远的河塘、身后的山中便会云缭雾绕，犹如置身仙境一般，与民宿的名字"云湖仙境"很相符。

本地人"80后"杨建平是云湖仙境的主人之一。我们见到他时，他正好从外面归来，穿一件黑色长风衣，戴一副墨镜。他取下墨镜，冲屋里的我们莞尔一笑，那个美好的样子真难以形容，简直酷极了，让人联想起20世纪初闯荡大上海的青年才俊。不过他的事业不在上海，而在杭州，毕业后他一直从事证券投资工作。

2013年，杨建平32岁，他毅然结束稳定的事业，回到生养他的家乡大山坞自然村。或因思念家乡的父母，或因眷恋儿时的美好记忆，或因心疼屋舍日渐荒废的山村，总之，他回来了。一回来，他就把自己一股脑地种进土里，生根、开花、结果，从此不再离开。

杨建平是大山的儿子，不改勤劳的本色。蛰伏在故乡的大山里，他扛锄头早出晚归，挖土种树，过着陶渊明式的归隐生活。他把鲜桃、猕猴桃、葡萄等水果逐一种了个遍，可因果树的特性不同，种植过程中遇到的问题不少；待到花儿开，果儿结，又引来八方飞鸟啄食，还有野猪拱土，轮到人享用时，果子已所剩不多。四年的时间，在曲曲折折、忙忙碌碌中滑走，杨建平似乎有些迷茫了，不知道自己还能不能坚持下去。

转眼便到2017年，一个开民宿的机会来了。在天安村，杨建平与刘峰意外相遇。刘峰比杨建平稍长几岁，是隔壁同弓乡山边村人，在上海有影视制作工作室。他受时任常山县委常委、宣传部部长余风委托，回乡拍摄一部以常山胡柚为主题的动画电影《胡柚娃》。为了寻找创作题材，他领着上海来的一批艺术家在常山各处采风。走进大山坞村时，他们发现这里的人都搬出去住了，留下一幢幢破旧的泥土屋等待退宅还耕，村里准备将这片老旧破败的房子整体拆除。

一直以来，刘峰盼望着老家能有一个场所可以留住他的脚步，让他坐下来陪朋友喝喝茶，谈文化，谈艺术。

于是，他找到村支书李涌泉商量，希望可以把那批老宅留下来，打造成艺术空间，为艺术家提供一个文化交流的场所。

那时，杨建平还在地里刨土，刘峰的到来让他喜出望外，关于老宅改造计划，两人一拍即合。随后，刘峰还诚邀自己的发小张冀平加入团队。从此，三个年龄相仿的年轻人联手，正式开启天安村"艺宿"新时代。

为给民宿取个合适的名字，刘峰和艺术家们费了不少心思。初秋的一日清晨，刘峰陪艺术家们爬山归来，去餐厅吃饭，路过小池塘时，看见池塘四周氤氲着浓浓的水汽，飘飘荡荡，如梦似幻。艺术家们大发感叹："好美啊！仿佛云湖仙境一般……""云湖仙境"从此成为民宿的名字。

从2017年到2019年，旧屋分两期改造，打造出10幢高端度假屋，共47个床位。云湖仙境最大的特点是古典与现代结合，自然与人文结合，简洁又不失精致，质朴又不失典雅。

搞金融的运筹决算，搞艺术的注入文化元素……这帮年轻人，从城里带回来全新的理念，定位高端品质，建起来的民宿注定与别人的不同。他们的民宿就像一幅艺术画，令人悦目，也似一首田园诗，引人陶醉，加上周边静谧的自然环境，客人到这里心情立马变得愉悦、平和。

第一期工程首先改造的是杨建平家的老屋。刘峰说，保留是改造的基调。土夯外墙不变，木雕门楼不变，内部结构也不做大的变动，重点改造内部空间。那段时间，几乎天天下雨，但令人不可思议的是，从补砌倒塌的土墙到安装水电管线，再到软装进场，仅仅用了三个月，他们就完成了老屋的全面改造。

装修是由杨建平一手操持的。他先花两个月建了一个房子的模型，然后装修工依照他的设计理念施工，建有室内游泳池，种有绿植，铺有小石子，摆放着小型纺纱机，还有老樟木做成的长茶桌。尤其令人惊叹的是，楼顶上安有透明玻璃，玻璃上设计鱼缸，金鱼在水里游来游去，人站在楼下能够看得一清二楚；夕阳西下时，阳光透过水和玻璃折射到楼下，形成一片斑斓的色彩，美得无与伦比。

我们入住的老屋是第二期改造的，颇有艺术风格和时尚气息。灰墙黑瓦，配以棕榈树。站在大门口朝里看，正面不远处设有一道拱门，将空间分成前后两半，后墙上开了一口方窗，透过方窗可以看见最里面的餐厅的摆设。大门、拱门、方窗在一条直线上，布局非常通透。

餐厅的顶部两边安有一盏盏艺术射灯，墙上挂着一幅幅黑白色调的老屋图画，营造出特别的氛围。

云湖仙境几乎每幢房屋里都保留老锅灶，倘若一家几代一起出游，无论入住哪一幢，都可以自己做饭，其乐融融。

留住老宅，就是留住历史，留住乡愁，给远方游子一个回家的念想。

李涌泉曾参军入伍，2008年任天安村党支部书记，看待事物眼光长远，极力支持这帮有青春活力的年轻人。为了给云湖仙境配以整洁亮丽的周边环境，他和村"两委"其他干部一起对进村道路进行硬化改造，还关掉了有污染的鸭棚。2021年民宿对外开放，到2023年上半年已累计承接聚会、团建、研学等活动上百次，接待游客约一万人次。云湖仙境成为常山叫得响的民宿品牌。

民宿建设启动后，杨建平又想自己种稻，以确保餐厅的客人吃到健康的粮食。

2019年，他承包了40亩地，并从一位台湾老师那里学会了有机种植法，但因经验不足，第一年收成不佳。第二年，他把稻田扩大到140亩，给秧苗施上自己调配的生物菌肥，结果水稻喜获丰收。

天安村与五联村相距不足6公里，周华诚种水稻的事，天安村尽人皆知。杨建平想与周华诚合作，在他眼里，周华诚无疑是优秀的，不仅能写一手好文章，而且很有经济头脑和发展眼光。与此同时，周华诚也在思索如何把"父亲的水稻田"这个品牌做大一点，进一步赋能乡村建设。

周华诚比杨建平大两岁，虽邻村却彼此不认识。但他们都是回乡青年，都对家乡充满感情；也同为青年才俊，不乏闯劲和才干。时任天马街道组织委员张冀忠是周华诚的初中同学，他看好这两个回乡创业的年轻人，很愿意为他们牵线搭桥，于是有了后面的创业故事。

两双年轻有力的手紧紧握在了一起。

周华诚和杨建平的合作是理想与实践、开阔的眼界与辽阔的土地的融合，是乡村振兴与回乡年轻人、传统文化与新潮理念、现代艺术与古老乡野的碰撞。他们的合作势必让常山水稻田的开发更上一层楼。

很快，街道和村帮他们从农户手中流转出500亩土地，签约了50名种粮能手。常山米道生态农业科技合伙企业应运而生，开始了市场化运营。

与种粮大户的常规种植模式不同，"父亲的水稻田"数年来走的是绿色有机路线。杨建平曾悄悄把周华诚带到大山坞村参观他的秘密基地。硕大的棚里摆放着一只只白色的大塑料桶，盛放的都是有机稻田需要的生物菌营养液，用的原材料尽是人类可以吃的食物，譬如菜籽饼、活鱼、鲜虾、海藻粉、甲壳素等等。或许，有机种植理念就是周华诚与杨建平一拍即合的重要原因吧。

2022年6月19日，是父亲节，500亩"父亲的水稻田"里分外热闹。面对媒体聚焦，签约的"父亲们"露出了幸福的微笑，他们很愿意和米道公司这帮年轻人合作，同时也得到了丰厚的回报。不过在过去的一年里，这些稻田里的老手对新的种植方式还是有很多不理解的地方。

水稻田里只用天然发酵生物肥，为什么不施化肥，不打农药呢？

依靠人工拔草，一季要拔四五次，光人工费就花了几十万，为什么不用草甘膦呢？

"后来我们想通了,这是年轻的一代在种田,他们有知识,有抱负,带领我们致富的同时,更多追求的是人类的健康和稻田的可持续发展。"64岁的签约农人付克水对着镜头乐呵呵地说。

转眼,又是金秋十月,金色的稻田像起伏的海面,波翻浪卷,稻穗频频颔首,仿佛向人类致意。又将有一大批城里人来这里,享受天然种植和亲自收割的乐趣。

瞧,一帮城里的大孩子奔着研学工坊而来。

那是一条长长的线路,孩子们沿着500亩"父亲的水稻田",从五联村一直走到天安村,一路上观赏山水,观赏稻田,沉浸在优美的自然风光中,然后来到研学工坊——谷哇谷哇赤脚王国。

研学工坊设置在天安村,由废弃的养鸭棚改造而成。2021年父亲节的时候,周华诚他们成立了新项目——"父亲的水稻田"共富工坊,建成一排排整齐的砖石建筑,除了研学工坊,还设有碾米工坊、酿酒工坊等。常山县农人自古就有酿酒传统,米道公司与天安、天马、五联、和平四个村携手成立衢州葛哥酒业合伙企业,以"父亲的水稻田"里的有机水稻为主原料,生产销售粮食酒和葛根酒,村集体与公司共同持有股权,如此既提升了农产品附加值,又更好地带动了村民致富。

酿酒工坊的建成和发展离不开衢州常山与宁波慈溪山海协作项目提供的援助。慈溪久负盛名的杨梅与天安的酒结合,酿成杨梅酒,并用慈溪的青瓷做容器,预计未来会成为一个独具特色的酒类品牌。

因为采用生态种植方式,500亩水稻田里的黄鳝、泥鳅多了起来。一到夜晚,众多农人带着灯前来捕捉,远远望去,稻田里星星点点,如萤火虫在闪烁。

水稻田也吸引了众多专家慕名前来。2022年10月,祖籍浙江桐乡的土壤研究专家朱永官院士不请自来，对周华诚他们在保护、开发土壤方面所做的努力非常赞赏，决定在这里建立研究基地，运用他的研究成果对这片土地进行改良，让"父亲的水稻田"变得更干净、更肥沃。

每年，中央农村工作会议都提出要确保粮食安全。"父亲的水稻田"项目的实施，不仅仅是艺术乡建的范例，更是中国保护基本农田的实际行动。

这片土地成了一片希望的田野。

在这片希望的田野上，周华诚他们还会有更多的作为。除了共富工坊，周华诚还计划建设一个稻田生活城乡互动综合体，包含稻米博物馆、民宿、乡野厨房、研学中心、稻田咖啡、稻田书院、稻田花园、露营基地等等，建成后将真正实现以文化赋能产业发展，以产业助推乡村振兴。

风起的时候，整片田里的稻子开始以同一种节律摇摆，呈现出潮水或海浪的气势，向着灿烂的明天舞动。

第五章 天路

天堑变通途

浙江省陆域面积中山地占74.6%，水面占5.1%，平坦地占20.3%，故有"七山一水两分田"之说。在浙江的大山里，许多农民隅居偏僻的村落，他们曾经被大山阻隔，曾经为大山所困；他们曾经付出过辛勤的汗水和不懈的奋斗，他们梦想走出大山，看看外面精彩的世界。

"一城山青青哟，一城水涟涟哟，山水之前有我，磐安美丽家园哟！都说你的美哟，都爱你的艳哟，大盘山的云海最懂，最懂你的浪漫哟！"

如今拨打磐安人的本地手机号码，时常会听到这首名为《山水磐安 幸福家园》的歌。那欢快悠扬的旋律，既充分表现了依山傍水而居的人们对生活的无限热爱，也彰显了大盘山在他们心中不可取代的神圣地位。

山给了磐安人坚实强健的体魄，水滋养了他们善良淳朴的灵魂。从先祖在这里定居开始，磐安人的生命便世世代代与山水相连。

勤劳聪慧的人们借用山水优势发展旅游、种植特色林木和中药材，将科技创新理念运用于产业帮扶，逐步实现经济发展的飞跃，使这座风光旖旎的小县城真正迈上了奔向共同致富的道路。

2021年夏天，随着金台铁路正式开通运营，坐落于冷水镇的磐安南站同时启用，电气化列车将把更多先进技术引入山城，磐安人离实现美好的梦想又近了一步。

磐安不仅山脉绵亘，而且水流极为清澈。大盘山共有大小山峰5200多座，森林覆盖面广，空气质量和河道水质常年达到国家一类标准，这里自古便是隐居的绝佳之地。山间溪流纵横，峡谷连绵，潭瀑成群，鱼虾众多，让人流连忘返。在当地人口中，磐安素有"大盘山脉连九州（杭州、苏州、湖州、婺州等），水系达四江（钱塘江、瓯江、曹娥江、灵江）"之说。

方前镇横路头村隶属磐安县，位于磐安、天台、仙居三地交界处，海拔500多米。该村距离台州较近，在这里生活的人们大多说的是台州方言。

由于地处深山，四周重峦叠嶂、溪涧纵横，羊肠小道崎岖难行，这里的交通情况比其他地方落后，信息比其他地方闭塞，经济发展自然受到了严重的制约。

在修通公路前，村里一直流传着"一担进一担出，牛肩头马脚骨"的歌谣，说的是横路头人命苦，油盐酱醋都要翻山越岭到山下镇子里去买，每次都要挑着担子起大早出门，晚上风尘仆仆地回来，一走就是一整天。

"晴天还好，要是遇到个阴雨天，那路泥泞得下不去脚。横路头、横路头，就是没有路。"

回顾过往，老支书施仁财感慨万分。他在发出一声重重的叹息后，给我们讲述了一件至今还在流传，村里尽人皆知的往事。

那次，村民李相夫下山去乡供销社挑一担酒到村代销店。这行当被称为"挑发脚"，他40多岁，身强力壮，干挑夫多年从未失脚，算得上是个经验丰富的老把式。

那天下午，李相夫从乡供销社挑了两坛酒，从山脚一直往岭头上去。可就在快要到横路头村附近的时候，他一脚踩空，身体倾斜，酒坛重重地摔到地上，黄酒流了一路，渗进石头缝和草丛里。李相夫一下傻眼了，一天的挑夫工资没着落不说，两坛酒他也得赔，他一下子瘫坐在坎坷不平的山道上。坛底还残留着的黄酒散发出浓浓的香味，他没多想就趴到坛子上，迅速吸着坛底的残酒，直至酩酊大醉，身子骨软软地倒在山路上，呼呼地睡着了。

夜幕降临，家里人发现李相夫久未归来，就往下山的路上找去，看到李相夫醉倒在山道上，忙叫了几个壮汉将他抬回家中。李相夫一直到第二天才醒。

这故事尽管听起来滑稽可笑，实则透露着难以掩饰的辛酸。

当时全村有106户人家300多口人，为了生活，人们只能日复一日地奔波在那条只有四五十厘米宽的羊肠小道上。为了读书，小孩子每天都要走两个小时山路去学校。而村里的大多数老人终其一生不曾走出大山，未能亲眼看看他们向往已久的磐安县城。很多村民没有看到过汽车，更别提火车了。

修一条通往外界的路，看看山外面的世界，成了前后两届村领导班子的重任和全体村民奢侈的梦想。

"那时候每当看到乡亲们唉声叹气的无奈表情，村干部们的心里就非常难受，总是在想什么时候要真能有一条自己村的路就好了。"说到这里，施仁财的神情再次黯淡下来。

村里尽管早在20世纪80年代就有修路的想法，并且也曾为了实现这个目标努力过，但终因种种缘由搁置。直到90年代初，修路这件事才正式提上了日程。

1993年，施仁财从天台的里石门水库管理局回到了乡里，由于以前当过兵，表现又一直很突出，他很受乡亲们信赖。回来不久，他便被党员们投票选为村党支部书记。

都说"新官上任三把火"，年轻的村支书施仁财走马上任没多久，就开始实施自己的工作计划。他心想，既然当了干部，那就必须为大伙儿做些实事。思来想去，他决定修路。

施仁财在部队历练过，又接受了党的多年教育。以前老支书在任时，施仁财曾经帮他一道开采石头，知道修路对于乡亲们意味着什么。只有完成了这个任务，乡亲们才能够走上致富之路，横路头村也才会有未来可言。

说干就干，在这个淳朴又有些执拗的汉子的带领下，换届后的村"两委"将修路列入了工作安排。

然而，让人意想不到的是，对于这件有利于百姓的大事，当时村民却有不同意见。从山脚下的小坑村到横路头村，要绕过两座大山，越过十二个山涧和断崖。更何况，村集体一分钱都没有。因此，大多数村民听说要修路，都觉得是天方夜谭。

面对种种质疑和巨大的压力，施仁财和村"两委"其他干部仍下定了决心要修路。施仁财没多想什么，只知道哪怕砸锅卖铁，也要修通公路！

1994年，村里首先启动道路方案勘测设计。当时负责测量工作的村委会主任施先卯也曾问施仁财："究竟能不能将这条路修通？"

施仁财掷地有声地回答道："只要我们齐心协力，把事情一件一件搞好，这条路就一定会通。"

村干部们用实际行动将村民们心中的顾虑逐渐打消。村民们也下定决心，将愚公移山的精神坚持到底，即使再难也要用自己的双手在崇山峻岭间刨出一条路来。

修路得花钱，大家虽然生活都不富裕，但都主动为修路拿出自己的家当。村里的14名党员每人捐款200元，64岁的老党员施方敬第一个把钱送到村委办公室。

村看村，户看户，群众看干部。村干部们大公无私的精神，如同火种一般照亮了村民们沉寂已久的内心，之前的风言风语消失了，取而代之的是热火朝天的劳动场面。

周边村的村民们也被横路头村人的精神所感动，纷纷伸出援助之手。

横路头村修路有1.5公里要经过方前村，方前村"两委"决定无偿提供土地。

前门山村有一座山要被修路破掉一块，前门山村人一开始有想法，但经过协调，也表示大力支持。

那个年头，村干部都是无私奉献，乡水管员陈柏松为修路搞勘测设计，不要村里一分钱。说实话，村里也没多余的经费。那段时间，陈柏松家里正在盖房子，村里刚上马修路勘测设计工作，他想请假回家又说不出口。

施仁财想了个两全其美的办法，由村里派人去陈柏松家帮忙盖房子，让陈柏松能够安心留下来继续勘测设计。村委会副主任施仁福常年在外做木工，当即推掉已承接下来的活计，和另一名村委会副主任施先清一起，赶到45公里外的陈柏松家里，无偿为他家干了5天活。

陈柏松在心底里感谢村民们的仗义，披星戴月地奔跑在山间小道和悬崖峭壁上搞勘测，很快就把设计方案做出来了。

1994年，为了道路勘测设计，村干部全年误工共计250多天，却没有一人领误工费，反而自掏腰包贴钱。

施仁财的两个女儿当时都在乡里的中学读书，他自己起早贪黑地在工地忙，妻子只能独自挑起家庭的重担。

时间一长，妻子难免会抱怨。每到这时，施仁财总是乐呵呵地安抚："辛苦你了，多亏了你的支持。"

妻子尽管心中不满，可见施仁财这样，也只能将负面的情绪统统收拾好，继续支持丈夫的工作。

施先清和妻子一起在修路工地上干活，放炮时一块石头飞来砸中了他妻子的头，一时鲜血直流。村民们把她抬到方前镇上，又雇了车送到县人民医院，因为抢救及时，捡回了一条命。

1995年2月7日，农历正月初八，春节欢乐的气氛还没有消散，修路的第一声开山炮便在冷水孔岭炸响。施仁财和其他村干部合计后决定，村里实行以劳代资，按人头每人承包10米路基的修建，村里男女老少都动员起来。横路头200多名村民争先恐后地爬上岭头挖土掘石，每个人都在认真完成属于自己的那10米修路任务。

别的地方都是从山脚往上修路，或者从山顶往下修路，可横路头村却别出心裁，从最中间也是难度最大的岭头先开路基，再往山脚和山顶两头拓展。

冲天的干劲驱散了山谷里的寒冷，笑声、号子声和歌声久久萦绕。震彻山谷的炮声不仅点燃了村民们心中的希望之火，也牵动了当时磐安县县长的心。他带领县交通局、财政局的头头脑脑赶赴施工现场，为横路头村的村民鼓劲，同时为横路头村解决困难。

那天，听说县长来调研，施仁财和其他村干部赶到岭头去迎接。

县长问施仁财："你们为什么先从岭头中间修路？"

施仁财和盘托出他当初的设想："我们从岭头做起，表明横路头村做路的决心，村民和上级肯定都会支持。"

县长说："你中间开花，我骑虎难下。"

县长在施工现场召开协调会，了解施工进展和困难。

施仁财汇报说："这条路全长17公里，总投资需要120万元。现在村民们热情高涨，村里每个人都捐款捐物，以劳代资，眼下最缺的就是资金。"

县长对村民们的修路热情给予高度赞扬，他说："要致富，先修路。横路头村是全县第一个自筹资金建山路的村，全县都要向横路头村学习。"

协调会上，领导拍板，横路头村修路的缺口资金，由县财政局和有关部门共同筹措，全力支持。

县长到施工现场调研和指导，让村民们无比感动，他们更加坚定了修路的信心，干劲空前高涨。为了能够尽快完成任务，村民们都尽最大努力克服生活困难，积极参与劳动。有的妇女背着几个月大的孩子，与丈夫一起上山修路；有的村民不顾疲累，连续几天不吃午饭，宁可饿着肚子也要坚守在工地；还有的村民白天干农活，夜里头戴矿灯开夜工修路。

1997年8月18日，一场突如其来的山洪把横路头村刚修好的路冲垮了，尤其是那些土垒的路基，几乎毁于一旦，整条道路有8公里受损，损失30多万元。

村民们纷纷赶到洪灾现场，看到昔日亲手垒起来的路基一片狼藉，许多村民流下眼泪，久久不愿离去。

施仁财当即召开党员干部大会，号召全体村民灾后重建，他们一方面组织村民义务投工修建路基，一方面向县交通局等部门请求支援。村民们斗志昂扬，誓要把花了那么大力气修筑的道路修缮好，泰山压顶也不能弯腰。

修路工地上，再一次出现了热火朝天的劳动场面，全村男女老少齐上阵。

"8·18"洪灾发生的第二天，县长又一次来到工地，查看灾后重建情况，为横路头村解决实际困难。他对施仁财等村干部说："共产党的干部和旧社会的封建官僚有着根本的不同，必须要竭尽所能地为群众服务。"群众对他都很信服，都说他是好领导。

1998年12月22日，历时五年，历经两度修建，投资128万元，投入6万多工时，填挖土石60余万方，架设桥涵23座，公路终于全线贯通。村民们克服重重困难，以愚公移山的精神，谱写了一首事在人为的感人诗篇。

通车典礼上，大大小小的板凳摆满了村操场，五颜六色的彩旗插满了村头，随着一队车子在热烈喜庆的鞭炮声中缓缓驶进村里，全村男女老少的脸上都绽出了幸福灿烂的笑容。

县长在通车典礼上深有感触地说："历史是由人民群众创造的，我坚信，你们必将创造出更加美好的明天！"

横路头村的村民们喜上眉梢，他们看到了乡村振兴的希望，看到了美好明天的希望。

修路那几年，县长每年都要来横路头村几次。一来是考察修路进度，监督施工情况；二来是实地走访调查，了解村民们生产生活的困难，以便及时解决。之后，这位县长担任磐安县委书记，同样每年都到横路头村走访调研，和当地村民结下了深厚的情谊。

正是由于有着这份深情，2004年老县长被上调到省城任职，临行前特意来到横路头村和村民们告别。施仁财等村干部与老县长、老书记依依惜别，他们代表横路头村的乡亲们送给老县长一份特别的礼物：一棵青菜和两个白萝卜。这是乡亲们对老领导"一清二白"的工作作风的高度赞扬。

如今，在海拔500多米的横路头村村口，当年为纪念通路立下的"小康路"石碑依然静静地矗立着。村里还修建了横路头精神纪念馆，里面所展示的大量老照片、老物件、旧影像资料，将参观者的思绪带到了那个飞扬着奋斗激情的火红年代，让人们的心中瞬间产生强烈的情感共鸣。当年通路时，县长题的词"脱贫攻坚之楷模，为民造福之典范"，村里一直珍藏着。

"我们横路头村的精神就是一件事、一条心、一起扛、一直做、一块拼、一定赢。"现任村支书施海峰一边带着我们在展台前参观，一边给我们讲解介绍。

1983年出生的施海峰虽然年纪尚轻，举手投足间却处处透露出了洒脱干练。作为一名地地道道的"80后"大学生村干部，他在事业方面有着自己独立的思考。

他常常想，每一代人都有自己不同的使命和责任，老支书他们是修路，而自己作为年轻一代就要想想怎样带领大伙儿更好地响应党的号召，真正实现共富梦。

2019年9月26日，横路头精神纪念馆正式开馆，县领导及相关部门负责人出席开馆仪式，方前镇机关党员干部、各村党支部书记及支部委员和横路头村全体党员干部参加开馆仪式。

小山村又一次沸腾了，进村的公路旁插满了五彩缤纷的旗帜。村民们用最朴素的情感回望过去，纪念一种逢山开路、遇水架桥的开拓精神，一种坚韧不拔、勇往直前的拼搏精神，一种追求美好、荡气回肠的创业精神。

磐安是一块神奇的土地，战争年代，红军战士们曾经在这里浴血奋战；20世纪六七十年代，这里涌现过"农业学大寨"省级英雄大队；20世纪90年代，这里的人们齐心协力凿山修路，铸就了横路头精神，这也是全县上下"摘穷帽、挖穷根"的脱贫攻坚精神，他们传承的正是共产党为人民谋幸福的初心。

开馆仪式上，党员同志们举起右拳庄重宣誓，重温自己对党的忠诚誓言。

谈及未来和理想，施海峰的眼里闪烁着自信的光芒。道路修通后，村民们的日子越来越好。公路不仅缩短了横路头村和外界的距离，同时也加快了人员、物资和信息的流通。随着山上的毛竹、水果、药材、蔬菜源源不断地销往杭州、宁波等省内各大城市，村民的收入节节攀升。山下的建筑材料、农用物资和生活用品直达村口，形形色色的现代化电器成了家中寻常的物品，半数以上的农户买了小汽车。原本岌岌可危的旧房被推倒，楼房拔地而起，破旧不堪的农舍被改造成了民宿。村民们的日子彻底变了样。

如今，村里开通了直通县城的班车，60岁以上的老人半票，70岁以上的免费。路越来越宽，日子越过越好，乡亲们的心气也越来越高了。但在施海峰的心头，有一种情愫始终挥之不去：可惜当年带头修路的老党员好多都去世了，不然他们看到如今的发展，不知会有多高兴呢。

横路头村修路的事迹不仅在本村村民间一代代流传，同时也激励着周围更多的村庄突破困境，努力奋进。

2021年7月，方前镇施家庄村依托特殊的地质资源，通过充分运用地质科学，深度挖掘传统文化，将地质文化与乡村建设巧妙融合，发展特色经济和产业，成功打造成宜居宜业的特色村，被中国地质学会列为首批地质文化村。

施家庄村处于海拔700米的深山，四周被高耸的山峰、幽深的峡谷及飞流而下的瀑布环绕，交通极不便利，是远近闻名的贫困村。面对这一困境，村民们没有自暴自弃，而是积极借鉴邻近的横路头村的经验，立下了"愚公移山志、悬崖变景点"的宏伟志向。施家庄村在文化旅游部门的支持和帮扶下，集全村村民之力，开垦出了百余亩悬崖梯田，并打通了连接其他村镇的24公里山路，借助自身优势打造被称为"浙中川藏线"的美景，建造了观景效果绝佳的农家乐、民宿、茶馆，吸引越来越多的游客慕名前来，这个昔日藏在深山无人问的小山村成了游人蜂拥而至的"网红村"。

民宿经营户肖双艳说："施家庄村地理位置独特，公路修通之后，村民们在家开店也能有钱赚，可谓天时地利人和。"

山路的开通，不仅让山村和外面的世界有效连通，更让村民们真正实现了物质和精神上的富足。

"天地交而万物通也，上下交而其志同也。"随着社会经济的不断向前发展，磐安县对地区交通的重视程度也越来越高。2003年，全县开展"乡村康庄工程"，实现硬化路通车；2010年，全县村村通硬化路；2016年，在全省率先实现建制村村村通客车，全县交通真正实现了"三年一小步，五年上台阶"的历史性飞跃。42省道、40省道、磐新线等主干道等级明显提高，基本形成"五纵两横"公路网主框架的建设；西南线、怀万线、磐永线等公路陆续建成，有效解决了县城通往东阳、新昌、缙云、永康等方向的交通出口问题。2020年12月，磐安南站在冷水镇全面完工，2021年6月，金台铁路正式开通，标志着山城磐安进入了日新月异的"高铁时代"。随着杭绍台、杭温等重大高铁工程项目的平稳推进，"浙江之心"的"大动脉"和"毛细血管"正在紧锣密鼓地织路成网。

随着多条高铁线路的相继建设，磐安县将真正融入浙江省"三大都市区"一小时高铁交通圈，迎来更多经济发展机遇。高铁站的落成，势将带来"高铁＋旅游""高铁＋文创""高铁＋养生"等产业重构，带动本地产业创新升级，激活特色资源，从而大大推动磐安朝着高精尖产业方向迈进。

同时，随着42省道和西南线的全面通车，磐安东北和西南两大区域的交通条件也有了明显提升，内畅外联的现代化综合交通运输体系得以全面构建，城镇空间开发布局、交旅融合进程、全域旅游及乡村振兴等事业都随之有了长足的发展。

路通则兴，路畅则富。随着磐安现代化大交通格局的逐步形成，这座秀丽山城定将随着高铁、公路的全面贯通，创造山区人民共同富裕的灿烂明天。

踏平坎坷成大道

沿着南江水库边弯弯曲曲的山道，穿过色彩明丽的樱花谷，前面是汩汩流淌的西溪河，河水唱着欢快的歌儿，一直流向东阳江镇的横锦水库。

潘庄村就隐藏在大山深处的绿水青山里，一排排新民居设计别致，亮丽夺目。村口的大樟树经过500年的日月晨昏，依然树壮根深，枝繁叶茂；蟠溪桥历经40年风雨冲刷，仍旧倔强地架设在村口的溪流上，每天车来人往，充满欢声笑语。这个小山村既保留了几百年来的风土人情，又洋溢着新农村的现代气息。

很多年前，我曾经随《金华日报》"婺江行"采访团，走进大山深处的潘庄村。被称为"生命的颂歌"的蟠溪桥让我震惊不已，有关它的故事刻骨铭心，久久难以忘怀。

潘庄村是磐安县双溪乡的一个小山村。双溪乡深藏在被群山包围的旮旯里，山路蜿蜒，溪流环绕。1972年以前，双溪乡还没有一座桥，村民们都得涉水到河对岸干农活，到大山外面走亲戚就是一种奢想,有的村民一辈子都没有走出过村庄。

有一年,邻村梓誉村山洪暴发,洪水像脱缰的野马在河道中咆哮奔腾,村里的水管被洪水卷走,那可是用来修建灌溉设施的材料。生产队队长入水打捞水管,不承想被湍急的水流卷去,一会儿就不见了踪影。全村人提心吊胆,揪心地呼喊着,寻找着,却无济于事。几天以后,这位生产队队长的遗体在十里外的横锦水库被找到。

洪水过后,梓誉村村民痛定思痛,化悲痛为力量,决定在村庄门口建一座石桥。于是,全村人有钱出钱,有力出力,不分白天黑夜地奋战在溪坝上,终于建成了全乡第一座石桥。

劈山修路,跨江造桥,成为山区人民最艰巨的工程。后来,双溪乡陆陆续续修建了10多座石桥,方便了村民出行,更拉近了山里和山外的距离。

映入我们眼帘的蟠溪桥,是一座长50多米、宽约4米的石拱桥,连接着两岸的村庄和公路。

引人注目的是,在桥正中朝南的桥石上赫然刻着几行用红漆描过的诗:

七烈捐躯天地暗,
廿郎洒血日月寒。
拂尘挥泪重振臂,
众志国援玉栏杆。

这首诗是退休教师傅春卿为造桥遇难的村民写的颂歌。随着时光的流逝,石头上的字迹变得模糊,村民们隔几年就用红漆再描一遍,让人们永远铭记这些勇士。

时光回到1982年1月21日，农历腊月廿七，潘庄人沉浸在一片欢乐之中，户户贴着春联，家家炊烟袅袅，处处芳香飘荡。村民们喜上眉梢，准备着丰盛的晚宴，等待造桥的家人们收工回家，共享可口的大餐。这不仅因为再过两天就要过年了，还因为正在建造中的蟠溪桥第一个桥拱将在这天落成。村民们在桥头摆了八仙桌，准备桥拱建好后举行祭祀仪式，他们要赶在春节前建成第一个桥拱，安安心心地过一个好年。

潘庄人祖祖辈辈生活在大山里，一条40多米宽的大河将村庄与外界隔开。村民们住在河的这边，而潘庄的田地几乎都在河的对岸，下地耕作、运肥送水都得过河。遇到寒冬腊月，冰冷刺骨的河水让涉水的村民苦不堪言；遇到春汛夏洪，山里的大水说来就来，人被冲走的事每年都有发生。在家门口建造一座石桥，成为潘庄人世世代代期盼已久的梦想。

潘庄人终于决定造桥，村民们捐款捐物，把平时省吃俭用攒下来的钱物一股脑地捐了出来，有人甚至给村里送了一篮鸡蛋、一头肥猪。潘庄村总共只有80多户，却有200多人自愿到工地无偿造桥。

那一天，晴空万里，阳光灿烂。大伙儿都铆足劲干着，打算赶在太阳落山前把第一个桥拱架好，然后欢欢喜喜回家过年。

天有不测风云，下午4点左右，大伙儿正在砌最后的石块时，支撑石拱的柱子突然间发出一声巨响，刚刚顶起来的石拱坍塌了，整座石拱桥像大山一样压了下来，正在施工的人们被巨石压在下面，一时间施工现场尘烟滚滚，有几人当场身亡，惨不忍睹。人们被这突如其来的灾难惊呆了，整个村子的人声嘶力竭地呼喊着，发疯一样地扑向那堆乱石。他们歇斯底里地喊着亲人的名字，用流血的手指拼命挖着、抠着，要扒出亲人的身躯。

潘庄村的事故惊动了邻村的村民们，他们积极行动，自发地伸出援助之手。潘庄村村民们用担架把伤员们抬到史姆村，那边已经有人准备好手扶拖拉机，把伤员紧急送往县城医院抢救，大家都希望受伤的人们可以逢凶化吉。但事实上，有一名伤员在半路就已经断气了。

无奈的人们只能眼睁睁地看着亲人们离去。这场灾难夺去了潘庄村7条鲜活的生命，20多人身受重伤住进医院抢救。

那一年的除夕之夜，潘庄沉浸在悲痛之中，一片死寂。人们把酒杯举在逝者的灵前，老人呼唤着儿子，妻子呼唤着丈夫，孩子呼唤着父亲……

潘庄的不幸，牵动了乡、县、市各级领导的心，领导们在除夕夜沿着未修通的公路徒步赶到村里，逐一慰问死难者和受伤者的家属。

在低矮的民房里，遇难的村支书潘求林的妻子已经在床上躺了三天三夜，滴水未进。潘求林才33岁，正是风华正茂的年纪，却在造桥时不幸遇难，留下了妻子和年幼的儿女。

县领导去看望她时，她泪流满面，紧紧攥住他们的手，说："帮我们造好桥吧！否则，我们的亲人就白死了！"

潘庄人和大自然进行着不屈的抗争，第二年继续开工建桥。可是那年又遭遇十年一遇的山洪，一场大水冲走了废桥拱的残骸，建造石拱桥的工程被迫暂停。

1984年，磐安县委、县政府在施工现场办公，有关部门集中力量，用了一年时间，终于帮助潘庄村把这座石桥建成了，取名"蟠溪桥"。

1985年2月27日，农历正月初八，蟠溪桥落成庆典隆重举行，村民们含泪把酒杯高高地举过头顶，洒向向北而去的大河，以此慰藉逝去的亲人。

时间抚平了伤痛，岁月也模糊了记忆。潘江涛是从潘庄村走出来的一位作家，回首既往，他只记得当年自己也参与了抢救，却想不起具体细节，至于献出生命的七位前辈，他搜肠刮肚，竟有三位的名字怎么也想不起来。他给村里的同辈或相熟的长辈打电话询问，终于核对好七位前辈的姓名后，内心如释重负，他们是：村党支部书记潘求林，妇女主任潘秀香，村民潘华岩、潘联岩、潘义福、潘生庆、潘锡全。

当年，遇难者下葬时，天下着蒙蒙细雨，村民们在操场上为逝者做棺材，难抑悲痛之情。那时候，按照农村习俗，抬一具棺材要八个壮汉，七具棺材就需要五十六个壮汉，可潘庄村已经没有那么多整劳力了，邻村史姆村、梓誉村的村民纷纷自愿加入，浩浩荡荡地送逝者上山。蟠溪桥遇难者都长眠在一个土名叫"涂塘"的山坳里。涂塘曾是族人的义山，从山脚往上，坟茔累累。那些依稀可辨的坟茔，依山就势，相伴相叠。

潘江涛每年回老家上坟，都会去看看他们。站在一字排开的坟前翘首眺望，看不到平直宽敞的蟠溪桥，却听得见哗哗的水流声，这里藏风聚气，先人们枕水而居，也算是一种福气。

只不过，坟茔也是会老的。刚筑的新坟，没过几年看上去就很旧了，人们通常把土坟称为老坟。年复一年，那七座坟茔的新土添了二三十回，添土的人不全是遇难者的后代。

蟠溪桥的故事融入了潘庄人的血液，成为集体记忆的生命之歌，深深地镌刻在这块土地上。新时代的潘庄人继承逝者的勇毅和理想，去追求新生活，改变村庄的落后面貌。

我们看到，蟠溪桥北侧的桥石上也刻着一首诗，想必也是那位退休教师所作，诗是这样写的：

> 蟠水奔腾深急湍，
> 越溪涉水旅途难。
> 先朝人士三春梦，
> 当代英豪一片丹。

一桥飞渡，长虹卧波。这座有着悲壮往昔的蟠溪桥，唤起了潘庄人最深沉的记忆：他们为了追求美好生活，曾经奋斗过，牺牲过；他们为了追求美好生活，吹响了进军的号角。

2023年8月2日，我再一次走进潘庄村，离蟠溪桥事故已经过去41年，我深深感慨这个山村发生了天翻地覆的变化。西溪河水流平稳，她那深邃的目光默默地注视着这个小山村的变迁。

潘庄村41年前的那场壮烈的建桥事故，给这个小山村打上了时代的烙印。在新的发展阶段实现乡村振兴，是潘庄人的梦想。

潘庄村四面环山，层峦叠嶂，每一座山峰都有自己独特的故事：右边的山叫五指山，形似五指；左边的山叫笔架山，状若笔架；村后那座山则叫钟山，极像一口倒覆的铜钟。村口的古樟树仿佛是历经风雨的守望者，旁边不大的潘氏祠堂是潘庄人血脉延续的见证者。村庄还保留了一条东西向铺着青石板的古街，古色古香的小四合院和石头垒砌的土房记录了小村庄的昔年日常和传统风貌，如今已经被现代化的新民居包围。

潘庄村地处横锦水库的库尾，是生态功能涵养区。以前，有人想过办企业，有人想过办养猪场，但都因为要保护水资源而作罢。

潘庄村人口少，却有超过一半的人在外谋生，或做小生意，或搞建筑，或办企业，逐渐远离这块熟悉的土地，年轻后辈更是倾向于到大城市就业创业。

2018年开始，双溪乡着手打造樱花小镇，给潘庄村发展民宿和文旅事业带来新的契机。

双溪乡规划建设了樱花小镇入口景观、游步道、黄金沙滩、西溪湿地公园，打造"樱花长廊""美丽西溪"两条景观带，建成临水赏樱平台，植入夜赏樱花灯光秀，为发展"樱花旅游"营造亮点。

2019年3月26日，中国·磐安樱花节在双溪乡樱花主题公园开幕，洁白的樱花怒放，吸引了众多游客前来观赏。双溪乡引进了樱之缘（茶文化）农旅综合体项目，推动金鸡岩景区提档升级，新增恐龙园、摇摆桥等项目，大力推动共享农屋、农家乐、中高端民宿、精品酒店的创建和发展。

丰富的自然资源和独特的优美风光，让潘庄人开始了"突围"之路。

北京磐安商会副会长傅国红把深情的目光投向了潘庄村的青山绿水。他出生于1976年，毕业于厦门大学经济系，后来在长江商学院获得EMBA学位。他是从双溪乡走出去的企业家，十多年的商海历练，让他成为年轻有为的职业经理人，2004年开始，他一直在北京做投资。每一次回乡，看到乡亲们辛苦耕种的农产品卖不出好价钱，家乡的青山绿水不能转化为生产力，他感触良多，陷入沉思：自己能为家乡做些什么呢？他决定在外拼搏的同时，也在这片生他养他的土地上创建一番事业。

傅国红有一个"有机生态梦"，他成立了老傅生态农业开发有限公司，流转200亩荒芜的山地，打算从生态茶起步。开始，他不懂茶叶种植和茶艺，但他认定的方向就是回归茶的本真，种植无污染的茶叶，然后将这种绿色健康茶与有缘人共享。

做茶最重要的是把好茶源这一关。好茶肯定讲究产地，茶树的生长环境决定了茶性。为了保证茶叶的品质，傅国红制定了茶山的标准——无化肥、无农药、无环境污染。起初，有人向他推荐成片的产量高的现成茶山，但他还是选择在潘庄村的高山上自己开辟茶园。即使向农户收购青茶，他也要选高山上的茶叶，尤其是山头溪边原生态环境里种出来的，这样才能保证茶的品质。他还请了省科技特派员全程指导茶叶种植和加工制作，依托科技确保茶叶质量。傅国红的"大傅净茶"一炮打响，在2023年中华斗茶大赛上获得一等奖。

在长江商学院的校友们看来，傅国红正朝着他的梦想奔跑。他告别世界500强大企业和城市生活，怀着一颗赤子之心，创建"老傅农社"，致力于有机生态茶园建设。他的"有机生态梦"得到校友们的热烈回应和鼓励，各种方式的支持和帮助让他更加坚定了将原生态生产方式和互联网思维相结合的发展思路。

除了发展生态茶产业，傅国红还在潘庄村的平春地建设了高档民宿——磐山云隐。山顶海拔600多米，云雾缭绕，空气清新，站在山顶环视四周的山峦，真有"一览众山小"的感觉。山上翠竹绿树相映成趣，随风而动，山谷里茶园果林连成一片，物产丰富，天高云淡，群鸟翱翔，让人仿佛置身仙境。

磐山云隐由上海设计师量身定制，一期建设已全面完工，有八间大视野山景客房，分别命名为：云隐、茶隐、花隐、山隐、松隐、竹隐、禅隐、溪隐。同时建有云端茶室、餐厅、悬崖透明无边泳池、高尔夫练习场等设施。傅国红要把磐山云隐打造成集修身养性、休闲娱乐、研学为一体的高端民宿，成为久居城市的人们旅游休憩的理想去处。磐山云隐的积极意义还在于，为乡村文旅开发树立了标杆和典范。

潘庄村的西塘自然村人口少，而且大部分村民在外地就业创业，村子几乎成了空心村。经过协商，闲置的19间老屋将被改建成不同类型的中高端民宿。不久的将来，以磐山云隐为中心的民宿群，将在潘庄村亮丽呈现。

正午时分，大山深处的磐山云隐在阳光朗照下明媚艳丽；西溪河汩汩流淌，金光闪闪；潘庄村的每一座山峰，每一片土地，每一条河流，都在演绎着欢快的时代变奏曲。

我的家乡金华市金东区孝顺镇白溪湾也是一个山村，据村里老人回忆，1912年时村里有个"山里山"会，村里面的数千亩山就是会产，鳖坑、虎天山、杨七坑、杨信坑、荷花蕊、黄盘岭都归属"山里山"会。

这里还有高高的官余岭，直通义乌、武义等地，到山里面的里旺村则要通过白溪村、中柔村，村民们记忆中要爬"十八弯"。

后来，里旺村人集资修公路，打通隧道，结束了世代爬山进村的历史。因为里旺村隧道，这里的村民记住了一个名字——李启农，他是当年的金华县县长。

光阴似箭，日月如梭。当年的李县长如今已至耄耋之年，但他仍牵挂着里旺公路，仍牵挂着当年艰苦修路的村民们。

2021年11月16日，秋高气爽，风和日丽。80岁高龄的李启农应邀到孝顺镇低田片区考察，走走看看。卸任几十年的老县长兴致极高，走访了泰尔美陶瓷有限公司、麦磨滩文化产业园、渔歌小镇花之港、白溪湾景区。他对这片曾经主政过的土地充满了深深的眷恋和无限的热爱。

下午，大家又请老县长去看看里旺公路，这正合李启农的心意。

高山上的里旺公路，当年是在李启农的倡导下建起来的，他一直牵挂着里旺这个小山村。随行的林昌根、沈才启当年曾多次陪同李启农去里旺村调研，对里旺公路稔熟于心。沈才启当年还写过一篇文章《低田有高山》，刊发在《金华日报》上。

大家穿过里旺隧道，驻足在高高的岭上，视野突然变得开阔，群山在阳光的朗照下，逶迤连绵，风光旖旎。这勾起了老县长的深情记忆，他的眼眶竟有些湿润，当年里旺村村民艰苦奋斗，集资修建盘山公路、打通隧道的情景历历在目。

里旺村是低田乡的一个小村，只有200多口人，一代代村民被大山阻隔，出门要翻山越岭，通向外面往南要走官余岭，往北要走"十八弯"，5公里的山路要走半天。

修建一条公路成为里旺人心中的梦想，也牵动着李启农的心。

1990年秋天，李启农亲率有关部门领导进山，和村民商议修建公路、开凿隧道的事项，点燃了村民们心中沉睡已久的火种。

如今已至耄耋之年的沈才启，当年才40多岁，那时他担任县长秘书。

一天，李启农县长对他说："明天要到低田爬山头。"

低田乡位于金华县东部，那些年深受洪涝之苦。前一年夏季，沈才启陪同电视台的小洪、小李去低田拍摄了那片淹没在齐腰深洪水中的稻田。在他的印象中，低田的田真低。

沈才启想，李县长每天都是从早忙到晚，一年到头几乎没有休息日，不会有游山玩水的闲情逸致，也许是去解决什么难题的吧。李县长当这个"芝麻官"原本不易，"爬山头"的日子确乎是极多的。

当时，县政府还没有小轿车，他们借了一辆面包车，一路颠簸，开到南山脚下的龙盘寺。机耕路到此为止，他们接下来要徒步翻越"十八弯"的几个山头，才能到最里面的里旺村。

面对崇山峻岭，沈才启愣住了。他知道欧洲有阿尔卑斯山，日本有富士山，却不知道低田有高山，有高高的官余岭。

村支书何福喜、村主任朱恒炉早早地翻越两个山岭，恭候在龙盘寺。

高高的官余岭上，石板、鹅卵石铺成了一条曲曲弯弯、低低高高的山路，有18个弯、3个高耸的山头。那是里旺人的祖先在荆棘丛中开辟的通途。

然而，山毕竟太高太陡，路毕竟崎岖难行，不用说开汽车、拖拉机，连自行车也要扛过岭才能骑。

于是有了盖满全村88个农家私章、手指印的申请报告，有了何支书、朱主任进进出出的请示汇报和恳切求援。于是有了计划中的30万元自筹资金，其中包括10万元的义务投工投劳。于是有了李县长的到来。

李县长说："我们再不来就对不起山里的父老乡亲了。"

里旺村原来叫里王村，山里充大王不行，改为里旺。里旺里旺，其实里里外外都不见得兴旺，这个村家庭人均纯收入只及全县人均数的三分之二、全省人均数的二分之一。由于穷困和闭塞，村里当时还有30余名适龄和大龄青年找不到对象，只能看看青山绿水，亲亲冰凉酒杯，打发渴望的时日。李县长他们来到村里粗粗一看，几乎看不到一栋像样的农舍；一些衣着朴实的村民，有的蹲在门口，有的坐在门槛或门前的石凳上吃中饭。

"吃力啦！""吃力啦！"好像经过培训中心的统一培训，见县长一行到来，老实巴交的村民一个个迎候在门前，统一致以这句简朴而富于感情的欢迎辞。

老支书何福喜又一次迎上前来，李县长伸出手，沈才启举起相机打算摄下这一"历史性"的握手场面，谁知老支书只是搓搓手而并不伸出来，继而抖抖索索地从口袋里摸出一支烟来递上，憨厚地笑道："吃力啦！"

他们自己爬了几十年山头，似乎并不吃力……

李县长的心头一阵发热，眼角有些湿润。

自从有了这个山村，这么大的"官"村民们还是第一次见着。"哪个是县长呀？"妇女们三五一簇围在一起探问和猜测。

或许是走得太急，李县长来到里旺村时因中暑而躺下。他带了"火筒饼"进山，中饭只吃了两只"火筒饼"，喝了一瓶汽水。等身体稍稍恢复一点后，他就主持召开了协调会议，商定打一个山洞，修一条从里旺到山外通往乡政府的机耕路。

李启农十分理解村民们打通隧道的迫切愿望，他说："办法总比困难多，有上级党委和政府的支持，有村党支部的坚强领导，里旺村的隧道一定能打通！"他当场捐出100元，给了里旺村村民极大的鼓舞。在李启农的带领下，有关部门、社会各界人士和村民都踊跃捐款，筹集了资金28万元。那个年代，大家的生活依然艰苦，从碑记上可以看出，个人捐款最多的是1000元，最少的是10元，这些钱可能正是大妈大爷们从牙缝里省出来的。

1991年1月，里旺村盘山公路终于破土动工。经过两年多时间的施工，一条长5000米的盘山公路建成了，其中还打通了350米的里旺隧道。村民们结束了走路进出山的年代，汽车可以开到家门口啦。

修建里旺公路成为当地政府多年来重点支持的工程。虽然隧道打通了，公路也修好了，但加固衬砌等后续工程一直没有实施。

2001年，当地政府又筹资30余万元，对145米里旺公路进行加固衬砌。

2004年，在金华市委老领导马际堂的热心牵线下，村里筹集资金70余万元，对里旺公路及隧道进行全面加固衬砌施工，这一工程总算画上了句号。

里旺村人为了铭记修建公路的艰难历程，在里旺隧道进口处专门平整了一块地方，立石碑刻碑记，还把沈才启当年写的文章《低田有高山》刻在石碑上，文章真实再现了当年的情景，今天读来仍然十分亲切。

踏平坎坷成大道。修建里旺公路已经过去了几十年，但山区人民艰苦奋斗的精神永远值得铭记。如今，里旺村基本保持着原来的自然风貌，但是多了许多新建的民房，村民们还办起了农家乐，成为都市人寻找诗和远方的目的地。

村里的年轻人大多走出大山，求学、务工、创业，为光明的前途打拼。

在沈才启看来，低田有高山，低田真正的高山是里旺村意志坚强的干部和群众，是他们不畏艰难的执着追求。

李启农一辈子牵挂着里旺村人民，里旺村的村民们也一辈子都记得老县长的名字，这正是一位共产党员的初心，这正是干部和群众水乳交融的一份真情。

踏遍青山人未老

在浙中峥嵘峻峭的万山丛中,武义县群山连绵,重峦叠嶂,熟溪河沿着壶山终日流淌,清波荡漾,温润灵动。

我们要采访的是武义县扶贫办原主任董春法。他尽管已至耄耋之年,但仍然在扶贫的岗位上奔忙,武义县委大院特意为他保留着一间办公室,村民们有事没事都爱到他办公室坐坐。都说"铁打的营盘,流水的兵",对董春法来说却是"铁打的营盘,铁打的兵",他是一位退而不休的"扶贫主任"。

董春法在武义有一个"拐杖主任"的绰号。他一生清贫,却拥有58根拐杖,这也许是他人生中最大的财富,它们材质不同,形状各异,凝聚着5万多下山脱贫村民朴素的感激之情。

日月如梭,光阴似箭。武义下山脱贫走过了30年的光辉历程,已经进入迭代升级的"下山脱贫3.0"时代。2021年,县里推进全域土地综合整治和生态修复工程,南部山区28个自然村的农民搬迁进城,山民直接变市民。

20世纪90年代初，武义创造了下山脱贫的奇迹。这是一种非"输血"，又非"造血"，而是彻底改变生存环境的"换血"式反贫困战略。这种战略既协调了人与自然的关系，又密切了人与人的关系，从1993年到2021年，全县5万多贫困人口真正走向了致富之路。

2002年，在南非召开的联合国可持续发展世界首脑会议——"地球峰会"上，武义县下山脱贫经验被作为典型推荐。

2003年6月，时任浙江省委书记习近平考察调研武义下山脱贫村，召开下山脱贫座谈会，他指出，武义下山脱贫工程是一项德政工程、民心工程。武义下山脱贫成效显著，经验十分宝贵，值得总结和推广，要善始善终继续抓好。这种德政工程、民心工程，实现了人与自然、人与人的和谐共处，创造了世界扶贫史上的奇迹，为全球反贫困事业提供了参考。

2004年5月，在上海召开的全球扶贫大会上，武义下山脱贫经验获得面向全世界的推广介绍。

更为重要的是，武义下山脱贫精神一直激励着武义人民奋进在迈向共同富裕的征程中，成为武义人民弥足珍贵的一种精神财富。

1993年6月25日，董春法从武义县土地管理局（今武义县国土资源局）局长任上调至县扶贫办。

扶贫办只有一间办公室，一个编制，他既是"官"又是"兵"。那时候，董春法年近五旬，精力充沛，他认为共产党的干部就像一块砖，搬到哪里就在哪里发挥作用。很多人以为他很快就会退居"二线"，来扶贫办只不过是过渡一下。也有的人嘲笑他，以前在县建设局、县土管局当领导，大权在握，现在在扶贫办自己领导自己，光杆司令一个，干不出什么名堂。

1943年8月，董春法出生在武义县白姆乡水阁村。和同时代的人一样，他来到人世间就饱受饥饿和病痛，在幼小的心灵里烙下了贫困的印记。

水阁村藏在交通闭塞的山窝里，往南是山岗相连的大山，往北是九曲十八湾的溪流。

那时生育没有节制，妇女怀上了孩子就会生下来。董春法的母亲前前后后一共生育了十个子女，他排行第五。他的两个哥哥因为家里没钱治病先后夭折，那年他才两岁，一点记忆都没有，不知道两个哥哥长什么模样。那时候，生命不值钱，死了也就死了，活着也是受罪。

伴随着新中国的成立和建设，董春法从懵懂无知的少年成长为意气勃发的青年。但是董家并没有摆脱饥饿的困境，一家人住的是茅草房，常常是吃了上顿没下顿。有一次，母亲不知从哪里弄了点米熬了粥，因为家里人太多分不过来，就偷偷地给董春法吃，这件事让董春法终生难忘。董家的境遇正是武义山区人民生活的缩影。那时他最大的梦想就是吃上一顿香喷喷的米饭，但这几乎是一种奢望。

年少的董春法勤劳肯干，在生产队干活总是吃苦在先，什么累活重活都抢着干，邻里长辈都说他是一棵好苗子。他读过几年初小，尽管没毕业就回家种地了，但在村里也算是肚子里有墨水的人。很快，他被推选为大队会计，后来被抽调去下杨粮管所当了临时工。

19岁那年，董春法应征成为一名光荣的人民解放军战士。

在部队这个大熔炉里，董春法迅速成长起来。他开始懂得共产党人的使命就是为人民谋幸福，让百姓过上富裕的日子。他当的是坦克兵，勤奋刻苦学技术，干一行爱一行，和坦克交上了朋友，成为部队里的技术标兵，多次受到嘉奖。

他在部队待了九年，军旅生活是他人生中最宝贵的精神财富。

28岁那年，董春法退伍回到武义县，被安置到粮管所工作。不久，他被抽调到县粮食局搞基建。凭着在部队的工作经验，加上好学钻研，他设计建设的"武粮83型粮库"因具有低粮温、省劳力、低药剂、进出仓方便等特点，一炮打响，被推向金华，推向浙江，随之在全国推广，武义县粮食局成为先进典型，名声在外。那时候，提拔干部主要看工作业绩，董春法表现突出，1985年被任命为武义县建设局局长，1989年又调任武义县土管局局长。他的战友用小拇指、大拇指比画，说他文凭最低，初小都没毕业，职务却最高，先后当了两个大局的局长。

在家人、亲戚、战友们眼里，董春法是个"大官"，大家心里也都清楚，他的荣誉是干出来的，他保持了共产党人的一身正气，任何时候都把老百姓放在第一位，把干好工作放在第一位。

董春法的妻子吴福梅没有什么文化，一直在米厂做补麻袋的杂活。后来，组织上帮助她转为城市户口，关于怎么安排工作征求董春法的意见。

董春法说："我老婆没什么文化，就到环卫所吧。"

别人都说他傻，人家都把家属安置在轻松的好岗位，他好歹是个局长，怎么能让老婆去干扫厕所的工作？

董春法满不在乎，笑笑说："有工作做就很好啦。"

就这样，董春法的妻子在环卫所干了几十年，直至退休。

让董春法成为武义名人的是他开展的扶贫工作。1993年，他从县土管局局长的岗位调任武义县扶贫办主任，开始了他人生中最有意义的一段历程。

董春法上任扶贫办主任后,做的第一件事就是深入武义县南部贫困山区走访调研。那时候,山区几乎没有公路,连机耕路都很少,董春法骑着一辆自行车风里来雨里去,骑到山脚下,先把车寄存在农户家中,再徒步爬到高山上的人家去。他随身带一块可以量海拔、测气温的手表,一本武义地图册和一只手电筒,深入高山地区的每一个自然村,核对土地、人口、收入等基本情况,一个山头一个山头地爬,一户人家一户人家地访贫问苦,谋划对策。

武义县地处浙江中部,南部地区群山绵延,农民饱尝大山造成的苦头。据统计,武义县海拔800米以上的高山有101座。1991年6月,浙江省委、省政府确定武义县23个乡镇里南部山区的13个乡镇为贫困地区,12.4万山区贫困人口中有8万人居住在高山、深山和纯山区,武义县被列为浙江省8个贫困县之一。居住在大山深处的群众,由于恶劣的自然条件,交通不便,信息不畅,生活十分贫困。

调研的结果出乎董春法的意料,这让他有些自责,以前在局里当领导忙的都是政策方面的事,没有这样深入过普通百姓家里,真是不看不知道,看了吓一跳。村民们麻木的状态和无可奈何的哀叹,让他痛心疾首,坐立不安。

柳城畲族镇上天苍村坐落在海拔1000多米的高山上,村民们穷得连吃饭都成问题。有一次,董春法带着电视台记者去走访,到了那里看到村民的粮食少得可怜,几个人就随便吃了点东西充饥,记者累了躺在村里的大岩石上,说:"老董,你以后再也不要带我们到这种地方来。"

位于牛头山上的上田村很少有人问津,董春法找了村民当向导,才顺利地从九曲十八弯的山道里走出来。村民们说,这里"山门"很紧,很多人进得来,出不去,因为山深林密,野兽出没,以前还有人被野兽叼走。

大田乡高村在高高的山岗上,全村只有6户16人,以前几乎与世隔绝,董春法是到这个村里级别最高的干部,全村10多口人齐刷刷地围着他问这问那。让董春法惊讶不已的是,这个村的人居然没有做居民身份证,也没有户口本,更不要说结婚证,他们从没听说过选民证,连人口普查都没有查到过他们。这些村民祖祖辈辈生活在闭塞的大山里,甚至没有经过初级集体化,村民们长年累月日出而作,日落而息,不知道外面的世界长什么模样。董春法说:"他们是武义34万人以外的人,是中国10多亿人口以外的人,真的是一个被遗忘的角落。"

俞源乡九龙山村海拔1000多米,有68户189人。山上除了很少的一点靠天吃饭的山垄田,全是岩石和茅柴。几十年来,政府不仅赈粮拨款,而且帮助他们通上了电,但由于地理环境恶劣,村民们仍然摆脱不了贫困的局面。

1995年,九龙山村人均收入380元,全村有42个光棍汉。村里已经8年没建过一间泥木结构的房屋,7年没有一户娶过亲,6年没有出生过一个小孩,全村人口10年间下降9%,5年没有出过一个高中生。村民们忧心忡忡,长此以往,九龙山村会消失。

村民们编了顺口溜自我解嘲:"九龙山,九龙山,十年九年旱,有女不嫁九龙山。""九龙山山高,路弯弯,全村都是光棍汉,没有钱又没有粮,要想发展难上难。""风调雨顺种点粮,干旱年份吃饭难,村里姑娘往外嫁,大龄小伙娶亲难。"

这些顺口溜是九龙山村村民艰苦生活的真实写照，却让董春法如坐针毡，每一句都像一把尖刀刺在他的心上。

董春法整理了蜗居深山的村民们生活的七个大难题：温饱解决难，青年娶妻难，出门行路难，发展经济难，上学就医难，饮水用电难，邮电通信难。这七个方面的困难，就像大山重重地压在山民的心头。

董春法陷入了沉思之中：怎样才能够让这部分人也和其他许多农民一样走上脱贫致富的道路呢？从此，他开始了探索之路。

董春法在上任武义县扶贫办主任后的3个月时间里，走访了212个行政村、734个自然村。他怀着沉重的心情着手整理调研报告，并大胆提出下山脱贫的思路。他发现，送钱送物，修路通电，都不能改变山民的贫困状况，而山下资源多、路子多、办法多，只有下山才能让山民真正地走上脱贫之路。经过反复思考，推敲琢磨，下山脱贫的思路在董春法的脑子里开始清晰起来。

董春法要开展下山脱贫工作的消息很快传遍了机关。

有些人说："董春法异想天开，新安江移民是国家行动，都那么难，武义一个穷山区县，哪来钱搞搬迁？"

村民们也不理解："啥叫下山？山上有田，有地，下来搬哪里去？连根都没有了！"

但董春法认为，路是人走出来的，没有做不到，只有想不到。他比任何时候都更有信心，更有决心，他要做前人没有做过的事。

董春法把自己的想法及时向县委领导汇报，得到了县委主要领导的充分肯定："老董，你大胆干，县委就是你的坚强后盾！"

这让董春法热泪盈眶，自己这几个月的辛苦奔波没有白费，下山脱贫一定能干出名堂，他要让全县的山区群众都搬到平原，真正脱离贫苦，过上幸福日子。

武义下山脱贫其实也是山民观念上的一次大碰撞，大裂变。董春法认定，搬迁下山才能改变生存环境，摆脱僵化的传统观念，走出一条脱贫致富奔小康的路子。

正是因为根深蒂固的观念问题，真要让山民们离开祖祖辈辈赖以生存的大山，他们大多犹豫不决，再加上那年头村里要资金没资金，要物料没物料，搬迁下山困难重重。

董春法开始在王宅镇紫溪村、柳城畲族镇上天苍村和下天苍村、西联乡杨梅岗村进行试点，因为这几个村的规划都是在本村内部进行迁移，从高山上搬到山脚下，土地还是他们自己的，协调起来比较方便。

紫溪村位于大法尖，海拔917米，全村46户农家没有一幢砖瓦结构的住房，住的都是泥土墙的茅草房，山民开门见山，出门爬岭，吃的用的都要靠肩挑背驮。只见一个个俊俏的姑娘往外嫁，却没有姑娘肯往山上嫁，小伙子一个个成了光棍汉。村里有个青年到农田施农药不慎中毒了，邻里四五个壮汉把他抬上竹椅子，再绑上毛竹，抬下山去医院抢救，但才抬到半路，人就断气了。从山上到山下要走几个小时的路，山民又不懂急救，就这样眼看着同村人没了命。

1994年年底，紫溪村46户全部搬迁下山，有两户造了一层的毛坯房，盖上了油毛毡、塑料布，就赶在春节前住了进去。虽然房子仍有些简陋，但噼噼啪啪的鞭炮声驱走了贫困的阴霾，迎来了新年的喜悦和希望。

董春法最初的想法正在一步步成为现实。

1994年，武义县下发《武义县高山深山农民居住迁移试行办法》，武义县扶贫脱贫工作重点转向了"下山异地脱贫"，形成了县政府统一规划迁移、本乡镇迁移和跨乡镇迁移三种基本模式。

1995年年底，武义县委领导在西联乡召开党员干部动员大会，燃起了冬天里的一把火，把老百姓的心点亮堂了。这位领导用两天的时间，翻山越岭步行100多里山路，深入石柱源、田坪、荷花地、东坑、马栏、和尚田、大坑下、上田等革命老区村调研，与村民们共商下山异地脱贫大计。

西联乡政府驻地马口村，原先只有300余户，人口近千人，到2000年，有14个自然村891户2650人迁来安家落户。乡政府驻地一下子热闹起来，各类商店很快从4家增加到37家，家电、五金、服装等百货一应俱全。

原先在山顶、山腰居住的山民，都搬迁到山脚开阔地或公路边，由分散的自然村搬迁到行政村中心或乡镇政府所在地。下山异地脱贫不仅让高山农民看到山外世界的精彩，同时也有利于人口集聚，资源共享，推动城镇化建设。

羊虎坪，顾名思义，是山羊和老虎出没的地方，坐落在海拔1098米的大山深处。1930年5月，宣平北营红军建立，指挥部设在羊虎坪，后发展为红十三军浙西第三纵队。羊虎坪村有六名村民参加了红军，其中战士祝樟海在村里炼火药时牺牲，成了革命烈士。1937年，粟裕带领红军挺进师在这一带开展过武装斗争。

这片曾经洒过热血的革命根据地，却因为恶劣的生存环境让当地老百姓看不到发展的希望。1958年11月的一天，五只老虎闯进村里，拖走了两只狗、一头羊。村里八个青壮年组成打虎队，打死了两只老虎，另外三只老虎落荒而逃。

羊虎坪打虎故事像风一样传遍武义，成为街头巷尾人们茶余饭后的美谈。打虎故事，反映了人们战胜困难的勇气和意志，但也从侧面反映出羊虎坪村生存环境的险峻和恶劣。

羊虎坪这个村名，后来改成阳铺平，寓意阳光普照着茅草铺。山民们从高山上搬到平原乡镇后，村名改成了阳光村，村民们都说这个名字好，共产党的阳光照到羊虎坪了。

随着董春法工作的深入，一个又一个村庄从高山搬到了平原乡镇，下山脱贫终于成为多方认可的行动。董春法信心倍增，把西联乡作为工作重点。西联乡距离县城50多公里，1996年一年内，董春法跑了43趟，全乡61个自然村他去过58个，其中高山区饭甑村就去了28次，参加了4次村民会议，听取村民们的意见和建议。

董春法一方面千方百计协调下山脱贫的各种方案，处理难以想象的矛盾纠纷，把下山脱贫这件好事办好；另一方面，他还牵挂山民的增收致富问题，带着科技人员翻山越岭，劝导农民种植高山蔬菜，通过勤奋劳动增加收入。

有人说，董春法手伸得太长：土地的事，他要管；规划的事，他要管；农业局、科技局的活，他也要管。别人怎么说，董春法不管，他只认定一条，只要对老百姓脱贫有利的事，共产党的干部都要管。

在下山脱贫工作中，董春法和山区人民建立了鱼水深情，他对各个贫困村的情况十分了解，这些村海拔多高，适宜发展什么，人口多少，人均收入多少，大龄青年几个，谁家娶了媳妇生了娃，他比乡镇驻村干部还清楚。他每次到村里，村民们总会围着他，把家长里短和他说个没完。

1998年的夏天，董春法到大溪口乡塘岗村东山坑自然村协调搬迁事宜。

村里的干部群众知道董主任到村里，别提有多高兴，村干部提前在柳城镇最好的饭店订了包厢，要好好宴请他们心目中的大恩人。

快到中饭时间了，董春法还在一户农家和村民们围坐在八仙桌边，商讨选址事项。

村支书说："时间不早了，我们到柳城吃饭去，包厢早预订了。"

董春法一听不高兴了，说："哪里的饭店我都不去吃，包厢可以退掉。"

村支书说："我们想好好款待您，您赏个脸。"

董春法说："到柳城镇吃饭，又费钱，又费时。再说，这也不是我老董的风格。我从来都是到哪个村就在哪个村吃，到哪户人家就在哪户人家吃，把钱付给当家的。"

村干部们面面相觑，傻眼了，一点思想准备都没有。

董春法不容分说地表示："今天我们就在这家农户吃，能填饱肚子就行。"

那时大家还没手机，村支书只好派一名干部骑车去柳城退包厢，大伙儿忙活着烧中饭。

那个村民找来木梯，爬到二楼去拿平时舍不得吃的粉干。二楼没有楼板，只铺了几块杉木条子，人走上去一颤一颤的，灰尘都掉到了楼下。村民把粉干拿下来一看，都已经发霉，赶紧去邻居家借了三把粉干；家里酱油、味精也没有，又得到邻居家借；刚坐下来，发现碗也不够，只好再到邻居家借。这样来回折腾了三四次，大家才吃上了中饭。

2000年2月5日，农历正月初一，从大田乡高村搬迁到白洋街道金畈村的一个村民来给董春法拜年。他说："要不是你老董帮忙，我们全村村民至今还是黑户口。因为下山了，脱贫了，原来离开我的媳妇又带着孩子回来了。"

董春法说："这大过年的，你这么有心来看我，一定要留下吃个饭再走。"

这个村民感动得眼泪唰唰往下流。他永远不会忘记，是董春法一个部门一个部门跑，一手操办选址征地、户口落实等工作，终于在1999年把世代居住在大山深处的高村6户农家共16口人搬到城郊的金畈村，让他们走出大山融入了脱贫致富的洪流。他们大多去了企业上班，人均年收入当年就超万元，有3个家庭很快就买了小轿车。

董春法深入基层，扶危济困，改变了村民，感动了村民。

村民们对脚踏实地为他们付出心血的董春法赞不绝口，为他总结了"六个千"：跑遍千山万水，深入千家万户，说尽千言万语，想尽千方百计，排除千难万险，尝尽千辛万苦。事实也确确实实如此，10年风雨扶贫路，董春法的"六千精神"，终于换来5万多名下山脱贫的山民灿烂的笑容。

金杯银杯不如老百姓的口碑。董春法成了武义县贫困山区家喻户晓的人物，被人们敬称为"董公"。

2003年5月，董春法卸任武义县扶贫办主任一职，再过几个月就正式退休了。

一些山区村民一听到这个消息就坐不住了，武义下山脱贫怎么能离开老董呢？

大岭头村、金桥村、九龙山村等18个村的村民联合签名写信给县委、县政府，坚决不答应董春法退休，强烈要求县委、县政府继续留用董春法在扶贫办工作。

县委书记第一次遇到这种情况，破天荒为一位即将退休的干部专门召开一次县委常委会会议，最后形成意见：尊重老百姓意愿，董春法同志退休不退岗，继续留在扶贫办，不发任职文件，不增加工资。

就这样，20年过去了，武义县委、县政府至今仍在大院里为董春法保留了一间办公室。

已经80岁的董春法身体依然健朗结实，他常常会在办公室接待来访，向前来取经的人们介绍武义下山脱贫经验。他当扶贫办主任期间，已经接待102个国家的考察团和国内31个省区市的考察团，为成千上万的来访者、考察者讲解他从事下山脱贫工作的亲身体会。有时候，他也会去下山脱贫的村庄走走看看，那些与他打过交道的村民已经成为他的好朋友，彼此牵挂，经常想念。

董春法有一个"拐杖主任"的绰号。

第一个给董春法送拐杖的是九龙山村的老支书邓寿明。

九龙山村的村民没有一个不认识老董。邓寿明和董春法第一次见面时，九龙山村还在海拔1000多米的龙眼山上，那时村民要通自来水，但村里穷得凑不够钱。

邓寿明跑了几十里路进城，找到县扶贫办的那间小平房，董春法热情地接待了他，临别时说："邓书记，你先回。过几天，我上来看看。"

邓寿明没要到钱，怏怏而归，将信将疑地等信儿。

大约过了一个星期，董春法真的爬上了龙眼山，出现在九龙山村村民面前。

邓寿明见到董春法，心里别提多高兴了。他把苦水都倒了出来："我们村的祖先从福建迁到这里定居，到现在有500年了，国家实行改革开放，可我们还是以砍柴、烧炭为生，脱不了贫。"

董春法说："我这次来，就是为了让九龙山村拔穷根。你看紫溪村都搬下去了，你们村是不是可以考虑整村搬迁？"

邓寿明当晚就召集村领导班子成员开会，但大家都感到束手无策，想不出好办法。

邓寿明只能无奈地告诉董春法："我们村搬不下去的，太穷了，下山根本造不起房子。你不要再辛辛苦苦上山来了。"说着说着，眼泪夺眶而出。

董春法说："办法总比困难多，我们一起来想办法。"

董春法把九龙山村搬迁计划上报后，武义县人民政府批准九龙山村整村搬迁。为了协调搬迁方案，董春法前前后后爬了100多趟龙眼山，终于把九龙山村村民的工作做通了，落实了下山的方案。

新九龙山村坐落在国道边上，依山傍路，交通十分便捷，新村前后5排共60多幢新房整整齐齐地排列着。村口宽阔的道路边耸立着一块石碑，上面刻着"新九龙山村"。新村的老百姓常常会说的一句话就是："做梦也没有想到过！"政府出钱修路，通电通水，大家的日子越来越舒心。1999年2月9日，新九龙山村为6对新人举行集体婚礼，终于结束了村里多年无人娶媳妇的历史，全村张灯结彩，喜气洋洋，沉浸在幸福的甜蜜之中。

村民们说，下山脱贫第一个要感谢的人就是董春法。老支书邓寿明脑海中总是浮现董春法一趟趟爬龙眼山的身影。他想，董春法年龄慢慢大了，如果送他一根拐杖，既能帮助他走山路，又能表达对他的谢意。

邓寿明就从山上找了硬杂木，精心制作了一根拐杖，亲手送给董春法。

很多村民感念董春法的贡献，也做了拐杖送给他。

在武义县城开画廊的周志贵是木工出身，和董春法素不相识，但从新闻里看到董春法的事迹后深受感动，精心制作了一根拐杖，找到县扶贫办送给董春法。

逢年过节，邓寿明总要上门看看董春法，和他拉拉家常。2022年秋天，邓寿明回到高高的龙眼山采了柏木，又亲手制作了一根拐杖，送给董春法。这是董春法收到的第58根拐杖。

董春法把乡亲们送的拐杖收藏起来，视为珍宝。58根拐杖，每一根都有一个动人的故事，它们伴随着董春法，见证他30年奔走在扶贫路上的辛勤付出。在他的眼里，武义下山脱贫的道路越走越宽，一直在向着共同富裕的目标不断迈进。

他想，在有生之年自己只要走得动，和大山结缘的工作还要继续干下去。

在浙江省"八八战略"实施20周年之际，董春法趁正月里空闲，从3万多张老照片里挑选了1000多张，做了一本《扶贫纪念册》，他逢人便说："做成画册后一上秤，重六斤三两。那心情真像有了个刚出生的孩子。"

在那略显拥挤的房间里，我对董春法说："快把你的'大胖小子'抱来给我们看看。"

董春法笑哈哈地说："这个事经媒体一报道，差不多全省人民都知道我生了个'大宝贝'。"

这是一本装帧十分精美的画册，他一边翻开画册，一边乐滋滋地向我说起这些照片背后的故事。

这些老照片，勾起了董春法对当年扶贫工作的深情回忆。

有一张照片上，一个挂拐杖的老人俯身摸着面前的卡车。这张照片是董春法1998年4月21日在内圩村拍摄的。当时，村里要修一条机耕路，这辆卡车是为村里运送水泥的。在车边，那个时年86岁的老人用武义方言对董春法说："这家伙，真厉害，有四条腿，爬都这么快，要是站起来跑，那我们怎么追得上呀！"

房屋里随即响起哈哈大笑的声音。

画册中，有他挂着拐杖爬山过岭的照片，还有一张拍的是乡亲们送的58根拐杖，它们整齐地排列着，像是接受检阅的战士们。

董春法对我说："画册中最珍贵的，是十多张时任浙江省委书记习近平同志视察武义时拍下的照片。"2003年6月13日，习近平来武义考察调研，对武义下山脱贫给予充分肯定。

董春法清楚地记得，习近平还拉着农民的手说为大家过上幸福生活而高兴。习近平情系百姓的情景，镌刻在董春法的心中，成为他珍贵的记忆。

董春法告诉我，2023年4月26日，他应邀去浙江师范大学赞比亚国家官员培训班做讲座，专门介绍了武义下山脱贫的历程和经验。赞比亚官员们给他竖起大拇指，说他是"一个伟大的平凡人"。

董春法笑着说："这评价太高了，我不是伟大的人，只是一名共产党员，为人民服务，做了一些杂七杂八的事。"

这就是一位老党员的赤子情怀，80岁高龄的他依然心系脱贫致富工作，时常到下山脱贫的村里走一走，见见照片中的老熟人，看一看时代的新变化。

董春法怀抱着这本珍贵的画册，真像抱着自己刚出生的孩子，他笑得那么灿烂。

天路上的彩色飘带

　　清晨我站在青青的牧场，看到神鹰披着那霞光，像一片祥云飞过蓝天，为藏家儿女带来吉祥。

　　黄昏我站在高高的山岗，盼望铁路修到我家乡，一条条巨龙翻山越岭，为雪域高原送来安康。

这是韩红深情演唱的《天路》，演绎了藏区人民盼望铁路修到家乡的激动心情。这首歌也可以借用来表达丽水市景宁畲族自治县山民们对修建高速公路的热切期盼。

2019年5月的一天上午，一排呼啸着的冲天炮齐刷刷飞向金坵村上空，弥漫起霓虹般的耀眼云团，七彩烟雾慢慢地向周围的山野散开，绽放出美丽的圆环，带给山区数十万民众追求幸福美好的希望。

这是景宁畲族自治县值得纪念的日子。这天，溧宁（江苏溧阳—福建宁德）高速公路景文（景宁—文成）段正式开工！

工程现场，彩旗飘扬，锣鼓喧天，歌声嘹亮，人声鼎沸。

作为浙江省交通投资集团景文高速公路项目指挥部常务副指挥，

张仲勇的心情有些激动。1969年，他出生在缙云县的一个山村，后来毕业于一所理工学院，学的是土木桥梁专业，他对大山有一种天然的眷恋之情。他是一位交通战线的老兵，放眼浙南深处的群山，无论是高耸入云的桥墩，还是陡峭不平的施工便道，处处都留下了他的足迹。张仲勇和他的团队辗转于浙南山区，从金丽温高速公路到龙丽温高速公路，十多年来他们将自己的青春挥洒在绿水青山间。这一次，他又肩负光荣使命，将带领一批"建设铁军"修建景文高速公路。

景文高速公路的开工建设，是浙西南革命老区交通发展史上的一座里程碑，它将成为长三角区域闽浙赣地区的黄金通道，为加快浙西南山区经济的发展插上腾飞的翅膀，让丽水、温州1200万民众生活得更便捷、更富裕、更健康，助力乡村共同富裕早日实现，人民向着幸福美好的生活目标迈进。

景宁于明景泰三年（1452年）设县，距今570余年。而畲族迁入景宁已有1250多年的历史，唐永泰二年（766年），畲族祖先带领族人从福建罗源迁来浙江境内。

景宁是革命老区，战争年代，粟裕、刘英、叶飞等无产阶级革命家曾率领红军挺进师辗转于景宁梅岐、毛垟、家地等地开展革命活动。

景宁地形地貌十分特殊，人们常说"九山半水半分田""两山夹一水，众壑闹飞流"。这里海拔在千米以上的山峰多达779座，森林覆盖率超过80%，山高壑深，奇秀俊美，动植物自然资源丰富，空气和水资源质量居全省前列，是国家生态县。但这些自然条件也制约着景宁的经济发展，刚摘了贫困县的帽子又套上了欠发达县的裤子，迈不开步，走不动路，挡在景宁山民面前的铜铃山让丽水和温州相隔甚远，也使景宁成为浙江省一任又一任省委书记最关注的县。

景宁全县户籍人口近17万，常住人口11万多。党的政策给乡村山民带去利好，致富路上一个也不能落下。

景文高速公路由西向东，一头连着丽水市景宁畲族自治县，另一头连着温州市文成县。这条高速公路在浙江乃至全国是前所未有的，全长约68公里，桥隧占比高达80%，共37座主线桥梁、23座隧道，几乎隔1公里就有一座桥或一座隧道。沿线地面高程在50—1000米，因此景文高速公路有着"浙南天路"之称，施工难度在全国高速公路建设领域首屈一指。

"蜀道之难，难于上青天……"李白当年如此感叹，他不知道浙南山区也是这样险峻啊！

刘晓华是交通战线上的一名资深记者，多年来关注高速公路建设，他的长篇报告文学《浙之巅，我来了！》，全面记录了溧宁高速公路泰顺段的建设历程。

刘晓华的父亲刘名给他讲得最多的就是山区的行路之难，这让他记忆深刻，没齿不忘。

那是1948年泰顺中学招考前的第五天。鸡刚打鸣，刘名就起床，他背起行囊，跟着进城去卖小猪的夏伯父一起出发。

他们翻山越岭，到了莒江岭头，东方才露鱼肚白，爬过山岭，到洪口樠头岭那个凉亭已是中午，他们在凉亭里啃上几口蒲包冷饭团便继续赶路。

终于到三茅岭了，翻过去就是温州，刘名一屁股瘫坐在地上，对伯父说走不动了。

三茅岭也称状元岭，其中有个典故，相传宋代温州首位状元徐奭曾多次途经此地。此岭起起伏伏有十里山路，行至此地，那时十三四岁的刘名实在走不动了。

夏伯父对他说："刘名啊！当年徐奭常翻这岭才中状元的，你是想学徐奭还是想打退堂鼓？……"

"走出大山方成龙。"这句古训是山区民众口口相传的俗语，读书人都懂得这句话的含义。

刘名听罢，铆足劲爬过了三茅岭，到县城已是傍晚6点多了，两人整整走了16个小时。

不久，刘名如愿考上了泰顺中学。

到了刘晓华这一代，山路情况稍稍好了点。刘晓华记得，第一次离开老家去县城是12岁那年的暑假，他走了3个小时的山路才到一个有去县城班车的公交站，姨妈好不容易才把他从汽车窗口里塞进去，班车吭哧吭哧从金坑吃力地往县城开去……

金坑到县城有30多公里，班车开了1个多小时。这比起当年刘晓华的父亲去县城走16个小时，不知好了多少倍。

"要致富，先修路。"这句耳熟能详的话道出了交通对经济社会发展的重要意义。小到一个村庄，大到一个国家，富裕和繁荣都离不开便捷的交通。缺乏快速便捷的进出大通道，资源开发、经济发展、人们出行都会受到制约。作为偏远山区的景宁、文成、泰顺，长期以来因大山峡谷阻隔，交通不便，百姓出行困难。连通大山内外是山乡人民一直追寻的梦想，修建高速公路成为浙南山民们的殷切期盼。

2020年5月18日，"最美温州人"2020感动温州十大人物颁奖典礼隆重举行，文泰高速公路建设团队入选，颁奖词为：用1000多个日夜的分秒必争，以拓荒牛的精神踏平沟壑、联通绝壁，你们以速度、高度、难度，书写了建设"浙江天路"的人间传奇。

张仲勇和同事们感到无比自豪，他们见证了文成、泰顺迈入"高速时代"。

张仲勇对下属常说这样一句话："我给不了你帽子，也给不了你票子，我们要讲使命，要讲情怀。"

张仲勇就是这样真实又有很强使命感的人。他对我们说："我们公路建设者就是逢山开路，遇水搭桥。哪里没有路，哪里就有我们。"

2016年，位于浙南的文成、泰顺两县，因群山阻隔，地处偏远，是浙江全省仅剩的两个没有通高速公路的内陆县。

这年年底，为圆山区百姓的"高速梦"，打通浙闽省际"断头路"，由浙江省交通投资集团建设的总概算326.2亿元的龙丽温高速公路项目（分文瑞、文泰、景文三段建设）正式破土动工。凝聚着各方期盼，这条路从纸上蓝图一步步变为地上实景。

龙丽温高速公路文泰段全长56公里，桥隧比高达72%，地形复杂，山高谷深，云雾缭绕。这样一条路，建设工期却只有36个月，艰难程度不言而喻。

如何尽最大可能争取建设时间？张仲勇采取了"五个先行"创新举措，为无障碍进场施工创造条件。例如：先行启动施工便道建设，规划长38公里的9条施工便道，为施工队进场打通道路；先行启动用地报批手续，合法合规进场施工……

回忆起最困难的时刻，洪溪特大桥的施工过程涌上张仲勇的心头。洪溪特大桥最大塔高177.212米，是当时浙江海拔最高的桥梁工程，也是整个文泰高速公路项目最大的节点控制性工程。张仲勇心里清楚，大桥原施工图设计的24米桩基远远不能达到实际建设要求。"面对现场复杂的地质条件，具体桩基要打多深，谁心里都没有底。"

然而，如果不在当年5月底前完成桥梁桩基施工，如期实现全线通车的任务就将泡汤。作为项目负责人，张仲勇暗下决心："无论如何都要完成建设任务。"

千方百计想办法，到处找专家会商……张仲勇几乎把所有能想到的办法都尝试了一遍，却还是未能找到"最优解"。

他常常夜不能寐，半夜醒来将想到的点子记录下来，等天一亮就召集相关人员商量方案。最终，桩基比之前设计的延伸15米后，牢牢嵌在了坚实的岩体上，施工的难题得以攻克。

穿梭于地形险峻的施工现场，攻克一个又一个难关，解决一个又一个技术难题，张仲勇带领建设者们披荆斩棘，让浙南山区人民的"高速梦"一步一步变为现实。

文泰高速公路项目拥有丰富的桥型结构，被称为"桥型博物馆"，多座桥梁创下"全国第一"。2020年12月22日，该段高速公路顺利通车，标志着浙江如期在"十三五"末实现陆域"县县通高速"的目标。文泰高速公路成为文成、泰顺两县70多万民众致富奔小康的"幸福之路"和"希望之路"。

2019年5月，文泰段施工还没有全部结束，张仲勇就带着建设团队，义无反顾地投身于景文段的建设中。把高速公路置于绿水青山间，项目建设不逾越生态红线，是他们想做也正在做的。

这条串联山巅的绿色秀美之路，建设起来并不是一件易事。景文段是浙江地形最复杂的高速公路之一，项目有着"浙南天路"之称，书写了浙江高速公路建设史上的许多个"第一"。

景文高速公路项目率先在浙江全省范围内大规模全标号运用机制砂工艺，不仅有效解决了项目集料紧缺问题，还有效规避了废弃石料长期搁置的资源浪费和环境影响，特别是减少了对土地资源的占用。

景文高速公路施工最艰难的地方就是高岭头水库特大桥和叶麻尖特长隧道。当时设计者们测量和放样是腰间绑着麻绳吊下去操作的，就像电影《红旗渠》里的河南山民挖渠道那样。

摆在建设者们面前的难题一个接着一个：悬崖峭壁上机器怎么安装？挖掘十几里隧道产生的渣土往哪里堆放？高山电线便道怎么架设？建设者们像穿山甲一样，硬是一点一点向大山深处挺进。

80多年前，红军跨越娄山关时，毛泽东就发出了"雄关漫道真如铁，而今迈步从头越"的慨叹；而今，浙南山区的高速公路建设亦是"难于上青天"。

情况越是复杂，修路铁军越是迎难而上！一批又一批建设者来到深山，日夜奋战在工程建设的一线。为做好现场勘测工作，他们在崇山峻岭间披荆斩棘；为求得最优规划，他们在无数次会议上碰撞"火花"；为推敲设计方案的合理性，他们面对钢筋水泥反复斟酌；为改进施工组织设计，他们在夜阑人静时埋头伏案……通过科学组织、精心谋划，高岭头水库特大桥顺利合龙，叶麻尖特长隧道顺利贯通……一个又一个节点工程逐一完成，铁军们在荒凉中到来，于繁华前离开，默默构筑起了68公里的通车路。

高岭头水库特大桥是项目的关键控制性工程，位于文成县内，大桥引桥长783.645米，主桥全长580米，主跨跨径300米，主塔全高

210.317米，相当于70层楼高，是浙江高度最高、跨径最大的山区混凝土斜拉桥。

这一带地形复杂，常年多雾多雨、昼夜温差大，建设者们克服诸多不利条件，攻克测量、放样等技术难关，最终实现将垂直度偏位数值偏差控制在毫米级。与此同时，在绿水青山间建设高速公路，必须尽最大努力保护环境、保持水土，这也给建设者们提出了更高的要求。

景文高速公路高岭头水库特大桥嵌在重峦叠嶂间，桥下绿水泛起微澜，和谐的画面形成一道独特的风景线。

叶麻尖特长隧道是浙江长度最长、埋深最深的高速公路隧道。它位于文成县铜铃山国家森林公园内，穿越深山峡谷，沿线地形地貌及地质构造极其复杂，有多处断层、破碎带、岩爆区，施工风险高、工序多，环境保护、水土保持压力大。

面对艰难的施工条件和紧张的工期，景文高速公路项目推行"机器换人"措施，配置"两机一桥四台车"，只需要四个人操作两台设备即可完成传统工序中十四五人的施工团队的工作，大幅提升施工效率，降低安全风险，有效推进了高速公路机械化、智能化施工的变革。

"车在路上行，人在景中游"，景文高速公路结合沿线自然资源和人文资源特色，遵循"通景、融景、造景"的设计理念，以"绿水青山间的彩色飘带"为定位，从"百花朝凤""瑶境回廊""重峦觅瀑""文成寻迹"四个主题区段入手，集高速通行、交通服务、生态展示、文化展示、休闲游赏、旅游体验等多种功能于一体，打造安全通行风光带、山水人文展示带、城乡统筹发展带、全域旅游连接带、景区化高速示范带。

完成亮化提升工程的景文高速公路景宁高架桥成了当地的新地标，

群山回响

桥上的斜拉索犹如一把折扇，主塔两侧雕刻着"中国畲乡""幸福吉祥"字样和富有畲乡风情的图案，当绚烂的灯光亮起，山水间又多了一个亮丽的景观。

2023年1月4日，距离春节还有约半个月，龙丽温高速公路景文段胜利通车，打通了景宁"断头路"。

青山绿水起通道，山脉沃野绽光芒。从开局即冲刺，到吹响攻坚号角，再到稳步提质，最终决胜通车，三年多来，景文高速公路见证了浙南山区和畲乡的巨变与腾飞，更谱写了浙江交通新华章。景文高速公路正如绿水青山间的一条彩色飘带，把一座座山峰串联起来，于群峰叠翠间一路延伸，带领着浙南山区人民在追求共同富裕美好目标的道路上不断前进！

"通车了！通车了！"百岁老人夏奶奶坐在门前的竹椅上欢呼。夏奶奶不知高速公路是个什么概念，但她晓得是一条好宽好长的路，可以开汽车的路，她打心底里高兴。

这条高速公路从夏奶奶家门前几百米处经过，正好在她视线范围内。她每天坐在自家门口，看建设者们施工了三年，今天终于通车了！

景文高速公路开通那天，曾孙特意赶回家，接百岁老太太坐着轿车走了一趟县城。夏奶奶在车上一路笑个不停，这是她发自内心的笑，洋溢着幸福。

"景文高速公路通车意义重大，带来的效应无量啊！给沿线一带民众带来了很大的福祉。"浙江博士园生物技术有限公司董事长刘卿说，"景文高速公路开通前，一年车流才20多万辆，现在光一月份就有一年的车流量。车流带来了人流，人流带来了客流，客流带来了经济发展,这是连锁反应啊!"

刘卿算了一笔账,他说:"别的不说,光鲜香菇一项就给沿线菇农带来直接收益。以前鲜香菇三块五毛一斤,现在最贵达到十二元一斤。高速缩短了路程,现在景宁到温州只要一个半小时。丽水的龙庆景(龙泉、庆元、景宁)三县,年产干香菇八万吨,如果按鲜香菇算,重量要乘以三,每吨鲜香菇增加两千元,光香菇一项一年收益要增加近五个亿……"

中国香菇80%产自丽水。常言道:"中国香菇看丽水,丽水香菇在龙庆景。"保存鲜香菇对环境条件要求很高,香菇采下来超过四个小时或温度较高就要开伞,开伞鲜菇不值钱。以前菇农采下鲜菇出不了山,冷链车运输成本高,只能用炉灶把它们烘焙成干菇,存放到年底或春节售卖。如果存放不善,香菇发霉,一年的辛劳就要泡汤。如今菇农开普通小货车一个半小时就可到达温州蔬菜市场,鲜香菇一下子提高了身价,以前销售无门的鲜香菇如今成了香饽饽。

文成县西坑畲族镇南坑垟村的村民赵小英说:"我家里有几十棵杨梅树,挂果成熟后,要靠熟客自己来购买,来一趟翻山越岭,杨梅颠簸得出水,品质降低不少,低价给顾客,他们还不太满意。如今通高速公路了,我想客人一定会比以前多起来,杨梅不愁没销路。"

景文高速公路终于迎来开通盛典,景宁县澄照乡金坦村党支部书记兰文忠身穿民族服装去典礼现场庆贺。

依托景宁南收费站,村支书兰文忠和村"两委"其他干部早就做了规划,发挥交通节点优势,利用好自然资源,推动文旅产业发展,带动乡村经济效益增长。

兰文忠说:"金坦村是惠明茶主产区,以前我们的茶叶主要销往宁波、上海，随着景文高速公路的开通，我们要打开台州、温州市场。新的一年，我们相信一定会带动茶农增收致富，更好地发展茶产业，前景会越来越好。"

"对于东坑镇来说，景文高速公路一头连着县城，接轨长三角，另一头连着温州，打通了浙闽山区高速的'断头路'，更打通了山区群众奔向共同富裕的希望之路。"景宁县东坑镇镇长张建妙高兴地说。

这是一条镶嵌在深山崖壁上的致富之路，也是一条蕴含着工匠精神、环保理念、创新科技的奋斗之路，更是山区人民梦寐以求加速发展的共同富裕之路，是浙江践行"八八战略"，全面贯彻新发展理念，攻坚克难而筑起的"浙南天路"。

景文高速公路壮大了文旅产业，也带来了相关产业的连锁发展。

杭州娃哈哈集团有限公司来了，在文成县投资建设智能饮料生产基地，带动就业，拉动经济。

文成县西坑畲族镇旅游地产项目净水湾负责人蒋宇洪深有感触地说："景宁高速公路没通车的时候，我推荐项目把嘴巴说干了，客户也不动心。现在，客户主动找上门来了……"

张仲勇和他的团队以大无畏的精神，明知山有虎，偏向虎山行，不知辛苦地拼搏，以一种匠人精神团结奋进。景文高速公路的建设，为中国高速公路网添上了浓墨重彩的一笔，被誉为"绿水青山间的彩色飘带"。随着交通日益便捷，沉寂已久的畲乡之美得以揭开神秘面纱，深藏于秀丽山水中的畲族风情、畲乡文化得以"出山"和"出圈"。

我们相信，"浙南天路"上的彩色飘带，将会舞得更精彩，舞出一片山区共富的崭新天地。

尾　声
精彩的故事在延续

2024年2月13日，农历正月初四，我再次来到义乌市李祖村，这里春光明媚，喜气洋洋。

新春佳节之际，李祖村迎来了一批又一批客人，有走亲访友的，有参观访问的，更有许多慕名而来的外地游客。

在写着"缩影"二字的门楼前，很多客人拍照留影。村民们不会忘记，2023年9月20日，习近平总书记来到李祖村考察调研，就是在这个门楼前和大家亲切交流。

"缩影"二字是村里的一位百岁老教师在2015年所题，他感慨自己生活了一辈子的村庄一次次的美丽蝶变恰如浙江建设美丽乡村、统筹城乡发展的缩影。

李祖村如今的模样，与习近平在浙江工作期间亲自谋划、亲自部署、亲自推动的"千村示范、万村整治"工程密不可分。

虽然时隔数月，村民们仍然沉浸在喜悦之中，想起习近平总书记考察调研时的情景，大家脸上就会绽放出笑容，心里充满了自豪感。

为了迎接八方来客，李祖村的创客店铺亮出了"过年不打烊·新年送福礼"的牌子，为游客提供优质服务。村口的水塘波光荡漾，彩色游船里不时传出欢声笑语。大街小巷到处是观光的游客，游乐场、露营基地、美食街人群熙熙攘攘。

穿过门楼往前走，李氏梨膏糖店铺热闹非凡，店主李期银正在门前拉二胡，悠扬的旋律吸引着游客们驻足欣赏。整个春节，店铺一直开门营业，生意非常火爆。李期银的儿子、女儿大学毕业后，都加入了梨膏糖制作行列，开办梨膏糖工坊，在金华市区、义乌、东阳等地拥有17家门店。随着李祖村的发展和兴旺，李氏梨膏糖的生意也蒸蒸日上，红红火火。

和李祖村众多创客店铺一样，沙漠的染坊每天都有很多游客光顾。店主楼沙漠霜自豪地说："去年总书记来到店里，看了我们扎染工艺的步骤，仔细翻阅我们和学校联合设计的艺术课本，还亲切地询问我们的文创产品销量怎么样。"等忙过这阵，她打算去旅行一段时间，一边领略风景，一边参观学习。

精彩的故事远远没有结束，还在延续，李祖村门楼上镌刻的"日新""月异"，就是乡村发展情形的写照。

走进"千万工程"缩影之一的李祖村，走进因"千万工程"而蝶变的许许多多村庄，我一路记录，一路感慨，一路感动。一个个村庄纵向的个性化迭代成长，构筑起一个省域内村庄百花齐放、各有千秋的发展格局。从"千村示范、万村整治"引领起步，到"千村精品、万村美丽"深化提升，再到"千村未来、万村共富"迭代升级，"千万工程"实施20余年，造就万千美丽乡村，造福万千农民群众，创造了推进乡村全面振兴的成功经验和实践范例。

2024年中央一号文件发布，号召学习运用"千村示范、万村整治"工程经验，有力有效推进乡村全面振兴。

"千万工程"是一场涵盖经济、政治、文化、社会、生态和基层党建多领域的乡村发展新革命，循序渐进，久久为功，浙江农村人居环境深刻重塑，城乡融合发展深入推进，乡村产业蓬勃发展，乡村治理效能有效提升，农民精神风貌持续改善。

浙江乡村冲破发展困境离不开党建引领。在农村，党组织必须发挥战斗堡垒功能，党员干部要起先锋模范作用，发扬勇于拼搏、敢于承担的工作作风。浙江选优配强基层领导班子，完善自治、法治、德治相结合的治理体系，推行分级负责、层层落实、奖惩分明等工作机制，形成凝心聚力、团结奋斗的局面。

浙江的村支书、村主任等干部多是土生土长的本地人，胸怀改变家乡落后面貌的壮志。他们积极响应上级号召，热情回应村民呼声，有的放弃自己在城里做得风生水起的事业，全身心投入乡村建设；有的自掏腰包为村里解决燃眉之急，不求回报。浙江乡村选贤任能，村"两委"吸纳"80后""90后"年轻力量，为"三农"工作开拓新思路。

针对老百姓反映最强烈的困难，浙江基层干部坚持问题导向，脚踏实地调研，实事求是分析，对症下药解决，坚持为民办实事、办好事。调查研究是村干部的基本功，武义县扶贫办原主任走访数百个山村，了解每家每户的情况，提出下山脱贫方案，村民送给他的58根拐杖正是干部和群众鱼水深情的见证。

通水、通电、通路、治污是乡村长远发展的基石，没有村干部一次次向上级相关部门汇报实情、申请资金，组织协调村民筹资、投工，处理各种矛盾纠纷，这些基础工程是很难完成的。村干部们为长远计、为子孙谋，一任接着一任干，在不同阶段确定相应的工作重点，一步一个脚印地上台阶。"十四任县委书记抓一只果"的佳话一直在常山流传，共富党建联盟在各地积极行动……

浙江乡村改善人居环境离不开绿水青山就是金山银山等生态理念。良好的生态环境是乡村振兴的保障，浙江乡村用整洁美丽的环境、便捷舒适的居住体验把人留下来，把人吸引来，以生态立村，靠生态致富。

浙江农村的蜕变从垃圾、污水、厕所"三大革命"起步，全面落实"五水共治"工作，持续净化、绿化、美化村容村貌，让村庄宜居，实现人与自然和谐共生。磐安天山村从旱厕改马桶入手，有序拆除违章建筑，告别脏乱差，打造美丽乡村特色精品村；浦江、常山、宁波等地整顿水晶、水泥、废塑料造粒等污染严重的行业，守护蓝天、碧水、净土，通过变革发展理念，转变发展方式，老百姓端起了绿水青山"金饭碗"。

浙江乡村升级产业格局离不开因地制宜、分类施策的科学方法。每个村庄的自然资源、历史人文等条件各不相同，只有具体问题具体分析，才能形成适合本村的支柱产业。浙江确定"一村一策"建设模式，推动形成"一村一品""一村一韵"，村庄实现各美其美、美美与共。

农业依然是农村的经济支柱，但现代化的农业需要科学技术的支撑。浙江落实科技特派员制度，为强农兴农助力，乡村与高等院校合作，用高新技术为农业赋能，农产品质量提高了，农业产业链延长了，乡村的就业机会和经济效益不断增加。"龙游飞鸡""常山胡柚""庆元香菇"等高品质土特产声名远播；常山"父亲的水稻田"休闲农业项目不仅保护了基本农田，也让城市居民有机会沉浸式体验农耕的乐趣……

浙江乡村注重对历史建筑、民俗文化等资源的保护和开发，为发展乡村旅游业提供契机。金华农家乐第一村——磐安乌石村独具特色的古民居吸引了江浙沪乃至全国各地的城市游客；松阳的传统村落保护计划让老屋得以保存和复兴，"江南秘境"成为游人的向往之地……

返乡创业青年在农村广阔天地大展才华，让技术、资金等要素加速向农村汇聚，创新产业模式。浦江创客基地、青田咖啡等返乡青年主导的富有潮流元素和现代气息的新兴产业在山区县扎根开花……

浙江乡村呈现蓬勃气象离不开以人为本、共建共享的原则和宗旨。在浙江，乡村不再是刻板印象中暮气沉沉、萧条破败的样子，而是亮丽的、现代的、时尚的，甚至是国际化的、充满未来感的。乡村建设者们奔跑在希望的田野上，迸发出奋斗之志、创新之力和实干之气，在满满的获得感、幸福感和安全感中朝着共同富裕奋进。

浙江乡村坚持发展为了村民、发展依靠村民、发展成果由村民共享的理念，以增进村民福祉、促进村民的全面发展为出发点和落脚点，广泛动员村民参与村级公共事务，村里的事情大家商量着办，鼓励村民以主人翁的姿态建设美好家园。村民摒弃陈旧落后的思想观念，探索致富新路径，钱袋子鼓起来了，精神生活丰富起来了，精气神大幅提振。常山达塘村因为一句"早上好"，村民们改变自怨自艾的情绪，以昂扬的状态迎接每一天，建立了响当当的乡村治理品牌；从管头村到乌石村，从天山村到天网片区，先富带后富，共富建设圈的半径不断扩大，越来越多的农民过上幸福舒坦的日子……

在这个可遇不可求的时代，青年与乡村双向奔赴，彼此成就。浙江乡村不断完善配套设施，出台帮扶政策，为青年提供施展抱负的多元机会和广阔平台。村务员、农庄主人、民宿业主、艺术作坊创始人、村庄运营经理人……受过良好教育、身怀各种本领的青年成为乡村振兴的生力军，他们用生物科技助力传统农业转型升级，提高农产品附加值，通过新媒体推广营销、电商物流渠道，拓宽农村与城市连接的通路，用时髦的方式传承发展优秀传统文化。踌躇满志的青年在广袤的乡村大地书写自己的人生故事，用磅礴的青春力量为乡村发展输送能量，一个个充满生机活力、拥有无限可能的现代化乡村正在生长。

"千万工程"的发展理念、工作方法和推进机制，指引着浙江乡村的火热实践，值得所有向往美好生活的人们参考借鉴。

"千万工程"经验在全国推广，将引领中国农村迎来历史性的嬗变，将为中国乡村全面振兴带来新的机遇，将为推进中国式现代化建设注入强劲的动力。

这是一个伟大变革的时代，这是一个乡村巨变的时代，这是一个值得讴歌的时代。从"千万工程"的生动实践，可以瞻望中华民族伟大复兴的宏伟蓝图和光明前景。

我仿佛看到，一个个村庄已经吹响了"千万工程"的奋进号角，乡村大地铺展开令世人瞩目的绚丽画卷。

我仿佛看到，亿万农民新的"乡土中国"梦想正在成为现实，他们用自己的智慧和汗水演绎着中国乡村的壮美诗篇和时代华章。

我仿佛看到，全体中华儿女迈着铿锵的步伐，势不可挡地前行，创造中华民族更加幸福美好的未来。

时代洪流奔腾不息，未来已来，梦想不远。

此刻，我已整理好行囊，准备再次奔赴中国农村变革的火热一线，继续为那些普普通通的农民写下他们平凡而精彩的故事，写下他们值得赞颂的实践和精神。那里有我熟悉而又陌生的一个个村庄，有我神往已久而又不断蝶变的一片片热土。

后　记

终于完成了《群山回响》的创作，这让我如释重负。这本书聚焦浙江"千万工程"在山区县的实践，涉及面广，采访难度大，写作任务繁重，而近两年的疫情、高温又使采访工作几度搁浅。但因为心中的梦想，我克服了种种困难，总算为全书画上了一个句号。

德国哲学家海德格尔曾说："诗人的天职是还乡，还乡使故土成为亲近本源之处。"

作为一个报告文学作家，我一直行进在还乡的路上。本书的产生也源于广泛的田野调查，我用了约两年的时间在浙江山区县行走，认真采访了100多位受访者。为了深入挖掘乡村振兴背后的故事，我有时为了一个细节，三四次上门采访同一人，后来采访对象都成了我的朋友。我走进他们的生活，近距离观察、感受他们的日常点滴和所思所想。在无数个清晨和黄昏，在不同的田间、地头，我寻找最鲜活的故事、最感人的细节，力求真实反映山区人民向共同富裕奋进的风貌和精神。

正是因为无数次的还乡，这些年来，我成为乡村振兴的参与者、见证者和书写者。我和老家白溪村的文艺骨干们一起创办了白溪湾艺社，建立了李英作家书屋，艺社社员有百人之众，专长涵盖文学、书画、婺剧坐唱、歌咏合唱等多个门类，堪称村庄的小"文联"，试图探索农村文化振兴的新路径，为乡村文化建设提供新思路。我还为金东区组织编撰了《金东20年》《金东》《浙江文史记忆·金东卷》《金东风华》《潮起金义》《孝顺文史记忆》等一大批地方文史图书，为传播乡土传统文化贡献绵薄之力。我被聘为金华市文史研究馆馆员、金东区全民阅读推广大使、孝顺镇共同富裕高质量发展顾问，正是因为融入和参与，我对中国的乡村有了更多的真实感受和切身理解。从和朱晓军老师一起采写《让百姓做主——琴坛村罢免村主任纪事》开始，我一直关注乡村振兴题材，创作了《第三种权力》《大国治村》等作品。农村题材成为我报告文学创作的富矿，我会继续把目光聚焦于广袤的乡村大地，以作家的使命和担当，书写乡村振兴的实践和变革，书写当代农民的期盼和梦想。这也让我体会到，艺术源于生活，报告文学作家只有深入生活，创作的作品才有真实性和艺术性。

《群山回响》的创作对我来说，是一个挑战，保持报告文学文体的尊严，是我一直思考的课题和坚守的立场。在创作过程中，我把个体命运变化与"千万工程""共同富裕"大场景相融合，努力挖掘事件背后的故事和细节，用心用情展示浙江精彩，讲好中国故事。《群山回响》中的部分章节，已先行在《人民日报》《浙江日报》《中国作家》《鄂尔多斯》等报刊发表，受到读者好评，写常山胡柚的文章由浙江"潮新闻"客户端转发，阅读量达500余万，这是对我最好的鞭策和鼓励。创作这部书，我还克服了联络、交通等方面的许多具体困难，数千公里的采访行程，从崛起的县城到大山深处的村庄农舍，都是我创作计划中的一个个采访点。我要真诚感谢给我采访写作提供各种帮助、支持的领导、专家和作家朋友，我也要向众多受访者表达最真挚的敬意和谢忱。同时，更希望读者诸君能和我一起了解乡村振兴的实践，体会向共同富裕迈进的喜悦，并多给我提出改进的批评意见。